GAUTIER

CONTES FANTASTIQUES

CHOIX DE CONTES/TEXTE INTÉGRAL

Classiques Hachette

Texte conforme, selon les contes, aux éditions de 1851, 1852, 1863 et 1866.

Notes explicatives, questionnaires, documents, commentaires et parcours thématique

établis par Hervé ALVADO, professeur certifié de Lettres classiques.

Couverture réalisée avec l'aimable collaboration de la Comédie-Française.
Photographie : Philippe Sohiez.

Crédits photographiques : HACHETTE : *pp. 4, 8, 11 et 15, 19, 24, 31, 38, 64, 69, 72, 97* (photo Hinz-Ziolo), *pp. 104, 110* (RMN), *pp. 134, 136, 148, 164, 168, 170, 176, 195 b, 208* (D.R.) *p. 215* (Fototeca Unione), *pp. 62, 217, 225, 234, 239.*
J. BOTTIN : *p. 142.*
ROGER-VIOLLET : *p. 9* (B.N.) *pp. 12, 33, 40, 57, 66, 80, 90* (© Harlingue-Viollet), *pp. 120, 130, 147, 159, 176* (Alinari-Viollet), *pp. 177* (Harlingue-Viollet), *pp. 195 a, 201.*
TALLANDIER : *pp. 49, 94.*
BOUCHER-ADEP : *p. 154.*
ACL BRUXELLES MRBAB : *p. 44.*
EDIMEDIA : *p. 127.*
ALINARI-GIRAUDON : *p. 144.*
COLLECTION DE LA SEITA : *p. 29* (photo MTS).
Frédéric ALVADO : *p. 10.*

ISBN : 2-01-019912-X

SOMMAIRE

AVERTISSEMENT

Ce recueil ne comprend que huit des treize contes fantastiques de Th. Gautier. Nous en avons écarté les deux qui traitent des paradis artificiels (*La Pipe d'opium, Le Club des Hachichins*) et les trois derniers dans l'ordre chronologique (*Avatar, Jettatura* et *Spirite*), à cause de leur longueur.

Les mots du texte suivis du signe (•) sont définis dans les lexiques, à partir de la p. 252.

Caricature de Th. Gautier ; lithographie de Benjamin Roubaud. Maison de Balzac, Paris.

Quand il publie La Cafetière *en 1831, Théophile Gautier n'a pas tout à fait vingt ans. Il est encore inconnu, bien qu'il ait acquis, depuis le 25 février 1830, date de la première d'*Hernani*, une sorte de notoriété : vêtu de son fameux gilet rouge qui se boutonnait par-derrière (commandé à un tailleur ébahi), « d'un pantalon vert d'eau très-pâle, bordé sur le côté d'une bande de velours noir », d'un habit noir, « d'un pardessus gris doublé de satin vert », et coiffé d'un chapeau à larges bords, il avait fière allure, le jeune guerrier du Romantisme... Il fit au Théâtre-Français plus de trente « campagnes » et, grâce à Gérard de Nerval et à Pétrus Borel, fut présenté à Victor Hugo. Toute sa vie il se souviendra de cette rencontre.*

Quand il publie Arria Marcella, souvenir de Pompéi*, Gautier va sur ses quarante-et-un ans. Il est toujours fidèle à ses idées de 1830, mais il s'est quelque peu embourgeoisé. Voilà longtemps qu'il a quitté l'impasse du Doyenné et dit adieu à ses compagnons de bohème. Il a eu deux filles, Judith et Estelle, d'Ernesta Grisi, la sœur de la grande danseuse Carlotta, pour qui il a écrit le livret de* Giselle.

En 1836, il a commencé à La Presse *d'Émile de Girardin une longue carrière de « feuilletoniste » : il assure notamment la critique théâtrale et le compte rendu des Salons. C'est un travail astreignant dont il s'évade par de nombreux voyages en Espagne, en Angleterre, en Belgique, en Algérie... C'est de son voyage à Naples, en 1850, qu'il rapporte* Arria Marcella.

L'année 1852, où il publie cette nouvelle, est fertile en événements : il publie aussi Italia, Émaux et Camées*, il entre à la Société des Gens de Lettres et fait un long voyage jusqu'à Constantinople.*

PERMANENCE DU THÈME FANTASTIQUE CHEZ GAUTIER

	Récits fantastiques	Autres œuvres
1831	*La Cafetière*	
1832		*Albertus*
1833	*Onuphrius*	dans le recueil : *Les Jeunes-France*
1834	*Omphale*	
1835		*Mademoiselle de Maupin* (1er volume)
1836	*La Morte amoureuse*	*Mademoiselle de Maupin* (2e volume)
1837		*L'Eldorado (Fortunio* en 1838)
1838	*La Pipe d'opium*	*La Comédie de la mort* *Une nuit de Cléopâtre*
1839		*Une larme du diable*
1840	*Le Pied de momie* *Le Chevalier double*	
1841	*Deux acteurs pour un rôle*	Livret de *Giselle*
1843		*Tra los montes* Livret de *la Péri*
1844		*Le Roi Candaule* *Les Grotesques*
1845		*Poésies complètes*
1846	*Le Club des Hachichins*	*La Juive de Constantine*
1847		*Militona*
1848		*Les Deux-Étoiles* (*Partie carrée* en 1851)
1852	*Arria Marcella*	*Italia* *Émaux et Camées* *La Peau de tigre*
1853		*Constantinople*
1855		*Théâtre de poche*
1856	*Avatar* *Jettatura*	
1857		*Le Roman de la momie*
1858		*Histoire de l'Art dramatique en France*
1863		*Le Capitaine Fracasse*
1866	*Spirite*	
1867		*Voyage en Russie*
1869		*Ménagerie intime*
1871		*Tableaux de siège*
1872		*Histoire du Romantisme*

Il est significatif que la première œuvre en prose de Gautier, La Cafetière, soit un conte fantastique. On a eu trop tendance, généralement, à ne voir en lui que l'auteur d'Émaux et Camées et du Capitaine Fracasse – œuvres importantes certes, mais trop réductrices de son talent. En fait Gautier a touché à tous les genres : poésies, contes ou nouvelles, romans, livrets d'opéras, récits de voyages, chroniques, comptes rendus artistiques... Tout au long de sa vie, il a aussi exploité une veine originale : le conte fantastique.

Cette appellation, treize ouvrages peuvent la mériter, de La Cafetière, conte fantastique à Spirite, nouvelle fantastique. Certains contes sont très courts, d'autres, par leur longueur et leur densité, sont presque des romans. Treize œuvres donc, publiées entre 1831 et 1866, c'est-à-dire en trente-cinq ans. Le fantastique est donc bien, chez Gautier, une constante. Ces contes parurent tous dans des revues avant d'être publiés, disséminés, en plusieurs volumes, chez plusieurs éditeurs. Ce n'est qu'en plein XXe siècle qu'on s'est intéressé à cet aspect de l'œuvre. Ces dernières années en particulier, des recueils spécifiques ont paru dans des éditions de poche.

Aujourd'hui encore le fantastique est à la mode, en littérature, comme au cinéma. Mais face au film parfois excessif, outrancier, qui donne souvent dans l'épouvante gratuite et l'horreur sanglante, à l'aide d'« effets spéciaux », le fantastique de Gautier, plus intimiste, n'est pas dépassé. Certes on peut trouver chez lui des vampires, des descriptions macabres, des apparitions diaboliques, mais ce n'est pas l'essentiel. L'onirisme, la nostalgie du passé, le thème de la morte amoureuse ou de la femme aimée qui revient un temps de l'au-delà, prennent chez lui la force d'une obsession toute romantique ; mais l'écrivain garde la pleine maîtrise de son style, même quand il peint le délire.

Portrait de Théophile Gautier.
Reproduction d'une photographie de Nadar, 1866.

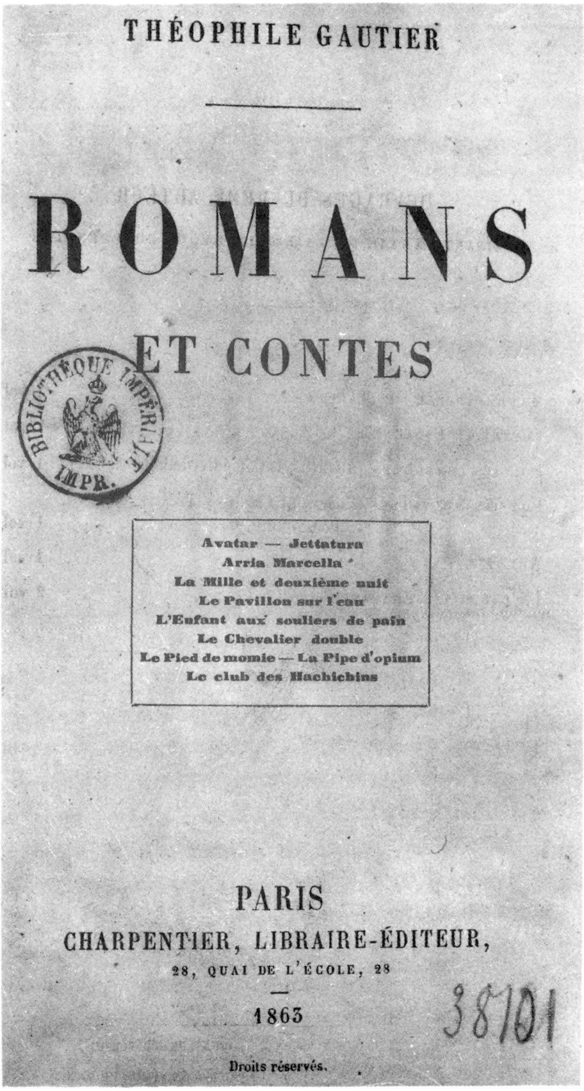

THÉOPHILE GAUTIER

ROMANS

ET CONTES

Avatar — Jettatura
Arria Marcella
La Mille et deuxième nuit
Le Pavillon sur l'eau
L'Enfant aux souliers de pain
Le Chevalier double
Le Pied de momie — La Pipe d'opium
Le club des Hachichins

PARIS
CHARPENTIER, LIBRAIRE-ÉDITEUR,
28, QUAI DE L'ÉCOLE, 28

1863

À droite, maison natale de Théophile Gautier

LA CAFETIÈRE, conte fantastique

Le déjeuner *par Boucher (détail). Musée du Louvre.*

I

L'année dernière, je fus invité, ainsi que deux de mes camarades d'atelier, Arrigo Cohic et Pedrino Borgnioli, à passer quelques jours dans une terre au fond de la Normandie.

Le temps, qui, à notre départ, promettait d'être superbe, s'avisa de changer tout à coup, et il tomba tant de pluie, que les chemins creux où nous marchions étaient comme le lit d'un torrent.

Nous enfoncions dans la bourbe jusqu'aux genoux, une couche épaisse de terre grasse s'était attachée aux semelles de nos bottes, et par sa pesanteur ralentissait tellement nos pas, que nous n'arrivâmes au lieu de notre destination qu'une heure après le coucher du soleil.

Nous étions harassés ; aussi, notre hôte, voyant les efforts que nous faisions pour comprimer nos bâillements et tenir les yeux ouverts, aussitôt que nous eûmes soupé, nous fit conduire chacun dans notre chambre.

La mienne était vaste ; je sentis, en y entrant, comme un frisson de fièvre, car il me sembla que j'entrais dans un monde nouveau.

Composition *(École de Boucher). Musée de Versailles.*

En effet, l'on aurait pu se croire au temps de la Régence[1], à voir les dessus de porte de Boucher • représentant les quatre Saisons, les meubles surchargés d'ornements de rocaille[2] du plus mauvais goût, et les trumeaux[3] des glaces sculptés lourdement.

Rien n'était dérangé. La toilette couverte de boîtes à peignes, de houppes à poudrer, paraissait avoir servi la veille. Deux ou trois robes de couleurs changeantes, un éventail semé de paillettes d'argent, jonchaient le parquet bien ciré,

---

1. *Régence* : époque du gouvernement de Philippe d'Orléans pendant la minorité de Louis XV (1715-1723).
2. *rocaille* : ce style s'inspire des lignes contournées de certaines pierres et des coquillages.
3. *trumeaux* : panneaux de glace occupant le dessus de la cheminée ou l'espace entre deux fenêtres.

et, à mon grand étonnement, une tabatière d'écaille ouverte sur la cheminée était pleine de tabac encore frais.

Je ne remarquai ces choses qu'après que le domestique, déposant son bougeoir sur la table de nuit, m'eut souhaité un bon somme, et, je l'avoue, je commençai à trembler comme la feuille. Je me déshabillai promptement, je me couchai, et, pour en finir avec ces sottes frayeurs, je fermai bientôt les yeux en me tournant du côté de la muraille.

Mais il me fut impossible de rester dans cette position : le lit s'agitait sous moi comme une vague, mes paupières se retiraient violemment en arrière. Force me fut de me retourner et de voir.

Le feu qui flambait jetait des reflets rougeâtres dans l'appartement, de sorte qu'on pouvait sans peine distinguer les personnages de la tapisserie et les figures des portraits enfumés pendus à la muraille.

C'étaient les aïeux de notre hôte, des chevaliers bardés de fer, des conseillers en perruque, et de belles dames au visage fardé et aux cheveux poudrés à blanc, tenant une rose à la main.

Tout à coup le feu prit un étrange degré d'activité ; une lueur blafarde illumina la chambre, et je vis clairement que ce que j'avais pris pour de vaines peintures était la réalité ; car les prunelles de ces êtres encadrés remuaient, scintillaient d'une façon singulière ; leurs lèvres s'ouvraient et se fermaient comme des lèvres de gens qui parlent, mais je n'entendais rien que le tic-tac de la pendule et le sifflement de la bise d'automne.

Une terreur insurmontable s'empara de moi, mes cheveux se hérissèrent sur mon front, mes dents s'entre-choquèrent à se briser, une sueur froide inonda tout mon corps.

La pendule sonna onze heures. Le vibrement du dernier coup retentit longtemps, et, lorsqu'il fut éteint tout à fait...

Oh ! non, je n'ose pas dire ce qui arriva, personne ne me croirait, et l'on me prendrait pour un fou.

Les bougies s'allumèrent toutes seules ; le soufflet, sans qu'aucun être visible lui imprimât le mouvement, se prit à souffler le feu, en râlant comme un vieillard asthmatique, pendant que les pincettes fourgonnaient dans les tisons et que la pelle relevait les cendres.

Ensuite une cafetière[1] se jeta en bas d'une table où elle était posée, et se dirigea, clopin-clopant, vers le foyer, où elle se plaça entre les tisons.

Quelques instants après, les fauteuils commencèrent à s'ébranler, et, agitant leurs pieds tortillés d'une manière surprenante, vinrent se ranger autour de la cheminée.

II

Je ne savais que penser de ce que je voyais ; mais ce qui me restait à voir était encore bien plus extraordinaire.

Un des portraits, le plus ancien de tous, celui d'un gros joufflu à barbe grise, ressemblant, à s'y méprendre, à l'idée que je me suis faite du vieux sir John Falstaff•, sortit, en grimaçant, la tête de son cadre, et, après de grands efforts, ayant fait passer ses épaules et son ventre rebondi entre les ais[2] étroits de la bordure, sauta lourdement par terre.

Il n'eut pas plutôt pris haleine, qu'il tira de la poche de son pourpoint une clef d'une petitesse remarquable ; il souffla dedans pour s'assurer si la forure[3] était bien nette, et il l'appliqua à tous les cadres les uns après les autres.

Et tous les cadres s'élargirent de façon à laisser passer aisément les figures qu'ils renfermaient.

Petits abbés poupins[4], douairières[5] sèches et jaunes, magistrats à l'air grave ensevelis dans de grandes robes noires, petits-maîtres[6] en bas de soie, en culotte de prunelle[7],

1. Une cafetière s'anime aussi dans *Le Vase d'or*, d'Hoffmann.
2. *ais* : planches (Vx) ; les montants du cadre.
3. *forure* : trou percé dans la tige d'une clé.
4. *poupins* : frais et colorés.
5. *douairières* : veuves de bonne famille qui jouissent d'un douaire, c'est-à-dire de biens laissés par leurs maris.
6. *petits-maîtres* : jeunes élégants aux manières prétentieuses.
7. *prunelle* : étoffe de laine.

la pointe de l'épée en haut, tous ces personnages présentaient un spectacle si bizarre, que, malgré ma frayeur, je ne pus m'empêcher de rire.

Ces dignes personnages s'assirent ; la cafetière sauta légèrement sur la table. Ils prirent le café dans des tasses du Japon blanches et bleues, qui accoururent spontanément de dessus un secrétaire, chacune d'elles munie d'un morceau de sucre et d'une petite cuiller d'argent.

Quand le café fut pris, tasses, cafetières et cuillers disparurent à la fois, et la conversation commença, certes la plus curieuse que j'aie jamais ouïe, car aucun de ces étranges causeurs ne regardait l'autre en parlant : ils avaient tous les yeux fixés sur la pendule.

Je ne pouvais moi-même en détourner mes regards et m'empêcher de suivre l'aiguille qui marchait vers minuit à pas imperceptibles.

Enfin, minuit sonna ; une voix, dont le timbre était

Le déjeuner *par F. Boucher (1703-1770). Musée du Louvre.*

exactement celui de la pendule, se fit entendre et dit :

– Voici l'heure, il faut danser.

Toute l'assemblée se leva. Les fauteuils se reculèrent de leur propre mouvement ; alors, chaque cavalier prit la main d'une dame, et la même voix dit :

– Allons, messieurs de l'orchestre, commencez !

J'ai oublié de dire que le sujet de la tapisserie était un concerto italien d'un côté, et de l'autre une chasse au cerf où plusieurs valets donnaient du cor. Les piqueurs et les musiciens, qui, jusque-là, n'avaient fait aucun geste, inclinèrent la tête en signe d'adhésion.

Le maestro leva sa baguette, et une harmonie vive et dansante s'élança des deux bouts de la salle. On dansa d'abord le menuet.

Mais les notes rapides de la partition exécutée par les musiciens s'accordaient mal avec ces graves révérences : aussi chaque couple de danseurs, au bout de quelques minutes, se mit à pirouetter comme une toupie d'Allemagne. Les robes de soie des femmes, froissées dans ce tourbillon dansant, rendaient des sons d'une nature particulière ; on aurait dit le bruit d'ailes d'un vol de pigeons. Le vent qui s'engouffrait par-dessous, les gonflait prodigieusement, de sorte qu'elles avaient l'air de cloches en branle.

L'archet des virtuoses passait si rapidement sur les cordes, qu'il en jaillissait des étincelles électriques. Les doigts des flûteurs se haussaient et se baissaient comme s'ils eussent été de vif-argent ; les joues des piqueurs étaient enflées comme des ballons et tout cela formait un déluge de notes et de trilles[1] si pressés et de gammes ascendantes et descendantes si entortillées, si inconcevables, que les démons eux-mêmes n'auraient pu deux minutes suivre une pareille mesure.

Aussi, c'était pitié de voir tous les efforts de ces danseurs pour rattraper la cadence. Ils sautaient, cabriolaient, faisaient des ronds de jambe, des jetés battus et des entrechats de trois

1. *trille* : (de l'italien " trillo ", tremblement) : ornement qui consiste dans les battements de deux notes conjointes.

pieds de haut, tant que la sueur, leur coulant du front sur les yeux, leur emportait les mouches[1] et le fard. Mais ils avaient beau faire, l'orchestre les devançait toujours de trois ou quatre notes.

La pendule sonna une heure ; ils s'arrêtèrent. Je vis quelque chose qui m'était échappé : une femme qui ne dansait pas.

Elle était assise dans une bergère[2] au coin de la cheminée, et ne paraissait pas le moins du monde prendre part à ce qui se passait autour d'elle.

Jamais, même en rêve, rien d'aussi parfait ne s'était présenté à mes yeux ; une peau d'une blancheur éblouissante, des cheveux d'un blond cendré, de longs cils et des prunelles bleues, si claires et si transparentes, que je voyais son âme à travers aussi distinctement qu'un caillou au fond d'un ruisseau.

Et je sentis que, si jamais il m'arrivait d'aimer quelqu'un, ce serait elle. Je me précipitai hors du lit, d'où jusque-là je n'avais pu bouger, et je me dirigeai vers elle, conduit par quelque chose qui agissait en moi sans que je pusse m'en rendre compte ; et je me trouvai à ses genoux, une de ses mains dans les miennes, causant avec elle comme si je l'eusse connue depuis vingt ans.

Mais, par un prodige bien étrange, tout en lui parlant, je marquais d'une oscillation de tête la musique qui n'avait pas cessé de jouer ; et, quoique je fusse au comble du bonheur d'entretenir une aussi belle personne, les pieds me brûlaient de danser avec elle.

Cependant je n'osais lui en faire la proposition. Il paraît qu'elle comprit ce que je voulais, car, levant vers le cadran de l'horloge la main que je ne tenais pas :

1. *mouches* : petites rondelles de taffetas que les coquettes se collaient sur le visage.
2. *bergère* : fauteuil large et profond.

– Quand l'aiguille sera là, nous verrons, mon cher Théodore[1].

Je ne sais comment cela se fit, je ne fus nullement surpris de m'entendre ainsi appeler par mon nom, et nous continuâmes à causer. Enfin, l'heure indiquée sonna, la voix au timbre d'argent vibra encore dans la chambre et dit :

– Angéla[2], vous pouvez danser avec monsieur, si cela vous fait plaisir, mais vous savez ce qui en résultera.

– N'importe, répondit Angéla d'un ton boudeur.

Et elle passa son bras d'ivoire autour de mon cou.

– *Prestissimo !* cria la voix.

Et nous commençâmes à valser. Le sein de la jeune fille touchait ma poitrine, sa joue veloutée effleurait la mienne, et son haleine suave flottait sur ma bouche.

Jamais de la vie je n'avais éprouvé une pareille émotion ; mes nerfs tressaillaient comme des ressorts d'acier, mon sang coulait dans mes artères en torrent de lave, et j'entendais battre mon cœur comme une montre accrochée à mes oreilles.

Pourtant cet état n'avait rien de pénible. J'étais inondé d'une joie ineffable et j'aurais toujours voulu demeurer ainsi, et, chose remarquable, quoique l'orchestre eût triplé de vitesse, nous n'avions besoin de faire aucun effort pour le suivre.

Les assistants, émerveillés de notre agilité, criaient bravo, et frappaient de toutes leurs forces dans leurs mains, qui ne rendaient aucun son.

Angéla, qui jusqu'alors avait valsé avec une énergie et une justesse surprenantes, parut tout à coup se fatiguer ; elle pesait sur mon épaule comme si les jambes lui eussent manqué ; ses petits pieds, qui, une minute auparavant, effleuraient le plancher, ne s'en détachaient que lentement, comme s'ils eussent été chargés d'une masse de plomb.

– Angéla, vous êtes lasse, lui dis-je, reposons-nous.

1. *Théodore* : c'est le deuxième prénom d'Hoffmann, mais peut-être l'auteur a-t-il joué sur les prénoms Théophile/Théodore...
2. *Angéla* : ce prénom apparaît aussi chez Hoffmann, par exemple dans *Le Bonheur du jeu* et *Le Violon de Crémone*.

Fêtes vénitiennes, *par Watteau. Musée d'Édimbourg.*

– Je le veux bien, répondit-elle en s'essuyant le front avec son mouchoir. Mais, pendant que nous valsions, ils se sont tous assis ; il n'y a plus qu'un fauteuil, et nous sommes deux.

– Qu'est-ce que cela fait, mon bel ange ? Je vous prendrai sur mes genoux.

III

Sans faire la moindre objection, Angéla s'assit, m'entourant de ses bras comme d'une écharpe blanche, cachant sa tête dans mon sein pour se réchauffer un peu, car elle était devenue froide comme un marbre.

Je ne sais pas combien de temps nous restâmes dans cette position, car tous mes sens étaient absorbés dans la contemplation de cette mystérieuse et fantastique créature.

Je n'avais plus aucune idée de l'heure ni du lieu ; le monde réel n'existait plus pour moi, et tous les liens qui m'y attachent étaient rompus ; mon âme, dégagée de sa prison de boue, nageait dans le vague et l'infini ; je comprenais ce que nul homme ne peut comprendre, les pensées d'Angéla se révélant à moi sans qu'elle eût besoin de parler ; car son âme brillait dans son corps comme une lampe d'albâtre[1], et les rayons partis de sa poitrine perçaient la mienne de part en part.

L'alouette chanta, une lueur pâle se joua sur les rideaux.

Aussitôt qu'Angéla l'aperçut, elle se leva précipitamment, me fit un geste d'adieu, et, après quelques pas, poussa un cri et tomba de sa hauteur.

Saisi d'effroi, je m'élançai pour la relever... Mon sang se fige rien que d'y penser : je ne trouvai rien que la cafetière brisée en mille morceaux.

1. *albâtre* : roche blanche translucide.

À cette vue, persuadé que j'avais été le jouet de quelque illusion diabolique, une telle frayeur s'empara de moi, que je m'évanouis.

IV

Lorsque je repris connaissance, j'étais dans mon lit ; Arrigo Cohic et Pedrino Borgnioli se tenaient debout à mon chevet.

Aussitôt que j'eus ouvert les yeux, Arrigo s'écria :

– Ah ! ce n'est pas dommage ! voilà bientôt une heure que je te frotte les tempes d'eau de Cologne. Que diable as-tu fait cette nuit ? Ce matin, voyant que tu ne descendais pas, je suis entré dans ta chambre, et je t'ai trouvé tout du long étendu par terre, en habit à la française, serrant dans tes bras un morceau de porcelaine brisée, comme si c'eût été une jeune et jolie fille.

– Pardieu ! c'est l'habit de noce de mon grand-père, dit l'autre en soulevant une des basques de soie fond rose à ramages verts. Voilà les boutons de strass[1] et de filigrane[2] qu'il nous vantait tant. Théodore l'aura trouvé dans quelque coin et l'aura mis pour s'amuser. Mais à propos de quoi t'es-tu trouvé mal ? ajouta Borgnioli. Cela est bon pour une petite-maîtresse qui a des épaules blanches ; on la délace, on lui ôte ses colliers, son écharpe, et c'est une belle occasion de faire des minauderies.

– Ce n'est qu'une faiblesse qui m'a pris ; je suis sujet à cela, répondis-je sèchement.

Je me levai, je me dépouillai de mon ridicule accoutrement.

Et puis l'on déjeuna.

1. *strass* : sorte de verre coloré.
2. *filigrane* : ornement en fil de verre appliqué en relief ou pris dans la masse.

Mes trois camarades mangèrent beaucoup et burent encore plus ; moi, je ne mangeais presque pas, le souvenir de ce qui s'était passé me causait d'étranges distractions.

Le déjeuner fini, comme il pleuvait à verse, il n'y eut pas moyen de sortir ; chacun s'occupa comme il put. Borgnioli tambourina des marches guerrières sur les vitres ; Arrigo et l'hôte firent une partie de dames ; moi, je tirai de mon album un carré de vélin[1], et je me mis à dessiner.

Les linéaments presque imperceptibles tracés par mon crayon, sans que j'y eusse songé le moins du monde, se trouvèrent représenter avec la plus merveilleuse exactitude la cafetière qui avait joué un rôle si important dans les scènes de la nuit.

– C'est étonnant comme cette tête ressemble à ma sœur Angéla, dit l'hôte, qui, ayant terminé sa partie, me regardait travailler par-dessus mon épaule.

En effet, ce qui m'avait semblé tout à l'heure une cafetière était bien réellement le profil doux et mélancolique d'Angéla.

– De par tous les saints du paradis ! est-elle morte ou vivante ? m'écriai-je d'un ton de voix tremblant, comme si ma vie eût dépendu de sa réponse.

– Elle est morte, il y a deux ans, d'une fluxion de poitrine à la suite d'un bal.

– Hélas ! répondis-je douloureusement.

Et, retenant une larme qui était près de tomber, je replaçai le papier dans l'album.

Je venais de comprendre qu'il n'y avait plus pour moi de bonheur sur la terre !

1. *vélin* : papier de qualité supérieure.

Questions

Compréhension

1. *Les récits fantastiques se déroulent souvent dans un lieu particulier, bien répertorié : château hanté, maison abandonnée... Ici, où l'action est-elle située ?*

2. *Quels détails laissent entendre que la chambre du narrateur est encore habitée ?*

3. *Angéla : en quoi est-elle différente des autres personnages ? Quelles sont les qualités qui la rendent unique aux yeux du narrateur ?*

4. *Relevez les faits étranges de la nuit.*

5. *Quel est le ton de la dernière phrase du récit ? L'idéalisation d'Angéla ne l'explique-t-il pas ?*

Écriture

6. *Qui parle ?*

7. *Vu son âge et ses occupations (que vous essaierez de préciser), le narrateur ne peut-il pas se confondre avec l'auteur ?*

8. *Relevez tous les termes qui peuvent évoquer l'époque de la Régence.*

9. *Le menuet est dansé avec frénésie. Relevez les hyperboles • (exagérations) dans les comparaisons • qui décrivent musiciens et danseurs.*

10. *Comment Gautier souligne-t-il la complicité immédiate qui s'établit entre Angéla et le narrateur ?*

Le fantastique

11. *L'objet qui s'anime, le personnage qui sort de son cadre, la femme-fantôme sont des thèmes bien connus du fantastique. Mais l'auteur semble ne pas se prononcer sur l'étrangeté des événements, et le récit reste ambigu. N'est-il pas possible en effet d'en donner une explication rationnelle ? Théodore n'a-t-il pas déliré ? N'a-t-il pas eu une crise de somnambulisme ? N'a-t-il pas fait simplement un rêve prémonitoire ?*

Recherche

12. *Dans un tout autre contexte, au début du* XX*e siècle, Picasso a caricaturé un grand poète sous la forme d'une cafetière. De qui s'agit-il ?*

La toilette de Vénus *par F. Boucher (1749). Musée du Louvre.*

ONUPHRIUS
ou les vexations fantastiques d'un admirateur d'Hoffmann

> Croyoit que nues feussent pailles d'arain, et que vessies feussent lanternes.
>
> *Gargantua,* liv. I, ch. XI.

– Kling, kling, kling ! – Pas de réponse. – Est-ce qu'il n'y serait pas ? dit la jeune fille.

Elle tira une seconde fois le cordon de la sonnette ; aucun bruit ne se fit entendre dans l'appartement : il n'y avait personne.

– C'est étrange !

Elle se mordit la lèvre, une rougeur de dépit passa de sa joue à son front ; elle se mit à descendre les escaliers un à un, bien lentement, comme à regret, retournant la tête pour voir si la porte fatale s'ouvrait. – Rien.

Au détour de la rue, elle aperçut de loin Onuphrius, qui marchait du côté du soleil, avec l'air le plus inoccupé du monde, s'arrêtant à chaque carreau, regardant les chiens se battre et les polissons jouer au palet[1], lisant les inscriptions de la muraille, épelant les enseignes, comme un homme qui a une heure devant lui et n'a aucun besoin de se presser.

Quand il fut auprès d'elle, l'ébahissement lui fit écarquiller les prunelles : il ne comptait guère la trouver là.

– Quoi ! c'est vous, déjà ! – Quelle heure est-il donc ?

– Déjà ! le mot est galant. Quant à l'heure, vous devriez la savoir, et ce n'est guère à moi à vous l'apprendre, répondit d'un ton boudeur la jeune fille, tout en prenant son bras ; il est onze heures et demie.

---

1. *palet* : pierre plate que des joueurs s'exercent à lancer le plus près possible d'un but convenu.

– Impossible, fit Onuphrius. Je viens de passer devant Saint-Paul[1] ! il n'était que dix heures ; il n'y a pas cinq minutes, j'en mettrais la main au feu ; je parie.

– Ne mettez rien du tout et ne pariez pas, vous perdriez.

Onuphrius s'entêta ; comme l'église n'était qu'à une cinquantaine de pas, Jacintha, pour le convaincre, voulut bien aller jusque-là avec lui. Onuphrius était triomphant. Quand ils furent devant le portail : – Eh bien ! lui dit Jacintha.

On eût mis le soleil ou la lune en place du cadran qu'il n'eût pas été plus stupéfait. Il était onze heures et demie passées ; il tira son lorgnon, en essuya le verre avec son mouchoir, se frotta les yeux pour s'éclaircir la vue ; l'aiguille aînée allait rejoindre sa petite sœur sur l'X de midi.

– Midi ! murmura-t-il entre ses dents ; il faut que quelque diablotin se soit amusé à pousser ces aiguilles ; c'est bien dix heures que j'ai vu !

Jacintha était bonne ; elle n'insista pas, et reprit avec lui le chemin de son atelier, car Onuphrius était peintre, et, en ce moment, faisait son portrait. Elle s'assit dans la pose convenue. Onuphrius alla chercher sa toile, qui était tournée au mur, et la mit sur son chevalet.

Au-dessus de la petite bouche de Jacintha, une main inconnue avait dessiné une paire de moustaches qui eussent fait honneur à un tambour-major. La colère de notre artiste, en voyant son esquisse ainsi barbouillée, n'est pas difficile à imaginer ; il aurait crevé la toile sans les exhortations de Jacintha. Il effaça donc comme il put ces insignes virils, non sans jurer plus d'une fois après le drôle qui avait fait cette belle équipée ; mais, quand il voulut se remettre à peindre, ses pinceaux, quoiqu'il les eût trempés dans l'huile, étaient si roides et si hérissés, qu'il ne put s'en servir. Il fut obligé d'en envoyer chercher d'autres : en attendant qu'ils fussent arrivés, il se mit à faire sur sa palette plusieurs tons qui lui manquaient.

1. *Saint-Paul* : selon R. Jasinski (*Les Années romantiques de Théophile Gautier*, Vuibert), l'atelier du peintre Rioult se trouvait tout près de cette église. Gautier est un familier des lieux où il fait évoluer Onuphrius.

Autre tribulation[1]. Les vessies[2] étaient dures comme si elles eussent renfermé des balles de plomb, il avait beau les presser, il ne pouvait en faire sortir la couleur ; ou bien elles éclataient tout à coup comme de petites bombes, crachant à droite, à gauche, l'ocre, la laque ou le bitume.

S'il eût été seul, je crois qu'en dépit du premier commandement du Décalogue[3], il aurait attesté le nom du Seigneur plus d'une fois. Il se contint, les pinceaux arrivèrent, il se mit à l'œuvre ; pendant une heure environ tout alla bien.

Le sang commençait à courir sous les chairs, les contours se dessinaient, les formes se modelaient, la lumière se débrouillait de l'ombre, une moitié de la toile vivait déjà.

Les yeux surtout étaient admirables ; l'arc des sourcils était parfaitement bien indiqué, et se fondait moelleusement vers les tempes en tons bleuâtres et veloutés ; l'ombre des cils adoucissait merveilleusement bien l'éclatante blancheur de la cornée, la prunelle regardait bien, l'iris et la pupille ne laissaient rien à désirer ; il n'y manquait plus que ce petit diamant de lumière, cette paillette de jour que les peintres nomment point visuel.

Pour l'enchâsser dans son disque de jais[4] (Jacintha avait les yeux noirs), il prit le plus fin, le plus mignon de ses pinceaux, trois poils pris à la queue d'une martre zibeline.

Il le trempa vers le sommet de sa palette dans le blanc d'argent qui s'élevait, à côté des ocres et des terres de Sienne, comme un piton couvert de neige à côté de rochers noirs.

Vous eussiez dit, à voir trembler le point brillant au bout du pinceau, une gouttelette de rosée au bout d'une aiguille ; il allait le déposer sur la prunelle, quand un coup violent dans le coude fit dévier sa main, porter le point blanc dans les sourcils, et traîner le parement de son habit sur la joue encore fraîche qu'il venait de terminer. Il se détourna si

1. *tribulation* : contrariété.
2. *vessies* : récipients des peintures.
3. *Décalogue* : les dix commandements de Dieu dans la Bible.
4. *jais* : lignite d'un noir brillant.

brusquement à cette nouvelle catastrophe, que son escabeau roula à dix pas. Il ne vit personne. Si quelqu'un se fût trouvé là par hasard, il l'aurait certainement tué.

– C'est vraiment inconcevable ! dit-il en lui-même tout troublé ; Jacintha, je ne me sens pas en train ; nous ne ferons plus rien aujourd'hui.

Jacintha se leva pour sortir.

Onuphrius voulut la retenir ; il lui passa le bras autour du corps. La robe de Jacintha était blanche ; les doigts d'Onuphrius, qui n'avait pas songé à les essuyer, y firent un arc-en-ciel.

– Maladroit ! dit la petite, comme vous m'avez arrangée ! et ma tante qui ne veut pas que je vienne vous voir seule, qu'est-ce qu'elle va dire ?

– Tu changeras de robe, elle n'en verra rien.

Et il l'embrassa. Jacintha ne s'y opposa pas.

– Que faites-vous demain ? dit-elle après un silence.

– Moi, rien ; et vous ?

– Je vais dîner avec ma tante chez le vieux M. de ***, que vous connaissez, et j'y passerai peut-être la soirée.

– J'y serai, dit Onuphrius ; vous pouvez compter sur moi.

– Ne venez pas plus tard que six heures ; vous savez, ma tante est poltronne, et si nous ne trouvons pas chez M. de *** quelque galant chevalier pour nous reconduire, elle s'en ira avant la nuit tombée.

– Bon, j'y serai à cinq. À demain, Jacintha, à demain.

Et il se penchait sur la rampe pour regarder la svelte jeune fille qui s'en allait. Les derniers plis de sa robe disparurent sous l'arcade, et il rentra.

Avant d'aller plus loin, quelques mots sur Onuphrius. C'était un jeune homme de vingt à vingt-deux ans, quoique au premier abord il parût en avoir davantage. On distinguait ensuite à travers ses traits blêmes et fatigués quelque chose d'enfantin et de peu arrêté, quelques formes de transition de l'adolescence à la virilité. Ainsi tout le haut de la tête était grave et réfléchi comme un front de vieillard, tandis que la bouche était à peine noircie à ses coins d'une ombre bleuâtre, et qu'un sourire jeune errait sur deux lèvres d'un rose assez vif qui contrastait étrangement avec la pâleur des joues et du reste de la physionomie.

Un Jeune-France.

Ainsi fait, Onuphrius ne pouvait manquer d'avoir l'air assez singulier, mais sa bizarrerie naturelle était encore augmentée par sa mise et sa coiffure. Ses cheveux, séparés sur le front comme des cheveux de femme, descendaient symétriquement le long de ses tempes jusqu'à ses épaules, sans frisure aucune, aplatis et lustrés à la mode gothique, comme on en voit aux anges de Giotto* et de Cimabue*. Une ample simarre[1] de couleur obscure tombait à plis roides et droits autour de son corps souple et mince, d'une manière toute dantesque. Il est vrai de dire qu'il ne sortait pas encore avec ce costume ; mais c'est la hardiesse plutôt que l'envie qui lui manquait ; car je n'ai pas besoin de vous le dire, Onuphrius était Jeune-France[2] et romantique forcené.

Dans la rue, et il n'y allait pas souvent, pour ne pas être obligé de se souiller de l'ignoble accoutrement bourgeois, ses mouvements étaient heurtés, saccadés ; ses gestes anguleux, comme s'ils eussent été produits par des ressorts d'acier ; sa

1. *simarre* : robe longue et ample.
2. *Jeune-France* : nom donné, vers 1830, à certains jeunes romantiques.

démarche, incertaine ; entrecoupée d'élans subits, de zigzags, ou suspendue tout à coup ; ce qui, aux yeux de bien des gens, le faisait passer pour un fou ou du moins pour un original, ce qui ne vaut guère mieux.

Onuphrius ne l'ignorait pas, et c'était peut-être ce qui lui faisait éviter ce qu'on nomme le monde et donnait à sa conversation un ton d'humeur et de causticité qui ne ressemblait pas mal à de la vengeance ; aussi, quand il était forcé de sortir de sa retraite, n'importe pour quel motif, il apportait dans la société une gaucherie sans timidité, une absence de toute forme convenue, un dédain si parfait de ce qu'on y admire, qu'au bout de quelques minutes, avec trois ou quatre syllabes, il avait trouvé moyen de se faire une meute d'ennemis acharnés.

Ce n'est pas qu'il ne fût très aimable lorsqu'il voulait, mais il ne le voulait pas souvent, et il répondait à ses amis qui lui en faisaient des reproches : À quoi bon ? Car il avait des amis ; pas beaucoup, deux ou trois au plus, mais qui l'aimaient de tout l'amour que lui refusaient les autres, qui l'aimaient comme des gens qui ont une injustice à réparer. – À quoi bon ? ceux qui sont dignes de moi et me comprennent ne s'arrêtent pas à cette écorce noueuse : ils savent que la perle est cachée dans une coquille grossière ; les sots qui ne savent pas sont rebutés et s'éloignent : où est le mal ? Pour un fou, ce n'était pas trop mal raisonné.

Onuphrius, comme je l'ai déjà dit, était peintre, il était de plus poète ; il n'y avait guère moyen que sa cervelle en réchappât, et ce qui n'avait pas peu contribué à l'entretenir dans cette exaltation fébrile, dont Jacintha n'était pas toujours maîtresse, c'étaient ses lectures. Il ne lisait que des légendes merveilleuses et d'anciens romans de chevalerie, des poésies mystiques, des traités de cabale[1], des ballades allemandes, des livres de sorcellerie et de démonographie[2] ; avec cela il se faisait, au milieu du monde réel bourdonnant

1. *cabale* : science occulte qui prétend faire communiquer avec les esprits.
2. *démonographie* : étude sur le diable, les démons.

autour de lui, un monde d'extase et de vision où il était donné à bien peu d'entrer. Du détail le plus commun et le plus positif, par l'habitude qu'il avait de chercher le côté surnaturel, il savait faire jaillir quelque chose de fantastique et d'inattendu. Vous l'auriez mis dans une chambre carrée et blanchie à la chaux sur toutes ses parois, et vitrée de carreaux dépolis, il aurait été capable de voir quelque apparition étrange tout aussi bien que dans un intérieur de Rembrandt• inondé d'ombres et illuminé de fauves lueurs, tant les yeux de son âme et de son corps avaient la faculté de déranger les lignes les plus droites et de rendre compliquées les choses les plus simples, à peu près comme les miroirs courbes ou à facettes qui trahissent les objets qui leur sont présentés, et les font paraître grotesques ou terribles.

Aussi Hoffmann• et Jean-Paul• le trouvèrent admirablement disposé ; ils achevèrent à eux deux ce que les légendaires avaient commencé. L'imagination d'Onuphrius s'échauffa et se déprava de plus en plus, ses compositions peintes et écrites s'en ressentirent, la griffe ou la queue du diable y perçait toujours par quelque endroit, et sur la toile, à côté de la tête suave et pure de Jacintha, grimaçait fatalement quelque figure monstrueuse, fille de son cerveau en délire.

Le Sommeil de la raison engendre des monstres; *gravure de F. de Goya dans le recueil* Les Caprices.

Il y avait deux ans qu'il avait fait la connaissance de Jacintha, et c'était à une époque de sa vie où il était si malheureux, que je ne souhaiterais pas d'autre supplice à mon plus fier ennemi ; il était dans cette situation atroce où se trouve tout homme qui a inventé quelque chose et qui ne rencontre personne pour y croire. Jacintha crut à ce qu'il disait sur sa parole, car l'œuvre était encore en lui, et il l'aima comme Christophe Colomb dut aimer le premier qui ne lui rit pas au nez lorsqu'il parla du nouveau monde qu'il avait deviné. Jacintha l'aimait comme une mère aime son fils, et il se mêlait à son amour une pitié profonde ; car, elle excepté, qui l'aurait aimé comme il fallait qu'il le fût ?

Qui l'eût consolé dans ses malheurs imaginaires, les seuls réels pour lui, qui ne vivait que d'imaginations ? Qui l'eût rassuré, soutenu, exhorté ? Qui eût calmé cette exaltation maladive qui touchait à la folie par plus d'un point, en la partageant plutôt qu'en la combattant ? Personne, à coup sûr.

Et puis lui dire de quelle manière il pourrait la voir, lui donner elle-même les rendez-vous, lui faire mille de ces avances que le monde condamne, l'embrasser de son propre mouvement, lui en fournir l'occasion quand elle la lui voyait chercher, une coquette ne l'eût pas fait ; mais elle savait combien tout cela coûtait au pauvre Onuphrius, et elle lui en épargnait la peine.

Aussi peu accoutumé qu'il était à vivre de la vie réelle, il ne savait comment s'y prendre pour mettre son idée en action, et il se faisait des monstres de la moindre chose.

Ses longues méditations, ses voyages dans les mondes métaphysiques ne lui avaient pas laissé le temps de s'occuper de celui-ci. Sa tête avait trente ans, son corps avait six mois, il avait si totalement négligé de dresser sa bête, que, si Jacintha et ses amis n'eussent pris soin de la diriger, elle eût commis d'étranges bévues. En un mot, il fallait vivre pour lui, il lui fallait un intendant pour son corps, comme il en faut aux grands seigneurs pour leurs terres.

Puis, je n'ose l'avouer qu'en tremblant, dans ce siècle d'incrédulité, cela pourrait faire passer mon pauvre ami pour un imbécile : il avait peur. De quoi ? Je vous le donne à deviner en cent ; il avait peur du diable, des revenants, des esprits et de mille autres billevesées ; du reste, il se moquait d'un homme, et de deux, comme vous d'un fantôme.

Le soir il ne se fût pas regardé dans une glace pour un empire, de peur d'y voir autre chose que sa propre figure ; il n'eût pas fourré sa main sous son lit pour y prendre ses pantoufles ou quelque autre ustensile, parce qu'il craignait qu'une main froide et moite ne vînt au-devant de la sienne, et ne l'attirât dans la ruelle ; ni jeté les yeux dans les encoignures sombres, tremblant d'y apercevoir de petites têtes de vieilles ratatinées emmanchées sur des manches à balai.

Odilon Redon (1840-1916) Têtes Astroïdes ; *gravure, BN.*

Quand il était seul dans son grand atelier, il voyait tourner autour de lui une ronde fantastique, le conseiller Tusmann, le docteur Tabraccio, le digne Peregrinus Tyss, Crespel avec son violon et sa fille Antonia, l'inconnue de la maison déserte et toute la famille étrange du château de Bohême ; c'était un sabbat complet, et il ne se fût pas fait prier pour avoir peur de son chat comme d'un autre Mürr[1].

Dès que Jacintha fut partie, il s'assit devant sa toile, et se prit à réfléchir sur ce qu'il appelait les événements de la matinée. Le cadran de Saint-Paul, les moustaches, les pinceaux durcis, les vessies crevées, et surtout le point visuel, tout cela se représenta à sa mémoire avec un air fantastique

1. *le conseiller Tusmann, le docteur Trabaccio, Peregrinus Tyss, Crespel, Antonia, Mürr* : personnages des *Contes* d'Hoffmann.

et surnaturel ; il se creusa la tête pour y trouver une explication plausible ; il bâtit là-dessus un volume in-octavo de suppositions les plus extravagantes, les plus invraisemblables qui soient jamais entrées dans un cerveau malade. Après avoir longtemps cherché, ce qu'il rencontra de mieux, c'est que la chose était tout à fait inexplicable... à moins que ce ne fût le diable en personne... Cette idée, dont il se moqua d'abord lui-même, prit racine dans son esprit, et lui semblant moins ridicule à mesure qu'il se familiarisait avec elle, il finit par en être convaincu.

Qu'y avait-il au fond de déraisonnable dans cette supposition ? L'existence du diable est prouvée par les autorités les plus respectables, tout comme celle de Dieu. C'est même un article de foi, et Onuphrius, pour s'empêcher d'en douter, compulsa sur les registres de sa vaste mémoire tous les endroits des auteurs profanes ou sacrés dans lesquels on traite de cette matière importante.

Le diable rôde autour de l'homme ; Jésus lui-même n'a pas été à l'abri de ses embûches ; la tentation de saint Antoine est populaire ; Martin Luther fut aussi tourmenté par Satan, et, pour s'en débarrasser, fut obligé de lui jeter son écritoire à la tête. On voit encore la tache d'encre sur le mur de la cellule.

Il se rappela toutes les histoires d'obsession, depuis le possédé de la Bible jusqu'aux religieuses de Loudun ; tous les livres de sorcellerie qu'il avait lus : Bodin •, Delrio •, Le Loyer •, Bordelon •, le *Monde invisible* de Bekker •, l'*Infernalia*[1], les *Farfadets* de M. de Berbiguier • de Terre-Neuve-du-Thym, le *Grand et le Petit Albert* •, et tout ce qui lui parut obscur devint clair comme le jour ; c'était le diable qui avait fait avancer l'aiguille, qui avait mis des moustaches à son portrait, changé le crin de ses brosses en fils d'archal[2] et rempli ses vessies de poudre fulminante[3]. Le coup dans le coude s'expliquait tout

---

1. L'Infernalia (*ou plutôt* Infernaliana) : ce sont des contes attribués à Nodier.
2. *archal* : fil de laiton.
3. *fulminante* : qui produit une détonation.

naturellement ; mais quel intérêt Belzébuth pouvait-il avoir à le persécuter ? Était-ce pour avoir son âme ? ce n'est pas la manière dont il s'y prend ; enfin il se rappela qu'il avait fait, il n'y a pas bien longtemps, un tableau de saint Dunstan• tenant le diable par le nez avec des pincettes rouges ; il ne douta pas que ce ne fût pour avoir été représenté par lui dans une position aussi humiliante que le diable lui faisait ces petites niches. Le jour tombait, de longues ombres bizarres se découpaient sur le plancher de l'atelier. Cette idée grandissant dans sa tête, le frisson commençait à lui courir le long du dos, et la peur l'aurait bientôt pris, si un de ses amis n'eût fait, en entrant, diversion à toutes ses visions cornues. Il sortit avec lui, et comme personne au monde n'était plus impressionnable, et que son ami était gai, un essaim de pensées folâtres eut bientôt chassé ces rêveries lugubres. Il oublia totalement ce qui était arrivé, ou, s'il s'en ressouvenait, il riait tout bas en lui-même. Le lendemain il se remit à l'œuvre. Il travailla trois ou quatre heures avec acharnement. Quoique Jacintha fût absente, ses traits étaient si profondément gravés dans son cœur, qu'il n'avait pas besoin d'elle pour terminer son portrait. Il était presque fini, il n'y avait plus que deux ou trois dernières touches à poser, et la signature à mettre, quand une petite peluche, qui dansait avec ses frères les atomes dans un beau rayon jaune, par une fantaisie inexplicable, quitta tout à coup sa lumineuse salle de bal, se dirigea en se dandinant vers la toile d'Onuphrius, et vint s'abattre sur un rehaut[1], qu'il venait de poser.

Onuphrius retourna son pinceau, et, avec le manche, l'enleva le plus délicatement possible. Cependant il ne put le faire si légèrement qu'il ne découvrît le champ de la toile en emportant un peu de couleur. Il refit une teinte pour réparer le dommage : la teinte était trop foncée, et faisait tache ; il ne put rétablir l'harmonie qu'en remaniant tout le morceau ;

1. *rehaut* : retouche d'un ton clair destiné à faire ressortir certains détails.

mais, en le faisant, il perdit son contour, et le nez devint aquilin, de presque à la Roxelane[1] qu'il était, ce qui changea tout à fait le caractère de la tête ; ce n'était plus Jacintha, mais bien une de ses amies avec qui elle s'était brouillée, parce qu'Onuphrius la trouvait jolie.

L'idée du Diable revint à Onuphrius à cette métamorphose étrange ; mais, en regardant plus attentivement, il vit que ce n'était qu'un jeu de son imagination, et comme la journée s'avançait, il se leva et sortit pour rejoindre sa maîtresse chez M. de ***. Le cheval allait comme le vent : bientôt Onuphrius vit poindre au dos de la colline la maison de M. de ***, blanche entre les marronniers. Comme la grande route faisait un détour, il la quitta pour un chemin de traverse, un chemin creux qu'il connaissait très bien, où tout enfant il venait cueillir des mûres et chasser aux hannetons.

Il était à peu près au milieu quand il se trouva derrière une charrette à foin, que les détours du sentier l'avaient empêché d'apercevoir. Le chemin était si étroit, la charrette si large, qu'il était impossible de passer devant : il remit son cheval au pas, espérant que la route, en s'élargissant, lui permettrait un peu plus loin de le faire. Son espérance fut trompée ; c'était comme un mur qui reculait imperceptiblement. Il voulut retourner sur ses pas, une autre charrette de foin le suivait par-derrière et le faisait prisonnier. Il eut un instant la pensée d'escalader les bords du ravin, mais ils étaient à pic et couronnés d'une haie vive ; il fallut donc se résigner : le temps coulait, les minutes lui semblaient des éternités, sa fureur était au comble, ses artères palpitaient, son front était perlé de sueur.

Une horloge à la voix fêlée, celle du village voisin, sonna six heures ; aussitôt qu'elle eut fini, celle du château, dans un ton différent, sonna à son tour ; puis une autre, puis une autre encore ; toutes les horloges de la banlieue d'abord successivement, ensuite toutes à la fois. C'était un tutti[2] de cloches, un concerto de timbres flûtés, ronflants, glapissants, criards, un carillon à vous fendre la tête. Les idées d'Onuphrius se

1. *à la Roxelane* : c'est-à-dire « retroussé ».
2. *Tutti* (mot italien) : ensemble des instruments de l'orchestre.

confondirent, le vertige le prit. Les clochers s'inclinaient sur le chemin creux pour le regarder passer, ils le montraient au doigt, lui faisaient la nique et lui tendaient par dérision leurs cadrans dont les aiguilles étaient perpendiculaires. Les cloches lui tiraient la langue et lui faisaient la grimace, sonnant toujours les six coups maudits. Cela dura longtemps, six heures sonnèrent ce jour-là jusqu'à sept.

Enfin, la voiture déboucha dans la plaine. Onuphrius enfonça ses éperons dans le ventre de son cheval : le jour tombait, on eût dit que sa monture comprenait combien il lui était important d'arriver. Ses pieds touchaient à peine la terre, et, sans les aigrettes d'étincelles qui jaillissaient de loin en loin de quelque caillou heurté, on eût pu croire qu'elle volait. Bientôt une blanche écume enveloppa comme une housse d'argent son poitrail d'ébène : il était plus de sept heures quand Onuphrius arriva. Jacintha était partie. M. de *** lui fit les plus grandes politesses, se mit à causer littérature avec lui, et finit par lui proposer une partie de dames.

Onuphrius ne put faire autrement que d'accepter, quoique toute espèce de jeux, et en particulier celui-là, l'ennuyât mortellement. On apporta le damier. M. de *** prit les noires, Onuphrius les blanches : la partie commença, les joueurs étaient à peu près de même force ; il se passa quelque temps avant que la balance penchât d'un côté ou de l'autre.

Tout à coup elle tourna du côté du vieux gentilhomme ; ses pions avançaient avec une inconcevable rapidité, sans qu'Onuphrius, malgré tous les efforts qu'il faisait, pût y apporter aucun obstacle. Préoccupé qu'il était d'idées diaboliques, cela ne lui parut pas naturel ; il redoubla donc d'attention, et finit par découvrir, à côté du doigt dont il se servait pour remuer ses pions, un autre doigt maigre, noueux, terminé par une griffe (que d'abord il avait pris pour l'ombre du sien), qui poussait ses dames sur la ligne blanche, tandis que celles de son adversaire défilaient processionnellement sur la ligne noire. Il devint pâle, ses cheveux se hérissèrent sur sa tête. Cependant il remit ses pions en place, et continua de jouer. Il se persuada que ce n'était que l'ombre, et, pour s'en convaincre, il changea la bougie de place : l'ombre passa de l'autre côté, et se projeta en sens inverse ; mais le doigt à griffe resta ferme à son poste, déplaçant les dames d'Onuphrius, et employant tous les moyens pour le faire perdre.

D'ailleurs, il n'y avait aucun doute à avoir, le doigt était orné d'un gros rubis. Onuphrius n'avait pas de bague.

– Pardieu ! c'est trop fort ! s'écria-t-il en donnant un grand coup de poing dans le damier et en se levant brusquement ; vieux scélérat ! vieux gredin !

M. de ***, qui le connaissait d'enfance et qui attribuait cette algarade au dépit d'avoir perdu, se mit à rire aux éclats et à lui offrir d'ironiques consolations. La colère et la terreur se disputaient l'âme d'Onuphrius : il prit son chapeau et sortit.

La forêt des damnés, *dessin de Gustave Doré pour* l'Enfer *de Dante.*

La nuit était si noire qu'il fut obligé de mettre son cheval au pas. À peine une étoile passait-elle çà et là le nez hors de sa mantille de nuages ; les arbres de la route avaient l'air de grands spectres tendant les bras ; de temps en temps un feu follet traversait le chemin, le vent ricanait dans les branches d'une façon singulière. L'heure s'avançait, et Onuphrius n'arrivait pas ; cependant les fers de son cheval sonnant sur le pavé montraient qu'il ne s'était pas fourvoyé.

Une rafale déchira le brouillard, la lune reparut ; mais, au lieu d'être ronde, elle était ovale. Onuphrius, en la considérant plus attentivement, vit qu'elle avait un serre-tête de taffetas noir, et qu'elle s'était mis de la farine sur les joues ; ses traits se dessinèrent plus distinctement, et il reconnut, à n'en pouvoir douter, la figure blême et allongée de son ami intime Jean-Gaspard Deburau•, le grand paillasse des Funambules, qui le regardait avec une expression indéfinissable de malice et de bonhomie.

Le ciel clignait aussi ses yeux bleus aux cils d'or, comme s'il eût été d'intelligence ; et, comme à la clarté des étoiles on pouvait distinguer les objets, il entrevit quatre personnages de mauvaise mine, habillés mi-partie rouge et noir, qui portaient quelque chose de blanchâtre par les quatre coins, comme des gens qui changeraient un tapis de place ; ils passèrent rapidement à côté de lui, et jetèrent ce qu'ils portaient sous les pieds de son cheval. Onuphrius, malgré sa frayeur, n'eut pas de peine à voir que c'était le chemin qu'il avait déjà parcouru, et que le Diable remettait devant lui pour lui faire pièce. Il piqua des deux ; son cheval fit une ruade et refusa d'avancer autrement qu'au pas ; les quatre démons continuèrent leur manège.

Onuphrius vit que l'un d'eux avait au doigt un rubis pareil à celui du doigt qui l'avait si fort effrayé sur le damier : l'identité du personnage n'était plus douteuse. La terreur d'Onuphrius était si grande, qu'il ne sentait plus, qu'il ne voyait ni n'entendait ; ses dents claquaient comme dans la fièvre, un rire convulsif tordait sa bouche. Une fois, il essaya de dire ses prières et de faire un signe de croix, il ne put en venir à bout. La nuit s'écoula ainsi.

Enfin, une raie bleuâtre se dessina sur le bord du ciel : son cheval huma bruyamment par ses naseaux l'air balsamique[1] du matin, le coq de la ferme voisine fit entendre sa voix grêle et éraillée, les fantômes disparurent, le cheval prit de lui-même le galop, et, au point du jour, Onuphrius se trouva devant la porte de son atelier.

Harassé de fatigue, il se jeta sur un divan et ne tarda pas à s'endormir : son sommeil était agité ; le cauchemar lui avait mis le genou sur l'estomac. Il fit une multitude de rêves incohérents, monstrueux, qui ne contribuèrent pas peu à déran-

1. *balsamique* : qui a les propriétés du baume, résine odoriférante.

ger sa raison déjà ébranlée. En voici un qui l'avait frappé, et qu'il m'a raconté plusieurs fois depuis.

Le Cauchemar *de J. Henri Fuessli (ou Füssli), (1741-1825), gravure, BN.*

« J'étais dans une chambre qui n'était pas la mienne ni celle d'aucun de mes amis, une chambre où je n'étais jamais venu, et que cependant je connaissais parfaitement bien : les jalousies étaient fermées, les rideaux tirés ; sur la table de nuit une pâle veilleuse jetait sa lueur agonisante. On ne marchait que sur la pointe du pied, le doigt sur la bouche ; des fioles, des tasses encombraient la cheminée. Moi, j'étaits au lit comme si j'eusse été malade, et pourtant je ne m'étais jamais mieux porté. Les personnes qui traversaient l'appartement avaient un air triste et affairé qui semblait extraordinaire.

« Jacintha était à la tête de mon lit, qui tenait sa petite main sur mon front, et se penchait vers moi pour écouter si je respirais bien. De temps en temps une larme tombait de ses cils sur mes joues, et elle l'essuyait légèrement avec un baiser.

« Ses larmes me fendaient le cœur, et j'aurais bien voulu la consoler ; mais il m'était impossible de faire le plus petit mouvement, ou d'articuler une seule syllabe : ma langue était clouée à mon palais, mon corps était comme pétrifié.

« Un monsieur vêtu de noir entra, me tâta le pouls, hocha

la tête d'un air découragé, et dit tout haut : " C'est fini ! " Alors Jacintha se prit à sangloter, à se tordre les mains, et à donner toutes les démonstrations de la plus violente douleur : tous ceux qui étaient dans la chambre en firent autant. Ce fut un concert de pleurs et de soupirs à apitoyer un roc.

« J'éprouvais un secret plaisir d'être regretté ainsi. On me présenta une glace devant la bouche ; je fis des efforts prodigieux pour la ternir de mon souffle, afin de montrer que je n'étais pas mort : je ne pus en venir à bout. Après cette épreuve on me jeta le drap par-dessus la tête ; j'étais au désespoir, je voyais bien qu'on me croyait trépassé et que l'on allait m'enterrer tout vivant. Tout le monde sortit : il ne resta qu'un prêtre qui marmotta des prières et qui finit par s'endormir.

« Le croque-mort vint qui me prit mesure d'une bière et d'un linceul ; j'essayai encore de me remuer et de parler, ce fut inutile, un pouvoir invincible m'enchaînait : force me fut de me résigner. Je restai ainsi beaucoup de temps en proie aux plus douloureuses réflexions. Le croque-mort revint avec mes derniers vêtements, les derniers de tout homme, la bière et le linceul : il n'y avait plus qu'à m'en accoutrer.

« Il m'entortilla dans le drap, et se mit à me coudre sans précaution comme quelqu'un qui a hâte d'en finir : la pointe de son aiguille m'entrait dans la peau, et me faisait des milliers de piqûres ; ma situation était insupportable. Quand ce fut fait, un de ses camarades me prit par les pieds, lui par la tête, ils me déposèrent dans la boîte ; elle était un peu juste pour moi, de sorte qu'ils furent obligés de me donner de grands coups sur les genoux pour pouvoir enfoncer le couvercle.

« Ils en vinrent à bout à la fin, et l'on planta le premier clou. Cela faisait un bruit horrible. Le marteau rebondissait sur les planches, et j'en sentais le contrecoup. Tant que l'opération dura, je ne perdis pas tout à fait l'espérance ; mais au dernier clou je me sentis défaillir, mon cœur se serra, car je compris qu'il n'y avait plus rien de commun entre le monde et moi : ce dernier clou me rivait au néant pour toujours. Alors seulement je compris toute l'horreur de ma position.

« On m'emporta ; le roulement sourd des roues m'apprit que j'étais dans le corbillard ; car bien que je ne pusse manifester mon existence d'aucune manière, je n'étais privé d'aucun de mes sens. La voiture s'arrêta, on retira le cercueil. J'étais à l'église, j'entendais parfaitement le chant nasillard des prêtres, et je voyais briller à travers les fentes de la bière la lueur jaune des cierges. La messe finie, on partit pour le cimetière ; quand on me descendit dans la fosse, je ramassai toutes mes forces, et je crois que je parvins à pousser un cri ; mais le fracas de la terre qui roulait sur le cercueil le couvrit entièrement : je me trouvais dans une obscurité palpable et compacte, plus noire que celle de la nuit. Du reste, je ne souffrais pas, corporellement du moins ; quant à mes souffrances morales, il faudrait un volume pour les analyser. L'idée que j'allais mourir de faim ou être mangé aux vers, sans pouvoir l'empêcher, se présenta la première ; ensuite je pensai aux événements de la veille, à Jacintha, à mon tableau qui aurait eu tant de succès au Salon, à mon drame qui allait être joué, à une partie que j'avais projetée avec mes camarades, à un habit que mon tailleur devait me rapporter ce jour-là ; que sais-je, moi ? à mille choses dont je n'aurais guère dû m'inquiéter ; puis revenant à Jacintha, je réfléchis sur la manière dont elle s'était conduite ; je repassai chacun de ses gestes, chacune de ses paroles, dans ma mémoire ; je crus me rappeler qu'il y avait quelque chose d'outré et d'affecté dans ses larmes, dont je n'aurais pas dû être la dupe : cela me fit ressouvenir de plusieurs choses que j'avais totalement oubliées ; plusieurs détails auxquels je n'avais pas pris garde, considérés sous un nouveau jour, me parurent d'une haute importance ; des démonstrations que j'aurais juré sincères me semblèrent louches ; il me revint dans l'esprit qu'un jeune homme, un espèce de fat moitié cravate, moitié éperons, lui avait autrefois fait la cour. Un soir, nous jouions ensemble, Jacintha m'avait appelé du nom de ce jeune homme au lieu du mien, signe certain de préoccupation ; d'ailleurs je savais qu'elle en avait parlé favorablement dans le monde à plusieurs reprises, et comme de quelqu'un qui ne lui déplairait pas.

« Cette idée s'empara de moi, ma tête commença à fermenter ; je fis des rapprochements, des suppositions, des interprétations : comme on doit bien le penser, elles ne furent pas favorables à Jacintha. Un sentiment inconnu se glissa dans mon cœur, et m'apprit ce que c'était que souffrir ; je devins horriblement jaloux, et je ne doutai pas que ce ne fût Jacintha qui, de concert avec son amant, ne m'eût fait enterrer tout vif pour se débarrasser de moi. Je pensai que peut-être en ce moment même ils riaient à gorge déployée du succès de leur stratagème, et que Jacintha livrait aux baisers de l'autre cette bouche qui m'avait juré tant de fois n'avoir jamais été touchée par d'autres lèvres que les miennes.

« À cette idée, j'entrai dans une fureur telle que je repris la faculté de me mouvoir ; je fis un soubresaut si violent, que je rompis d'un seul coup les coutures de mon linceul. Quand j'eus les jambes et les bras libres, je donnai de grands coups de coudes et de genoux au couvercle de la bière pour le faire sauter et aller tuer mon infidèle aux bras de son lâche et misérable galant. Sanglante dérision, moi, enterré, je voulais donner la mort ! Le poids énorme de la terre qui pesait sur les planches rendit mes efforts inutiles. Épuisé de fatigue, je retombai dans ma première torpeur, mes articulations s'ossifièrent : de nouveau je redevins cadavre. Mon agitation mentale se calma, je jugeai plus sainement les choses : les souvenirs de tout ce que la jeune femme avait fait pour moi, son dévouement, ses soins qui ne s'étaient jamais démentis, eurent bientôt fait évanouir ces ridicules soupçons.

« Ayant usé tous mes sujets de méditation, et ne sachant comment tuer le temps, je me mis à faire des vers ; dans ma triste situation, ils ne pouvaient pas être fort gais : ceux du nocturne Young• et du sépulcral Hervey• ne sont que des bouffonneries, comparés à ceux-là. J'y dépeignais les sensations d'un homme conservant sous terre toutes les passions qu'il avait eues dessus, et j'intitulai cette rêverie cadavéreuse : *La Vie dans la mort*[1]. Un beau titre, sur ma foi ! et ce qui me désespérait, c'était de ne pouvoir les réciter à personne.

« J'avais à peine terminé la dernière strophe, que j'entendis

1. *La vie dans la mort* : en 1838, Gautier écrira *La Comédie de la mort* dont la première partie s'intitulera, comme ici, *La Vie dans la mort*.

piocher avec ardeur au-dessus de ma tête. Un rayon d'espérance illumina ma nuit. Les coups de pioche se rapprochaient rapidement. La joie que je ressentis ne fut pas de longue durée : les coups de pioche cessèrent. Non, l'on ne peut rendre avec des mots humains l'angoisse abominable que j'éprouvai en ce moment ; la mort réelle n'est rien en comparaison. Enfin j'entendis encore du bruit : les fossoyeurs, après s'être reposés, avaient repris leur besogne. J'étais au ciel ; je sentais ma délivrance s'approcher. Le dessus du cercueil sauta. Je sentis l'air froid de la nuit. Cela me fit grand bien, car je commençai à étouffer. Cependant mon immobilité continuait ; quoique vivant, j'avais toutes les apparences d'un mort. Deux hommes me saisirent : voyant les coutures du linceul rompues, ils échangèrent en ricanant quelques plaisanteries grossières, me chargèrent sur leurs épaules et m'emportèrent. Tout en marchant ils chantonnaient à demi-voix des couplets obscènes. Cela me fit penser à la scène des fossoyeurs, dans *Hamlet*, et je me dis en moi-même que Shakespeare était un bien grand homme.

L'Inhumation précipitée *par Wiertz.*

« Après m'avoir fait passer par bien des ruelles détournées, ils entrèrent dans une maison que je reconnus pour être celle de mon médecin ; c'était lui qui m'avait fait déterrer afin de savoir de quoi j'étais mort. On me déposa sur une table de marbre. Le docteur entra avec une trousse d'instruments ; il les étala complaisamment sur une commode. À la vue de ces scalpels, de ces bistouris, de ces lancettes, de ces scies d'acier luisantes et polies, j'éprouvai une frayeur horrible, car je compris qu'on allait me disséquer ; mon âme, qui jusque-là n'avait pas abandonné mon corps, n'hésita plus à me quitter : au premier coup de scalpel elle était tout à fait dégagée de ses entraves. Elle aimait mieux subir tous les désagréments d'une intelligence dépossédée de ses moyens de manifestation physique, que de partager avec mon corps ces effroyables tortures. D'ailleurs, il n'y avait plus espérance de le conserver, il allait être mis en pièces, et n'aurait pu servir à grand-chose quand même ce déchiquètement ne l'eût pas tué tout de bon. Ne voulant pas assister au dépècement de sa chère enveloppe, mon âme se hâta de sortir.

« Elle traversa rapidement une enfilade de chambres, et se trouva sur l'escalier. Par habitude, je descendis les marches une à une ; mais j'avais besoin de me retenir, car je me sentais une légèreté merveilleuse. J'avais beau me cramponner au sol, une force invincible m'attirait en haut ; c'était comme si j'eusse été attaché à un ballon gonflé de gaz ; la terre fuyait mes pieds, je n'y touchais que par l'extrémité de mes orteils ; je dis des orteils, car bien que je ne fusse qu'un pur esprit, j'avais conservé le sentiment des membres que je n'avais plus, à peu près comme un amputé qui souffre de son bras ou de sa jambe absente. Lassé de ces efforts pour rester dans une attitude normale, et, du reste, ayant fait réflexion que mon âme immatérielle ne devait pas se voiturer d'un lieu à l'autre par les mêmes procédés que ma misérable guenille[1] de corps, je me laissai faire à cet ascendant, et je commençai à quitter terre sans pourtant m'élever trop, et me maintenant dans la région moyenne. Bientôt je m'enhardis, et je volai tantôt haut, tantôt bas, comme si je n'eusse fait autre chose de ma vie. Il commençait à faire jour : je montai, je montai, regardant aux vitres des mansardes des grisettes[2] qui se levaient et faisaient leur toilette, me servant des cheminées comme de tubes

1. *guenille* : haillon, chiffon.
2. *grisette* : jeune ouvrière coquette (la grisette est une étoffe légère et commune).

acoustiques pour entendre ce qu'on disait dans les appartements. Je dois dire que je ne vis rien de bien beau, et que je ne recueillis rien de piquant. M'accoutumant à ces façons d'aller, je planai sans crainte dans l'air libre, au-dessus du brouillard, et je considérai de haut cette immense étendue de toits qu'on prendrait pour une mer figée au moment d'une tempête, ce chaos hérissé de tuyaux, de flèches, de dômes, de pignons, baigné de brume et de fumée, si beau, si pittoresque, que je ne regrettai pas d'avoir perdu mon corps. Le Louvre m'apparut blanc et noir, son fleuve à ses pieds, ses jardins verts à l'autre bout. La foule s'y portait ; il y avait exposition : j'entrai. Les murailles flamboyaient diaprées[1] de peintures nouvelles, chamarrées[2] de cadres d'or richement sculptés. Les bourgeois allaient, venaient, se coudoyaient, se marchaient sur les pieds, ouvraient des yeux hébétés, se consultaient les uns les autres comme des gens dont on n'a pas encore fait l'avis, et qui ne savent ce qu'ils doivent penser et dire. Dans la grand-salle, au milieu des tableaux de nos jeunes grands maîtres, Delacroix•, Ingres•, Decamps•, j'aperçus mon tableau à moi : la foule se serrait autour, c'était un rugissement d'admiration ; ceux qui étaient derrière et ne voyaient rien criaient deux fois plus fort : Prodigieux ! prodigieux ! Mon tableau me sembla à moi-même beaucoup mieux qu'auparavant, et je me sentis saisi d'un profond respect pour ma propre personne. Cependant, à toutes ces formules admiratives se mêlait un nom qui n'était pas le mien ; je vis qu'il y avait là-dessous quelque surpercherie. J'examinai la toile avec attention : un nom en petits caractères rouges était écrit à l'un de ses coins. C'était celui d'un de mes amis qui, me voyant mort, ne s'était pas fait scrupule de s'approprier mon œuvre. Oh ! alors, que je regrettai mon pauvre corps ! Je ne pouvais ni parler, ni écrire ; je n'avais aucun moyen de réclamer ma gloire et de démasquer l'infâme plagiaire. Le cœur navré, je me retirai

1. *diaprées* : parées.
2. *chamarrées* : chargées de passementeries, d'ornements.

tristement pour ne pas assister à ce triomphe qui m'était dû. Je voulus voir Jacintha. J'allai chez elle, je ne la trouvai pas ; je la cherchai vainement dans plusieurs maisons où je pensais qu'elle pourrait être. Ennuyé d'être seul, quoiqu'il fût déjà tard, l'envie me prit d'aller au spectacle ; j'entrai à la Porte-Saint-Martin, je fis réflexion que mon nouvel état avait cela d'agréable que je passais partout sans payer. La pièce finissait, c'était la catastrophe. Dorval•, l'œil sanglant, noyée de larmes, les lèvres bleues, les tempes livides, échevelée, à moitié nue, se tordait sur l'avant-scène, à deux pas de la rampe. Bocage•, fatal et silencieux, se tenait debout dans le fond : tous les mouchoirs étaient en jeu ; les sanglots brisaient les corsets ; un tonnerre d'applaudissements entrecoupait chaque râle de la tragédienne ; le parterre, noir de têtes, houlait[1] comme une mer ; les loges se penchaient sur les galeries, les galeries sur le balcon. La toile tomba : je crus que la salle allait crouler : c'étaient des battements de mains, des trépignements, des hurlements ; or, cette pièce était ma pièce : jugez ! J'étais grand à toucher le plafond. Le rideau se leva, on jeta à cette foule le nom de l'auteur.

« Ce n'était pas le mien, c'était le nom de l'ami qui m'avait déjà volé mon tableau. Les applaudissements redoublèrent. On voulait traîner l'auteur sur le théâtre : le monstre était dans une loge obscure avec Jacintha. Quand on proclama son nom, elle se jeta à son cou, et lui appuya sur la bouche le baiser le plus enragé que jamais femme ait donné à un homme. Plusieurs personnes la virent ; elle ne rougit même pas : elle était si enivrée, si folle et si fière de son succès, qu'elle se serait, je crois, prostituée à lui dans cette loge et devant tout le monde. Plusieurs voix crièrent : “ Le voilà ! le voilà ! ” Le drôle prit un air modeste, et salua profondément. Le lustre, qui s'éteignit, mit fin à cette scène. Je n'essayerai pas de décrire ce qui se passait dans moi ; la jalousie, le mépris, l'indignation se heurtaient dans mon âme ; c'était un orage

1. *houlait* : s'agitait comme la houle.

d'autant plus furieux que je n'avais aucun moyen de le mettre au-dehors : la foule s'écoula, je sortis du théâtre ; j'errai quelque temps dans la rue, ne sachant où aller. La promenade ne me réjouissait guère. Il sifflait une bise piquante : ma pauvre âme, frileuse comme l'était mon corps, grelottait et mourait de froid. Je rencontrai une fenêtre ouverte, j'entrai, résolu de gîter dans cette chambre jusqu'au lendemain. La fenêtre se ferma sur moi : j'aperçus assis dans une grande bergère à ramages un personnage des plus singuliers. C'était un grand homme, maigre, sec, poudré à frimas[1], la figure ridée comme une vieille pomme, une énorme paire de besicles à cheval sur un maître-nez, baisant presque le menton. Une petite estafilade, transversale, semblable à une ouverture de tirelire, enfouie sous une infinité de plis ou de poils roides comme des soies de sanglier, représentait tant bien que mal ce que nous appellerons une bouche, faute d'autre terme. Un antique habit noir, limé jusqu'à la corde, blanc sur toutes les coutures, une veste d'étoffe changeante, une culotte courte, des bas chinés et des souliers à boucles : voilà pour le costume. À mon arrivée, ce digne personnage se leva, et alla prendre dans une armoire deux brosses faites d'une manière spéciale : je n'en pus deviner d'abord l'usage ; il en prit une dans chaque main, et se mit à parcourir la chambre avec une agilité surprenante comme s'il poursuivait quelqu'un, et choquant ses brosses l'une contre l'autre du côté des barbes ; je compris alors que c'était le fameux M. Berbiguier• de Terre-Neuve-du-Thym, qui faisait la chasse aux farfadets[2] ; j'étais fort inquiet de ce qui allait arriver, il semblait que cet hétéroclite[3] individu eût la faculté de voir l'invisible, il me suivait exactement, et j'avais toutes les peines du monde à lui échapper. Enfin, il m'accula dans une encoignure, il brandit ses deux fatales brosses, des millions de dards me criblèrent l'âme, chaque crin faisait un trou, la

1. *poudré à frimas* : couvert d'une légère couche de poudre.
2. *farfadets* : lutins, esprits follets.
3. *hétéroclite* : ici, bizarre.

Caliban *par Odilon Redon ; fusain, collection particulière.*

douleur était insoutenable : oubliant que je n'avais ni langue, ni poitrine, je fis de merveilleux efforts pour crier ; et... »

Onuphrius en était là de son rêve lorsque j'entrai dans l'atelier : il criait effectivement à pleine gorge ; je le secouai, il se frotta les yeux et me regarda d'un air hébété ; enfin il me reconnut, et me raconta, ne sachant trop s'il avait veillé ou dormi, la série de ses tribulations que l'on vient de lire ; ce n'était pas, hélas ! les dernières qu'il devait éprouver réellement ou non. Depuis cette nuit fatale, il resta dans un état d'hallucination presque perpétuel qui ne lui permettait pas de distinguer ses rêveries d'avec le vrai. Pendant qu'il dormait, Jacintha avait envoyé chercher le portrait ; elle aurait bien voulu y aller elle-même, mais sa robe tachée l'avait trahie auprès de sa tante, dont elle n'avait pu tromper la surveillance.

Onuphrius, on ne peut plus désappointé de ce contretemps, se jeta dans un fauteuil, et, les coudes sur la table, se prit tristement à réfléchir ; ses regards flottaient devant lui sans se fixer particulièrement sur rien : le hasard fit qu'ils tombèrent sur une grande glace de Venise à bordure de cristal, qui garnissait le fond de l'atelier ; aucun rayon de jour ne venait s'y briser, aucun objet ne s'y réfléchissait assez exactement pour que l'on pût en apercevoir les contours : cela faisait un espace vide dans la muraille, une fenêtre ouverte sur le néant, d'où l'esprit pouvait plonger dans les mondes imaginaires. Les prunelles d'Onuphrius fouillaient ce prisme profond et sombre, comme pour en faire jaillir quelque apparition. Il se pencha, il vit son reflet double, il pensa que c'était une illusion d'optique ; mais en examinant plus attentivement, il trouva que le second reflet ne lui ressemblait en aucune façon ; il crut que quelqu'un était entré dans l'atelier sans qu'il l'eût entendu : il se retourna. Personne. L'ombre continuait cependant à se projeter dans la glace, c'était un homme pâle, ayant au doigt un gros rubis, pareil au mystérieux rubis qui avait joué un rôle dans les fantasmagories de la nuit précédente. Onuphrius commençait à se sentir mal à l'aise. Tout à coup le reflet sortit de la glace, descendit dans la chambre, vint droit à lui, le força à s'asseoir, et, malgré sa résistance, lui enleva le dessus de la tête comme on ferait de la calotte d'un pâté. L'opération finie, il mit le morceau dans sa poche, et s'en retourna par où il était venu. Onuphrius, avant de le perdre tout à fait de vue dans les profondeurs de la glace, apercevait encore à une distance incommensurable son rubis qui brillait comme une comète. Du reste, cette espèce de trépan[1] ne lui avait fait aucun mal. Seulement, au bout de quelques minutes, il entendit un bourdonnement étrange au-dessus de sa tête ; il leva les yeux, et vit que c'étaient ses idées qui, n'étant plus contenues par la voûte du crâne, s'échappaient en désordre comme des oiseaux dont on ouvre la cage. Chaque idéal de

1. *trépan* : instrument de chirurgie avec lequel on perce les os du crâne ; ici, l'opération elle-même.

femme qu'il avait rêvé sortit avec son costume, son parler, son attitude (nous devons dire à la louange d'Onuphrius qu'elles avaient l'air de sœurs jumelles de Jacintha), les héroïnes des romans qu'il avait projetés ; chacune de ces dames avait son cortège d'amants, les unes en cotte armoriée[1] du Moyen Âge, les autres en chapeau et en robe de dix-huit cent trente-deux. Les types qu'il avait créés grandioses, grotesques ou monstrueux, les esquisses de tableaux à faire, de toute nation et de tout temps, ses idées métaphysiques sous la forme de petites bulles de savon, les réminiscences de ses lectures, tout cela sortit pendant une heure au moins : l'atelier en était plein. Ces dames et ces messieurs se promenaient en long et en large sans se gêner le moins du monde, causant, riant, se disputant, comme s'ils eussent été chez eux.

Onuphrius, abasourdi, ne sachant où se mettre, ne trouva rien de mieux à faire que de leur céder la place ; lorsqu'il passa sous la porte, le concierge lui remit deux lettres ; deux lettres de femmes, bleues, ambrées, l'écriture petite, le pli long, le cachet rose.

La première était de Jacintha, elle était conçue ainsi :

« Monsieur, vous pouvez bien avoir mademoiselle de *** pour maîtresse si cela vous fait plaisir ; quant à moi, je ne veux plus l'être, tout mon regret est de l'avoir été. Vous m'obligerez beaucoup de ne pas chercher à me revoir. »

Onuphrius était anéanti ; il comprit que c'était la maudite ressemblance du portrait qui était cause de tout ; ne se sentant pas coupable, il espéra qu'avec le temps tout s'éclaircirait à son avantage. La seconde lettre était une invitation de soirée.

– Bon ! dit-il, j'irai, cela me distraira un peu et dissipera toutes ces vapeurs noires. L'heure vint ; il s'habilla, la toilette fut longue ; comme tous les artistes (quand ils ne sont pas sales à faire peur), Onuphrius était recherché dans sa mise, non que ce fût un fashionable[2], mais il cherchait à donner à

1. *cotte armoriée* : tunique décorée d'armoiries.
2. *fashionable* : mot anglais signifiant “ à la mode ”.

nos pitoyables vêtements un galbe[1] pittoresque, une tournure moins prosaïque. Il se modelait sur un beau Van Dyck • qu'il avait dans son atelier, et vraiment il y ressemblait à s'y méprendre. On eût dit le portrait descendu du cadre[2] ou la réflexion de la peinture dans un miroir.

Il y avait beaucoup de monde ; pour arriver à la maîtresse de la maison il lui fallut fendre un flot de femmes, et ce ne fut pas sans froisser plus d'une dentelle, aplatir plus d'une manche, noircir plus d'un soulier, qu'il y put parvenir ; après avoir échangé les deux ou trois banalités d'usage, il tourna sur ses talons, et se mit à chercher quelque figure amie dans toute cette cohue. Ne trouvant personne de connaissance, il s'établit dans une causeuse à l'embrasure d'une croisée, d'où, à demi caché par les rideaux, il pouvait voir sans être vu, car depuis la fantastique évaporation de ses idées, il ne se souciait pas d'entrer en conversation ; il se croyait stupide quoiqu'il n'en fût rien ; le contact du monde l'avait remis dans la réalité.

La soirée était des plus brillantes. Un coup d'œil magnifique ! Cela reluisait, chatoyait, scintillait ; cela bourdonnait, papillonnait, tourbillonnait. Des gazes comme des ailes d'abeilles, des tulles, des crêpes, des blondes[3], lamés, côtelés, ondés, découpés, déchiquetés à jour ; toiles d'araignée, air filé, brouillard tissu ; de l'or et de l'argent, de la soie et du velours, des paillettes, du clinquant, des fleurs, des plumes, des diamants et des perles ; tous les écrins vidés, le luxe de tous les mondes à contribution. Un beau tableau, sur ma foi ! Les girandoles[4] de cristal étincelaient comme des étoiles ; des gerbes de lumière, des iris prismatiques s'échappaient des pierreries ; les épaules des femmes, lustrées, satinées, trempées d'une molle sueur, semblaient des agates ou des onyx dans l'eau ; les yeux papillotaient, les gorges battaient la campagne, les mains s'étreignaient, les têtes penchaient, les

1. *galbe* : forme gracieuse.
2. *descendu du cadre* : thème traditionnel du conte fantastique. Cf. *La Cafetière*.
3. *blondes* : dentelles exécutées en soie écrue.
4. *girandoles* : candélabres à plusieurs branches.

écharpes allaient au vent, c'était le beau moment ; la musique étouffée par les voix, les voix par le frôlement des petits pieds sur le parquet et le frou-frou des robes, tout cela formait une harmonie de fête, un bruissement joyeux à enivrer le plus mélancolique, à rendre fou tout autre qu'un fou.

Pour Onuphrius, il n'y prenait pas garde, il songeait à Jacintha.

Tout à coup son œil s'alluma, il avait vu quelque chose d'extraordinaire : un jeune homme qui venait d'entrer ; il pouvait avoir vingt-cinq ans, un frac noir, le pantalon pareil, un gilet de velours rouge taillé en pourpoint, des gants blancs, un binocle d'or, des cheveux en brosse, une barbe rousse à la Saint-Mégrin•, il n'y avait là rien d'étrange, plusieurs merveilleux avaient le même costume ; ces traits étaient parfaitement réguliers, son profil fin et correct eût fait envie à plus d'une petite-maîtresse, mais il y avait tant d'ironie dans cette bouche pâle et mince, dont les coins fuyaient perpétuellement sous l'ombre de leurs moustaches fauves, tant de méchanceté dans cette prunelle qui flamboyait à travers la glace du lorgnon comme l'œil d'un vampire, qu'il était impossible de ne pas le distinguer entre mille.

Il se déganta. Lord Byron• ou Bonaparte se fussent honorés de sa petite main aux doigts ronds et effilés, si frêle, si blanche, si transparente, qu'on eût craint de la briser en la serrant ; il portait un gros anneau à l'index, le chaton était le fatal rubis ; il brillait d'un éclat si vif, qu'il vous forçait à baisser les yeux.

Un frisson courut dans les cheveux d'Onuphrius.

La lumière des candélabres devint blafarde et verte ; les yeux des femmes et les diamants s'éteignirent ; le rubis radieux étincelait seul au milieu du salon obscurci comme un soleil dans la brume.

L'enivrement de la fête, la folie du bal étaient au plus haut degré ; personne, Onuphrius excepté, ne fit attention à cette circonstance ; ce singulier personnage se glissait comme une ombre entre les groupes, disant un mot à celui-ci, donnant une poignée de main à celui-là, saluant les femmes avec un air de respect dérisoire et de galanterie exagérée qui faisait rougir les unes et mordre les lèvres aux autres ; on eût dit que son regard de lynx et de loup-cervier[1] plongeait au profond de leur cœur ; un satanique dédain perçait dans ses moindres mouvements, un imperceptible clignement d'œil, un pli du front, l'ondulation des sourcils, la proéminence que conservait toujours sa lèvre inférieure, même dans son détestable demi-sourire, tout trahissait en lui, malgré la politesse de ses manières et l'humilité de ses discours, des pensées d'orgueil qu'il aurait voulu réprimer.

Onuphrius, qui le couvait des yeux, ne savait que penser ; s'il n'eût pas été en si nombreuse compagnie, il aurait eu grand-peur.

Il s'imagina même un instant reconnaître le personnage qui lui avait enlevé le dessus de la tête ; mais il se convainquit bientôt que c'était une erreur. Plusieurs personnes s'approchèrent, la conversation s'engagea ; la persuasion où il était qu'il n'avait plus d'idées les lui ôtait effectivement ; inférieur à lui-même, il était au niveau des autres ; on le trouva charmant et beaucoup plus spirituel qu'à l'ordinaire. Le tourbillon emporta ses interlocuteurs, il resta seul ; ses idées prirent un autre cours ; il oublia le bal, l'inconnu, le bruit lui-même et tout ; il était à cent lieues.

Un doigt se posa sur son épaule, il tressaillit comme s'il se fût réveillé en sursaut. Il vit devant lui Madame de ***, qui depuis un quart d'heure se tenait debout sans pouvoir attirer son attention.

– Eh bien ! Monsieur, à quoi pensez-vous donc ? À moi, peut-être ?

– À rien, je vous jure.

Il se leva, Madame de *** prit son bras ; ils firent quelques tours. Après plusieurs propos :

– J'ai une grâce à vous demander.

– Parlez, vous savez bien que je ne suis pas cruel, surtout avec vous.

– Récitez à ces dames la pièce de vers que vous m'avez

1. *loup-cervier* : autre nom du lynx. Redondance, apparemment.

dite l'autre jour, je leur en ai parlé, elles meurent d'envie de l'entendre.

À cette proposition, le front d'Onuphrius se rembrunit, il répondit par un *non* bien accentué ; Madame de *** insista comme les femmes savent insister. Onuphrius résista autant qu'il le fallait pour se justifier à ses propres yeux de ce qu'il appelait une faiblesse, et finit par céder, quoique d'assez mauvaise grâce.

Madame de ***, triomphante, le tenant par le bout du doigt pour qu'il ne pût s'esquiver, l'amena au milieu du cercle, et lui lâcha la main ; la main tomba comme si elle eût été morte. Onuphrius, décontenancé, promenait autour de lui des regards mornes et effarés comme un taureau sauvage que le picador vient de lancer dans le cirque. Le dandy[1] à barbe rouge était là, retroussant ses moustaches et considérant Onuphrius d'un air de méchanceté satisfaite. Pour faire cesser cette situation pénible, Madame de *** lui fit signe de commencer. Il exposa le sujet de sa pièce, et en dit le titre d'une voix assez mal assurée. Le bourdonnement cessa, les chuchotements se turent, on se disposa à écouter, un grand silence se fit.

Onuphrius était debout, la main sur le dos d'un fauteuil qui lui servait comme de tribune. Le dandy vint se placer tout à côté, si près qu'il le touchait ; quand il vit qu'Onuphrius allait ouvrir la bouche, il tira de sa poche une spatule d'argent et un réseau de gaze, emmanché à l'un de ses bouts d'une petite baguette d'ébène ; la spatule était chargée d'une substance mousseuse et rosâtre, assez semblable à la crème qui remplit les meringues, qu'Onuphrius reconnut aussitôt pour des vers de Dorat •, de Boufflers •, de Bernis • et de M. le chevalier de Pezay •, réduits à l'état de bouillie ou de gélatine. Le réseau était vide.

Onuphrius, craignant que le dandy ne lui jouât quelque tour, changea le fauteuil de place, et s'assit dedans ; l'homme aux yeux verts vint se planter juste derrière lui ; ne pouvant

1. *dandy* : homme qui se distingue par son élégance, son raffinement.

plus reculer, Onuphrius commença. À peine la dernière syllabe du premier vers s'était-elle envolée de sa lèvre, que le dandy, allongeant son réseau, avec une dextérité merveilleuse, la saisit au vol, et l'intercepta avant que le son eût le temps de parvenir à l'oreille de l'assemblée ; et puis, brandissant sa spatule il lui fourra dans la bouche une cuillerée de son insipide mélange. Onuphrius eût bien voulu s'arrêter ou se sauver ; mais une chaîne magique le clouait au fauteuil. Il lui fallut continuer et cracher cette odieuse mixture en friperies[1] mythologiques et en madrigaux quintessenciés[2]. Le manège se renouvelait à chaque vers ; personne, cependant, n'avait l'air de s'en apercevoir.

Les pensées neuves, les belles rimes d'Onuphrius, diaprées de mille couleurs romantiques, se débattaient et sautelaient dans la résille comme des poissons dans un filet ou des papillons sous un mouchoir.

Le pauvre poète était à la torture, des gouttes de sueur ruisselaient de ses tempes. Quand tout fut fini, le dandy prit délicatement les rimes et les pensées d'Onuphrius par les ailes et les serra dans son portefeuille.

– Bien, très bien, dirent quelques hommes poètes ou artistes en se rapprochant d'Onuphrius, un délicieux pastiche, un admirable pastel, du Watteau• tout pur, de la Régence à s'y tromper, des mouches, de la poudre et du fard, comment diable as-tu fait pour grimer ainsi ta poésie ? C'est d'un rococo[3] admirable ; bravo, bravo, d'honneur, une plaisanterie fort spirituelle ! Quelques dames l'entourèrent et dirent aussi : Délicieux ! en ricanant d'une manière à montrer qu'elles étaient au-dessus de semblables bagatelles quoique au fond du cœur elles trouvassent cela charmant et se fussent très fort accommodées d'une pareille poésie pour leur consommation particulière.

– Vous êtes tous des brigands ! s'écria Onuphrius d'une

1. *friperies* : vêtements usés.
2. *quintessenciés* : trop subtils. Le « madrigal » est une pièce de vers galants.
3. *rococo* : style caractérisé par l'hétéroclite et le clinquant.

voix de tonnerre en renversant sur le plateau le verre d'eau sucrée qu'on lui présentait. C'est un coup monté, une mystification complète ; vous m'avez fait venir ici pour être le jouet du diable, oui, de Satan en personne, ajouta-t-il en désignant du doigt le fashionable à gilet écarlate.

Après cette algarade, il enfonça son chapeau sur ses yeux et sortit sans saluer.

– Vraiment, dit le jeune homme en refourrant sous les basques de son habit une demi-aune de queue velue qui venait de s'échapper et qui se déroulait en frétillant, me prendre pour le diable, l'invention est plaisante ! Décidément, ce pauvre Onuphrius est fou. Me ferez-vous l'honneur de danser cette contredanse avec moi, mademoiselle ? reprit-il, un instant après, en baisant la main d'une angélique créature de quinze ans, blonde et nacrée, un idéal de Lawrence•.

Miss Faren, *gravure d'ap. Lawrence, par F. Bartolozzi ; BN.*

– Oh ! mon Dieu, oui, dit la jeune fille avec son sourire ingénu, levant ses longues paupières soyeuses, laissant nager vers lui ses beaux yeux couleur du ciel.

Au mot Dieu un long jet sulfureux s'échappa du rubis, la pâleur du réprouvé doubla ; la jeune fille n'en vit rien ; et quand elle l'aurait vu ? elle l'aimait !

Quand Onuphrius fut dans la rue, il se mit à courir de toutes ses forces ; il avait la fièvre, il délirait, il parcourut au hasard une infinité de ruelles et de passages. Le ciel était orageux, les girouettes grinçaient, les volets battaient les murs, les marteaux des portes retentissaient, les vitrages s'éteignaient successivement ; le roulement des voitures se perdait dans le lointain, quelques piétons attardés longeaient les maisons, quelques filles de joie traînaient leurs robes de gaze dans la boue ; les réverbères, bercés par le vent, jetaient des lueurs rouges et échevelées sur les ruisseaux gonflés de pluie ; les oreilles d'Onuphrius tintaient ; toutes les rumeurs étouffées de la nuit, le ronflement d'une ville qui dort, l'aboi d'un chien, le miaulement d'un matou, le son de la goutte d'eau tombant du toit, le quart sonnant à l'horloge gothique, les lamentations de la bise, tous ces bruits du silence agitaient convulsivement ses fibres, tendues à rompre par les événements de la soirée. Chaque lanterne était un œil sanglant qui l'espionnait ; il croyait voir grouiller dans l'ombre des formes sans nom, pulluler sous ses pieds des reptiles immondes ; il entendait des ricanements diaboliques, des chuchotements mystérieux. Les maisons valsaient autour de lui ; le pavé ondait[1], le ciel s'abaissait comme une coupole dont on aurait brisé les colonnes ; les nuages couraient, couraient, couraient, comme si le diable les eût emportés ; une grande cocarde tricolore avait remplacé la lune. Les rues et les ruelles s'en allaient bras dessus bras dessous, caquetant comme de vieilles portières ; il en passa beaucoup de la sorte. La maison de Madame de *** passa. On sortait du bal, il y avait encombrement à la porte ; on jurait, on appelait les équipages. Le jeune homme au réseau descendit ; il donnait le bras à une dame ; cette dame n'était autre que Jacintha ; le marchepied de la voiture s'abaissa, le dandy lui présenta la main ; ils montèrent ; la fureur d'Onuphrius était au comble ; décidé à éclaircir cette affaire, il croisa ses bras sur sa poitrine, et se planta au milieu du chemin. Le cocher fit claquer son fouet, une myriade d'étincelles jaillit du pied des chevaux. Ils partirent au galop ; le cocher cria : Gare ! il ne se dérangea pas : les chevaux étaient lancés trop fort pour qu'on pût les retenir. Jacintha poussa un cri ; Onuphrius crut que c'était fait de lui ; mais chevaux, cocher, voiture, n'étaient qu'une vapeur que son corps divisa comme l'arche d'un pont fait d'une masse d'eau qui se rejoint ensuite. Les morceaux du fantastique équipage se réunirent à quelques pas derrière lui,

1. *ondait* : s'agitait, était mouvant comme une onde.

et la voiture continua à rouler comme s'il ne fût rien arrivé. Onuphrius, atterré, la suivit des yeux : il entrevit Jacintha, qui, ayant levé le store, le regardait d'un air triste et doux, et le dandy à barbe rouge qui riait comme une hyène ; un angle de la rue l'empêcha d'en voir davantage ; inondé de sueur, pantelant, crotté jusqu'à l'échine, pâle, harassé de fatigue et vieilli de dix ans, Onuphrius regagna péniblement le logis. Il faisait grand jour comme la veille ; en mettant le pied sur le seuil il tomba évanoui. Il ne sortit de sa pâmoison qu'au bout d'une heure ; une fièvre furieuse y succéda. Sachant Onuphrius en danger, Jacintha oublia bien vite sa jalousie et sa promesse de ne plus le voir ; elle vint s'établir au chevet de son lit, et lui prodigua les soins et les caresses les plus tendres. Il ne la reconnaissait pas ; huit jours se passèrent ainsi ; la fièvre diminua ; son corps se rétablit, mais non pas sa raison ; il s'imaginait que le diable lui avait escamoté son corps, se fondant sur ce qu'il n'avait rien senti lorsque la voiture lui avait passé dessus.

L'histoire de Pierre Schlemil, dont le diable avait pris l'ombre ; celle de la nuit de la Saint-Sylvestre[1], où un homme perd son reflet, lui revinrent en mémoire ; il s'obstinait à ne pas voir son image dans les glaces et son ombre sur le plancher, chose toute naturelle, puisqu'il n'était qu'une substance impalpable ; on avait beau le frapper, le pincer, pour lui démontrer le contraire, il était dans un état de somnambulisme et de catalepsie[2] qui ne lui permettait pas de sentir même les baisers de Jacintha.

La lumière s'était éteinte dans la lampe ; cette belle imagination, surexcitée par des moyens factices, s'était usée en de vaines débauches ; à force d'être spectateur de son existence, Onuphrius avait oublié celle des autres, et les liens qui le rattachaient au monde s'étaient brisés un à un.

1. *La Nuit de la Saint-Sylvestre* : conte d'Hoffmann dans lequel apparaissent Pierre Schlemil (personnage créé par Chamisso) et Erasme Spikher : l'un a perdu son ombre et l'autre son reflet.

2. *catalepsie* : état dans lequel la sensibilité extérieure et les mouvements volontaires sont suspendus.

Sorti de l'arche du réel, il s'était lancé dans les profondeurs nébuleuses de la fantaisie et de la métaphysique ; mais il n'avait pu revenir avec le rameau d'olive ; il n'avait pas rencontré la terre sèche où poser le pied et n'avait pas su retrouver le chemin par où il était venu ; il ne put, quand le vertige le prit d'être si haut et si loin, redescendre comme il l'aurait souhaité, et renouer avec le monde positif. Il eût été capable, sans cette tendance funeste, d'être le plus grand des poètes ; il ne fut que le plus singulier des fous. Pour avoir trop regardé sa vie à la loupe, car son fantastique, il le prenait presque toujours dans les événements ordinaires, il lui arriva ce qui arrive à ces gens qui aperçoivent, à l'aide du microscope, des vers dans les aliments les plus sains, des serpents dans les liqueurs les plus limpides. Ils n'osent plus manger ; la chose la plus naturelle, grossie par son imagination, lui paraissait monstrueuse.

M. le docteur Esquirol• fit, l'année passée, un tableau statistique de la folie.

Fous par amour	Hommes	2	Femmes	60
– par dévotion	–	6	–	20
– par politique	–	48	–	3
– perte de fortune	–	27	–	24
Pour cause inconnue	–	1		

Celui-là, c'est notre pauvre ami.

Et Jacintha ? Ma foi, elle pleura quinze jours, fut triste quinze autres, et, au bout d'un mois, elle prit plusieurs amants, cinq ou six, je crois, pour faire la monnaie d'Onuphrius ; un an après, elle l'avait totalement oublié, et ne se souvenait même plus de son nom. N'est-ce pas, lecteur, que cette fin est bien commune pour une histoire extraordinaire ? Prenez-la ou laissez-la, je me couperais la gorge plutôt que de mentir d'une syllabe.

Questions

I. Première partie : portrait et mésaventures d'Onuphrius (p. 25 à 40).

Compréhension

1. *En quoi Onuphrius est-il « Jeune-France et romantique forcené » ?*

2. *Que lit-il ? Dans quel genre s'est-il spécialisé ?*

3. *Donnez des exemples de ses craintes superstitieuses.*

4. *Relevez les « vexations » qu'il subit dans son atelier, chez M. de M***, pendant le trajet aller et retour.*

5. *Documentez-vous sur Théophile Gautier et demandez-vous si Onuphrius ne pourrait pas être son double. Ressemblances et différences.*

6. *Montrez comment Gautier évoque la grâce et la vivacité de Jacintha. Quel rôle joue-t-elle à ses côtés ? N'est-elle qu'une amante ?*

Écriture

7. *Les allusions aux peintres sont fréquentes chez Gautier. Il nomme ici, d'un côté Giotto et Cimabue, de l'autre Rembrandt : qu'a-t-il retenu d'eux ?*

8. *La poésie et la fantaisie ne sont pas absentes du récit : voyez la description du grain de poussière qui se pose sur le tableau, ou la relation du voyage nocturne. Quels termes personnifient « la petite peluche » et la nature (étoiles, ciel, Lune...) ?*

9. *Le décor nocturne et l'effroi d'Onuphrius (p. 36 à 40) : montrez comment Gautier accumule dans sa description des éléments étranges ou terrifiants, et relevez les mots appartenant au champ lexical de la peur.*

Le fantastique

Il est dû à trois éléments en particulier :

10. *Le diable : relevez ses diverses manifestations.*

11. *La déformation du réel : quelle apparence, par exemple, la Lune revêt-elle ?*

12. *L'abolition ou la déformation du temps : annoncé au début, ce thème est repris durant le voyage. De quelle façon ? Citez une phrase caractéristique.*

Carlotta Grisi dans Giselle ou les Willis, *ballet fantastique de Henri Heine ; gravure.*

II. Deuxième partie : le récit du mort-vivant (p. 40 à 49).

Compréhension

1. *Montrez que l'enterrement est décrit d'une façon chronologique, en en indiquant les différentes étapes.*

2. *Sur quoi la jalousie du mort se fonde-t-elle ?*

3. *En quoi ce « sentiment inconnu » est-il plus douloureux maintenant ?*

4. *À quoi le mort passe-t-il son temps, si l'on peut dire ? Quel thème d'inspiration commun Gautier suggère-t-il chez les trois auteurs anglais cités ?*

5. *Pourquoi est-il exhumé ?*

6. *C'est la peur d'une nouvelle souffrance qui pousse le narrateur à quitter son corps. À quel moment ? Que veut-il éviter ?*

7. *Quels sentiments éprouve-t-il au Louvre ? Au théâtre ?*

Écriture

8. *Le récit remarquablement construit se déroule dans une atmosphère de malaise et d'angoisse. Aux premières sensations douloureuses, aux « milliers de piqûres » provoquées par le croque-mort qui coud le linceul, répond une notation symétrique, à la fin, juste avant le réveil du dormeur. Relevez-la.*

9. *La description de la ville et du Louvre se fait de haut en bas : comment appelle-t-on ce procédé dans le langage cinématographique ?*

10. *Le modernisme de Gautier : quels peintres, quels acteurs cite-t-il ? Quel mime avait-il déjà nommé ? Documentez-vous sur chacun d'eux.*

11. *Au Louvre, pour décrire la foule, l'écrivain utilise de courtes propositions : quel effet veut-il obtenir ?*

12. *La jalousie d'Onuphrius au théâtre (p. 47 et 48) : analysez le rythme des phrases et relevez les noms et expressions qu'emploie le jaloux pour parler de son rival.*

Le fantastique

Il réside dans les effets macabres : le narrateur raconte son inhumation, son exhumation et les mésaventures de son « fantôme » dans Paris.

13. *Que transcrit en fait ce récit ?*

14. *Le fantastique ne perd-il pas ainsi de sa force suggestive ?*

Francesca de Rimini et Paolo son amant ; *gravure de Louis Dumont, 1860, d'après un dessin de G. Doré, extraite de l'*Enfer *de Dante Alighieri.*

III. Troisième partie : aggravation de l'état d'Onuphrius (p. 49 à 60).

Compréhension

1. *Le cauchemar s'intègre au récit dont il constitue une péripétie. L'auteur tient à marquer la progression : la raison d'Onuphrius était « déjà ébranlée », il reste désormais dans un état d'hallucination presque perpétuel. De fait les hallucinations vont se multiplier. Relevez-les :*
a) dans sa chambre,
b) au cours de la soirée,
c) dans la rue.

2. *Quel jugement le narrateur porte-t-il sur Onuphrius ?*

Écriture

3. *Dans la description de la soirée, relevez tous les termes qui évoquent la richesse ; le mouvement ; l'éclat et les couleurs.*

4. *Quel supplice l'humour de Gautier fait-il subir à son héros ? Quels vers doit-il déclamer, lui, le « romantique forcené » ?*

5. *Certaines notations n'auraient pas déplu aux surréalistes, comme l'évaporation des idées, la cueillette des paroles dans un filet... Cherchez d'autres exemples, dans les hallucinations éprouvées par Onuphrius dans la rue. Ainsi, quel est l'objet qui a remplacé la Lune ?*

6. *Documentez-vous sur le mouvement surréaliste (XXᵉ siècle).*

7. *Vers la fin, quand l'auteur cite « l'arche », « le rameau d'olive », la « terre sèche », à quel événement biblique fait-il allusion ?*

Le fantastique

Deux thèmes ont déjà été évoqués : le diable, la vision déformée de la réalité, mais un troisième apparaît : le reflet infidèle du miroir.

8. *Dans la littérature fantastique, généralement, le miroir ne renvoie pas d'image. Ici le reflet est double. À qui appartient le second reflet ?*

9. *Le portrait du diable se précise. Quelle est la couleur de sa barbe? de ses yeux? Citez un autre détail physique traditionnel.*

10. *Les exemples de déformation du réel sont nombreux, notamment dans la rue, sur le trajet de retour. Relevez-en quelques-uns.*

Illustration de frontispice des Contes nocturnes *de Hoffmann ; vignette de Gavarni, 1862, BN.*

OMPHALE,
histoire rococo

Mon oncle, le chevalier de ***, habitait une petite maison donnant d'un côté sur la triste rue des Tournelles et de l'autre sur le triste boulevard Saint-Antoine. Entre le boulevard et le corps du logis, quelques vieilles charmilles, dévorées d'insectes et de mousse, étiraient piteusement leurs bras décharnés au fond d'une espèce de cloaque encaissé par de noires et hautes murailles. Quelques pauvres fleurs étiolées penchaient languissamment la tête comme des jeunes filles poitrinaires, attendant qu'un rayon de soleil vînt sécher leurs feuilles à moitié pourries. Les herbes avaient fait irruption dans les allées, qu'on avait peine à reconnaître, tant il y avait longtemps que le râteau ne s'y était promené. Un ou deux poissons rouges flottaient plutôt qu'ils ne nageaient dans un bassin couvert de lentilles d'eau et de plantes de marais.

Mon oncle appelait cela son jardin.

Dans le jardin de mon oncle, outre toutes les belles choses que nous venons de décrire, il y avait un pavillon passablement maussade, auquel, sans doute par antiphrase, il avait donné le nom de *Délices*. Il était dans un état de dégradation complète. Les murs faisaient ventre ; de larges plaques de crépi s'étaient détachées et gisaient à terre entre les orties et la folle avoine ; une moisissure putride verdissait les assises inférieures ; les bois des volets et des portes avaient joué, et ne fermaient plus ou fort mal. Une espèce de gros pot à feu[1] avec des effluves[2] rayonnantes formait la décoration de l'entrée principale ; car, au temps de Louis XV, temps de la construction des *Délices*, il y avait toujours, par précaution, deux entrées. Des oves, des chicorées et des volutes[3] sur-

---

1. *pot à feu* : (archit.) ornement représentant un vase d'où semblent sortir des flammes.

2. *effluves* : ce mot est en principe masculin.

3. *oves, chicorées, volutes* : l'*ove* est un ornement en forme d'œuf ; la *chicorée* imite la feuille de chicorée ; la *volute* est un enroulement en spirale décorant les angles du chapiteau ionique.

chargeaient la corniche toute démantelée par l'infiltration des eaux pluviales. Bref, c'était une fabrique[1] assez lamentable à voir que les *Délices* de mon oncle le chevalier de ***.

Cette pauvre ruine d'hier, aussi délabrée que si elle eût eu mille ans, ruine de plâtre et non de pierre, toute ridée, toute gercée, couverte de lèpre, rongée de mousse et de salpêtre, avait l'air d'un de ces vieillards précoces, usés par de sales débauches ; elle n'inspirait aucun respect, car il n'y a rien d'aussi laid et d'aussi misérable au monde qu'une vieille robe de gaze et un vieux mur de plâtre, deux choses qui ne doivent pas durer et qui durent.

C'était dans ce pavillon que mon oncle m'avait logé.

L'intérieur n'en était pas moins *rococo*[2] que l'extérieur, quoiqu'un peu mieux conservé. Le lit était de lampas[3] jaune à grandes fleurs blanches. Une pendule de rocaille posait sur un piédouche[4] incrusté de nacre et d'ivoire. Une guirlande de roses pompon circulait coquettement autour d'une glace de Venise ; au-dessus des portes les quatre saisons étaient peintes en camaïeu[5]. Une belle dame, poudrée à frimas, avec un corset bleu de ciel et une échelle de rubans de la même couleur, un arc dans la main droite, une perdrix dans la main gauche, un croissant sur le front, un lévrier à ses pieds, se prélassait et souriait le plus gracieusement du monde dans un large cadre ovale. C'était une des anciennes maîtresses de mon oncle, qu'il avait fait peindre en Diane. L'ameublement, comme on voit, n'était pas des plus modernes. Rien n'empêchait que l'on ne se crût au temps de la Régence[6], et la tapisserie mythologique qui tendait les murs complétait l'illusion on ne peut mieux.

---

1. *fabrique* : petite construction pittoresque ornementale.
2. *rococo* : genre d'ornementation usité sous Louis XV et qui représentait des grottes et des coquillages. Style caractérisé par l'hétéroclite et le clinquant.
3. *lampas* : soierie orientale à grands dessins.
4. *piédouche* : petit piédestal servant de support à un buste.
5. *camaïeu* : procédé qui n'emploie que les différentes nuances d'une même couleur.
6. *Régence* : période correspondant à la minorité de Louis XV (1715-1723).

Hercule et Omphale *de François Lemoyne, 1724, musée du Louvre.*

La tapisserie représentait Hercule filant aux pieds d'Omphale[1]. Le dessin était tourmenté à la façon de Van Loo• et dans le style le plus *Pompadour* qu'il soit possible d'imaginer. Hercule avait une quenouille entourée d'une faveur couleur de rose ; il relevait son petit doigt avec une grâce toute particulière, comme un marquis qui prend une prise de tabac, en faisant tourner, entre son pouce et son index, une blanche flammèche de filasse ; son cou nerveux était chargé de nœuds de rubans, de rosettes, de rangs de perles et de mille affiquets[2] féminins ; une large jupe gorge de pigeon, avec deux immenses paniers, achevait de donner un air tout à fait galant au héros vainqueur de monstres.

Omphale avait ses blanches épaules à moitié couvertes par la peau du lion de Némée[3] ; sa main frêle s'appuyait sur la noueuse massue de son amant ; ses beaux cheveux blond cendré avec un œil de poudre descendaient nonchalamment le long de son cou, souple et onduleux comme un cou de colombe ; ses petits pieds, vrais pieds d'Espagnole ou de Chinoise, et qui eussent été au large dans la pantoufle de vair de Cendrillon, étaient chaussés de cothurnes[4] demi-antiques, lilas tendre, avec un semis de perles. Vraiment elle était charmante ! Sa tête se rejetait en arrière d'un air de crânerie adorable ; sa bouche se plissait et faisait une délicieuse petite moue ; sa narine était légèrement gonflée, ses joues un peu allumées ; un *assassin*[5], savamment placé, en rehaussait l'éclat d'une façon merveilleuse ; il ne lui manquait qu'une petite moustache pour faire un mousquetaire accompli.

Il y avait encore bien d'autres personnages dans la tapisserie, la suivante obligée, le petit Amour de rigueur ;

1. *Omphale* : (myth.) reine de Lydie.
2. *affiquets* : « petits objets d'ajustements » (Littré).
3. *Némée* : ville et forêt de l'Argolide. Hercule y étouffa le lion qui les ravageait.
4. *cothurnes* : brodequins qui couvraient la moitié de la jambe et se laçaient par-devant.
5. *assassin* : nom de la mouche (petite rondelle de taffetas noir), que les femmes, par coquetterie, se mettaient au-dessous de l'œil.

mais ils n'ont pas laissé dans mon souvenir une silhouette assez distincte pour que je les puisse décrire.

En ce temps-là j'étais fort jeune, ce qui ne veut pas dire que je sois très vieux aujourd'hui ; mais je venais de sortir du collège, et je restais chez mon oncle en attendant que j'eusse fait choix d'une profession. Si le bonhomme avait pu prévoir que j'embrasserais celle de conteur fantastique, nul doute qu'il ne m'eût mis à la porte et déshérité irrévocablement ; car il professait pour la littérature en général, et les auteurs en particulier, le dédain le plus aristocratique. En vrai gentilhomme qu'il était, il voulait faire pendre ou rouer de coups de bâton, par ses gens, tous ces petits grimauds[1] qui se mêlent de noircir du papier et parlent irrévérencieusement des personnes de qualité. Dieu fasse paix à mon pauvre oncle ! mais il n'estimait réellement au monde que l'épître à Zétulbé[2].

Donc je venais de sortir du collège. J'étais plein de rêves et d'illusions ; j'étais naïf autant et peut-être plus qu'une rosière de Salency[3]. Tout heureux de ne plus avoir de *pensums*[4] à faire, je trouvais que tout était pour le mieux dans le meilleur des mondes possibles. Je croyais à une infinité de choses ; je croyais à la bergère de M. de Florian•, aux moutons peignés et poudrés à blanc ; je ne doutais pas un instant du troupeau de madame Deshoulières•. Je pensais qu'il y avait effectivement neuf muses, comme l'affirmait l'*Appendix de Diis et Heroïbus* du père Jouvency•. Mes souvenirs de Berquin• et de Gessner• me créaient un petit monde où tout était rose, bleu de ciel et vert-pomme. Ô sainte innocence ! *sancta simplicitas !* comme dit Méphistophélès.

Quand je me trouvai dans cette belle chambre, chambre

1. *grimaud* : écolier des petites classes (Vx.). Mauvais écrivain. « Allez, petit grimaud, barbouilleur de papier », dit Trissotin à Vadius (*Les Femmes Savantes*, II, 3).
2. *Zétulbé* : romance en vogue au début du siècle : *Ma Zétulbé, viens régner sur mon âme...*
3. *Salency* : ville natale de saint-Médard (456-545), à qui l'on doit l'institution des « rosières », jeunes filles vertueuses couronnées le jour de sa fête, le 8 juin.
4. *pensums* : surcroît de travail infligé à un écolier pour le punir.

à moi, à moi tout seul, je ressentis une joie à nulle autre seconde. J'inventoriai soigneusement jusqu'au moindre meuble ; je furetai dans tous les coins, et je l'explorai dans tous les sens. J'étais au quatrième ciel, heureux comme un roi ou deux. Après le souper (car on soupait chez mon oncle), charmante coutume qui s'est perdue avec tant d'autres non moins charmantes que je regrette de tout ce que j'ai de cœur, je pris mon bougeoir et je me retirai, tant j'étais impatient de jouir de ma nouvelle demeure.

En me déshabillant, il me sembla que les yeux d'Omphale avaient remué ; je regardai plus attentivement, non sans un léger sentiment de frayeur, car la chambre était grande, et la faible pénombre lumineuse qui flottait autour de la bougie ne servait qu'à rendre les ténèbres plus visibles. Je crus voir qu'elle avait la tête tournée en sens inverse. La peur commençait à me travailler sérieusement ; je soufflai la lumière. Je me tournai du côté du mur, je mis mon drap par-dessus ma tête, je tirai mon bonnet jusqu'à mon menton, et je finis par m'endormir.

Je fus plusieurs jours sans oser jeter les yeux sur la maudite tapisserie.

Il ne serait peut-être pas inutile, pour rendre plus vraisemblable l'invraisemblable histoire que je vais raconter, d'apprendre à mes belles lectrices qu'à cette époque j'étais en vérité un assez joli garçon. J'avais les yeux les plus beaux du

Le personnage de Chérubin dans Le Mariage de Figaro *de Beaumarchais.*

monde : je le dis parce qu'on me l'a dit ; un teint un peu plus frais que celui que j'ai maintenant, un vrai teint d'œillet ; une chevelure brune et bouclée que j'ai encore, et dix-sept ans que je n'ai plus. Il ne me manquait qu'une jolie marraine pour faire un très passable Chérubin• ; malheureusement la mienne avait cinquante-sept ans et trois dents, ce qui était trop d'un côté et pas assez de l'autre.

Un soir, pourtant, je m'aguerris au point de jeter un coup d'œil sur la belle maîtresse d'Hercule ; elle me regardait de l'air le plus triste et le plus langoureux du monde. Cette fois-là j'enfonçai mon bonnet jusque sur mes épaules et je fourrai ma tête sous le traversin.

Je fis cette nuit-là un rêve singulier, si toutefois c'était un rêve.

J'entendis les anneaux des rideaux de mon lit glisser en criant sur leurs tringles, comme si l'on eût tiré précipitamment les courtines[1]. Je m'éveillai ; du moins dans mon rêve il me sembla que je m'éveillais. Je ne vis personne.

La lune donnait sur les carreaux et projetait dans la chambre sa lueur bleue et blafarde. De grandes ombres, des formes bizarres, se dessinaient sur le plancher et sur les murailles. La pendule sonna un quart ; la vibration fut longue à s'éteindre ; on aurait dit un soupir. Les pulsations du balancier, qu'on entendait parfaitement, ressemblaient à s'y méprendre au cœur d'une personne émue.

Je n'étais rien moins qu'à mon aise et je ne savais trop que penser.

Un furieux coup de vent fit battre les volets et ployer le vitrage de la fenêtre. Les boiseries craquèrent, la tapisserie ondula. Je me hasardai à regarder du côté d'Omphale, soupçonnant confusément qu'elle était pour quelque chose dans tout cela. Je ne m'étais pas trompé.

La tapisserie s'agita violemment. Omphale se détacha du mur et sauta légèrement sur le parquet ; elle vint à mon lit en ayant soin de se tourner du côté de l'endroit. Je crois qu'il

1. *courtines* : rideaux de lit.

n'est pas nécessaire de raconter ma stupéfaction. Le vieux militaire le plus intrépide n'aurait pas été trop rassuré dans une pareille circonstance, et je n'étais ni vieux ni militaire. J'attendis en silence la fin de l'aventure.

Une petite voix flûtée et perlée résonna doucement à mon oreille, avec ce grasseyement mignard[1] affecté sous la Régence par les marquises et les gens du bon ton :

« Est-ce que je te fais peur, mon enfant ? Il est vrai que tu n'es qu'un enfant ; mais cela n'est pas joli d'avoir peur des dames, surtout de celles qui sont jeunes et te veulent du bien ; cela n'est ni honnête ni français ; il faut te corriger de ces craintes-là. Allons, petit sauvage, quitte cette mine et ne te cache pas la tête sous les couvertures. Il y aura beaucoup à faire à ton éducation, et tu n'es guère avancé, mon beau page ; de mon temps les Chérubins étaient plus délibérés que tu ne l'es.

– Mais, dame, c'est que...

– C'est que cela te semble étrange de me voir ici et non là, dit-elle en pinçant légèrement sa lèvre rouge avec ses dents blanches, et en étendant vers la muraille son doigt long et effilé. En effet, la chose n'est pas trop naturelle ; mais, quand je te l'expliquerais, tu ne la comprendrais guère mieux : qu'il te suffise donc de savoir que tu ne cours aucun danger.

– Je crains que vous ne soyez le... le...

– Le diable, tranchons le mot, n'est-ce pas ? c'est cela que tu voulais dire ; au moins tu conviendras que je ne suis pas trop noire pour un diable, et que, si l'enfer était peuplé de diables faits comme moi, on y passerait son temps aussi agréablement qu'en paradis.

Pour montrer qu'elle ne se vantait pas, Omphale rejeta en arrière sa peau de lion et me fit voir des épaules et un sein d'une forme parfaite et d'une blancheur éblouissante.

« Eh bien ! qu'en dis-tu ? fit-elle d'un petit air de coquetterie satisfaite.

– Je dis que, quand vous seriez le diable en personne, je

1. *mignard* : d'une douceur affectée, mièvre.

n'aurais plus peur, Madame Omphale.

– Voilà qui est parler; mais ne m'appelez plus ni madame ni Omphale. Je ne veux pas être madame pour toi, et je ne suis pas plus Omphale que je ne suis le diable.

– Qu'êtes-vous donc, alors ?

– Je suis la marquise de T***. Quelque temps après mon mariage le marquis fit exécuter cette tapisserie pour mon appartement, et m'y fit représenter sous le costume d'Omphale; lui-même y figure sous les traits d'Hercule. C'est une singulière idée qu'il a eue là; car, Dieu le sait, personne au monde ne ressemblait moins à Hercule que le pauvre marquis. Il y a bien longtemps que cette chambre n'a été habitée. Moi, qui aime naturellement la compagnie, je m'ennuyais à périr, et j'en avais la migraine. Être avec mon mari, c'est être seule. Tu es venu, cela m'a réjouie; cette chambre morte s'est ranimée, j'ai eu à m'occuper de quelqu'un. Je te regardais aller et venir, je t'écoutais dormir et rêver; je suivais tes lectures. Je te trouvais bonne grâce, un air avenant, quelque chose qui me plaisait : je t'aimais enfin. Je tâchai de te le faire comprendre; je poussais des soupirs, tu les prenais pour ceux du vent; je te faisais des signes, je te lançais des œillades langoureuses, je ne réussissais qu'à te causer des frayeurs horribles. En désespoir de cause, je me suis décidée à la démarche inconvenante que je fais, et à te dire franchement ce que tu ne pouvais entendre à demi-mot. Maintenant que tu sais que je t'aime, j'espère que... »

La conversation en était là, lorsqu'un bruit de clef se fit entendre dans la serrure.

Omphale tressaillit et rougit jusque dans le blanc des yeux.

« Adieu ! dit-elle, à demain. » Et elle retourna à sa muraille à reculons, de peur sans doute de me laisser voir son envers.

C'était Baptiste qui venait chercher mes habits pour les brosser.

« Vous avez tort, Monsieur, me dit-il, de dormir les rideaux ouverts. Vous pourriez vous enrhumer du cerveau ; cette chambre est si froide ! »

En effet, les rideaux étaient ouverts ; moi qui croyais n'avoir fait qu'un rêve, je fus très étonné, car j'étais sûr qu'on les avait fermés le soir.

Aussitôt que Baptiste fut parti, je courus à la tapisserie. Je la palpai dans tous les sens ; c'était bien une vraie tapisserie de laine, raboteuse au toucher comme toutes les tapisseries possibles. Omphale ressemblait au charmant fantôme de la nuit comme un mort ressemble à un vivant. Je relevai le pan ; le mur était plein ; il n'y avait ni panneau masqué ni porte dérobée. Je fis seulement cette remarque, que plusieurs fils étaient rompus dans le morceau de terrain où portaient les pieds d'Omphale. Cela me donna à penser.

Je fus toute la journée d'une distraction sans pareille ; j'attendais le soir avec inquiétude et impatience tout ensemble. Je me retirai de bonne heure, décidé à voir comment tout cela finirait. Je me couchai ; la marquise ne se fit pas attendre ; elle sauta à bas du trumeau[1] et vint tomber droit à mon lit ; elle s'assit à mon chevet, et la conversation commença.

Comme la veille, je lui fis des questions, je lui demandai des explications. Elle éludait les unes, répondait aux autres d'une manière évasive, mais avec tant d'esprit qu'au bout d'une heure je n'avais pas le moindre scrupule sur ma liaison avec elle.

Tout en parlant, elle passait ses doigts dans mes cheveux, me donnait de petits coups sur les joues et de légers baisers sur le front.

Elle babillait, elle babillait d'une manière moqueuse et mignarde, dans un style à la fois élégant et familier, et tout à fait grande dame, que je n'ai jamais retrouvé depuis dans personne.

Elle était assise d'abord sur la bergère à côté du lit ; bientôt elle passa un de ses bras autour de mon cou, je sentais son cœur battre avec force contre moi. C'était bien une belle et charmante femme réelle, une véritable marquise, qui se trouvait à côté de moi. Pauvre écolier de dix-sept ans ! Il y avait de quoi en perdre la tête ; aussi je la perdis. Je ne savais pas trop ce qui allait se passer, mais je pressentais vaguement

1. *trumeau* : partie d'un mur entre deux fenêtres ou deux baies.

que cela ne pouvait plaire au marquis.

« Et monsieur le marquis, que va-t-il dire là-bas sur son mur ? »

La peau du lion était tombée à terre, et les cothurnes lilas tendre glacé d'argent gisaient à côté de mes pantoufles.

« Il ne dira rien, reprit la marquise en riant de tout son cœur. Est-ce qu'il voit quelque chose ? D'ailleurs, quand il verrait, c'est le mari le plus philosophe et le plus inoffensif du monde ; il est habitué à cela. M'aimes-tu, enfant ?

– Oui, beaucoup, beaucoup... »

Le jour vint ; ma maîtresse s'esquiva.

La journée me parut d'une longueur effroyable. Le soir arriva enfin. Les choses se passèrent comme la veille, et la seconde nuit n'eut rien à envier à la première. La marquise était de plus en plus adorable. Ce manège se répéta pendant assez longtemps encore. Comme je ne dormais pas la nuit, j'avais tout le jour une espèce de somnolence qui ne parut pas de bon augure à mon oncle. Il se douta de quelque chose ; il écouta probablement à la porte, et entendit tout ; car un beau matin il entra dans ma chambre si brusquement, qu'Antoinette eut à peine le temps de remonter à sa place.

Il était suivi d'un ouvrier tapissier avec des tenailles et une échelle.

Il me regarda d'un air rogue et sévère qui me fit voir qu'il savait tout.

« Cette marquise de T*** est vraiment folle ; où diable avait-elle la tête de s'éprendre d'un morveux de cette espèce ? fit mon oncle entre ses dents ; elle avait pourtant promis d'être sage ! Jean, décrochez cette tapisserie, roulez-la et portez-la au grenier. »

Chaque mot de mon oncle était un coup de poignard.

Jean roula mon amante Omphale, ou la marquise Antoinette de T***, avec Hercule, ou le marquis de T***, et porta le tout au grenier. Je ne pus retenir mes larmes.

Le lendemain, mon oncle me renvoya par la diligence de B*** chez mes respectables parents, auxquels, comme on pense bien, je ne soufflai pas mot de mon aventure.

Mon oncle mourut ; on vendit sa maison et les meubles ; la tapisserie fut probablement vendue avec le reste.

Toujours est-il qu'il y a quelque temps, en furetant chez un marchand de bric-à-brac pour trouver des momeries[1], je heurtai du pied un gros rouleau tout poudreux et couvert de toiles d'araignée.

« Qu'est cela ? dis-je à l'Auvergnat.

– C'est une tapisserie rococo qui représente les amours de madame Omphale et de monsieur Hercule ; c'est du Beauvais, tout en soie et joliment conservé. Achetez-moi donc cela pour votre cabinet ; je ne vous le vendrai pas cher, parce que c'est vous. »

Au nom d'Omphale, tout mon sang reflua sur mon cœur.

« Déroulez cette tapisserie », fis-je au marchand d'un ton bref et entrecoupé comme si j'avais la fièvre.

C'était bien elle. Il me sembla que sa bouche me fit un gracieux sourire et que son œil s'alluma en rencontrant le mien.

« Combien en voulez-vous ?

– Mais je ne puis vous céder cela à moins de quatre cents francs, tout au juste.

– Je ne les ai pas sur moi. Je m'en vais les chercher ; avant une heure je suis ici. »

Je revins avec l'argent ; la tapisserie n'y était plus. Un Anglais l'avait marchandée pendant mon absence, en avait donné six cents francs et l'avait emportée.

Au fond, peut-être vaut-il mieux que cela se soit passé ainsi et que j'aie gardé intact ce délicieux souvenir. On dit qu'il ne faut pas revenir sur ses premières amours ni aller voir la rose qu'on a admirée la veille.

Et puis je ne suis plus assez jeune ni assez joli garçon pour que les tapisseries descendent du mur en mon honneur.

1. *momeries* : tous les dictionnaires donnent le sens de « mascarade, affectation de sentiment. » Le sens manifestement concret du terme, ici, n'est pas attesté.

Questions

Compréhension

1. *Ce conte n'est pas dénué d'humour, dû à Hercule et au narrateur.*

a) Hercule est le type du héros intrépide, viril et musclé. Comment est-il présenté ici ?

b) Le narrateur est au début rempli d'inquiétude : par quelles attitudes sa peur se trahit-elle ?

2. *Hercule, « héros vainqueur de monstres » : de quels monstres s'agit-il ?*

3. *La scène finale pourrait permettre la vérification de cette étrange aventure. Pourquoi l'auteur ne permet-il pas cette vérification ? Est-il déçu de ne pas avoir acheté cette tapisserie ?*

Écriture

4. *Un cadre vieillot et délabré :*

a) Relevez tous les mots qui appartiennent au champ lexical• de la ruine.

b) Relevez tous les termes qui peuvent se rattacher à l'époque de la Régence.

5. *Le conte se termine par une boutade, une pirouette. Essayez d'imaginer une autre conclusion.*

6. *Ressemblances et différences avec* La Cafetière.

Le fantastique

Le personnage qui descend d'un cadre ou d'une tapisserie est un thème classique (cf. La Cafetière*). Ici le caractère étrange de l'aventure tient à l'ambiguïté du rêve :*

7. *Quelles indications laissent entendre qu'il s'agit d'un rêve ?*

8. *Quelles « preuves », au contraire, laissent entendre qu'il s'agit d'un fait réel ?*

Recherches

Hercule et Omphale. Les Travaux d'Hercule. Le thème du personnage vivant dans un tableau : Le Portait de Dorian Gray, *d'Oscar Wilde.*

Hercule et le lion de Némée *par C. Tura ; Rotterdam, musée Boymans.*

LA MORTE AMOUREUSE

Vous me demandez, frère, si j'ai aimé ; oui. C'est une histoire singulière et terrible, et, quoique j'aie soixante-six ans, j'ose à peine remuer la cendre de ce souvenir. Je ne veux rien vous refuser, mais je ne ferais pas à une âme moins éprouvée un pareil récit. Ce sont des événements si étranges, que je ne puis croire qu'ils me soient arrivés. J'ai été pendant plus de trois ans le jouet d'une illusion singulière et diabolique. Moi, pauvre prêtre de campagne, j'ai mené en rêve toutes les nuits (Dieu veuille que ce soit un rêve !) une vie de damné, une vie de mondain et de Sardanapale•. Un seul regard trop plein de complaisance jeté sur une femme pensa causer la perte de mon âme ; mais enfin, avec l'aide de Dieu et de mon saint patron[1], je suis parvenu à chasser l'esprit malin qui s'était emparé de moi. Mon existence s'était compliquée d'une existence nocturne entièrement différente. Le jour, j'étais un prêtre du Seigneur, chaste, occupé de la prière et des choses saintes ; la nuit, dès que j'avais fermé les yeux, je devenais un jeune seigneur, fin connaisseur en femmes, en chiens et en chevaux, jouant aux dés, buvant et blasphémant ; et lorsqu'au lever de l'aube je me réveillais, il me semblait au contraire que je m'endormais et que je rêvais que j'étais prêtre. De cette vie somnambulique il m'est resté des souvenirs d'objets et de mots dont je ne puis pas me défendre, et, quoique je ne sois jamais sorti des murs de mon presbytère, on dirait plutôt, à m'entendre, un homme ayant usé de tout et revenu du monde, qui est entré en religion et qui veut finir dans le sein de Dieu des jours trop agités, qu'un humble séminariste qui a vieilli dans une cure ignorée, au fond d'un bois et sans aucun rapport avec les choses du siècle.

1. *patron* : saint Romuald, bénédictin né à Ravennes en 956.

Oui, j'ai aimé comme personne au monde n'a aimé, d'un amour insensé et furieux, si violent que je suis étonné qu'il n'ait pas fait éclater mon cœur. Ah! quelles nuits! quelles nuits!

Dès ma plus tendre enfance, je m'étais senti de la vocation pour l'état de prêtre; aussi toutes mes études furent-elles dirigées dans ce sens-là, et ma vie, jusqu'à vingt-quatre ans, ne fut-elle qu'un long noviciat[1]. Ma théologie achevée, je passai successivement par tous les petits ordres, et mes supérieurs me jugèrent digne, malgré ma grande jeunesse, de franchir le dernier et redoutable degré. Le jour de mon ordination[2] fut fixé à la semaine de Pâques.

Je n'avais jamais été dans le monde; le monde, c'était pour moi l'enclos du collège et du séminaire. Je savais vaguement qu'il y avait quelque chose que l'on appelait femme, mais je n'y arrêtais pas ma pensée; j'étais d'une innocence parfaite. Je ne voyais ma mère vieille et infirme que deux fois l'an. C'étaient là toutes mes relations avec le dehors.

Je ne regrettais rien, je n'éprouvais pas la moindre hésitation devant cet engagement irrévocable; j'étais plein de joie et d'impatience. Jamais jeune fiancé n'a compté les heures avec une ardeur plus fiévreuse; je n'en dormais pas, je rêvais que je disais la messe; être prêtre, je ne voyais rien de plus beau au monde : j'aurais refusé d'être roi ou poète. Mon ambition ne concevait pas au-delà.

Ce que je dis là est pour vous montrer combien ce qui m'est arrivé ne devait pas m'arriver, et de quelle fascination inexplicable j'ai été la victime.

Le grand jour venu, je marchai à l'église d'un pas si léger, qu'il me semblait que je fusse soutenu en l'air ou que j'eusse des ailes aux épaules. Je me croyais un ange, et je m'étonnais de la physionomie sombre et préoccupée de mes compagnons; car nous étions plusieurs. J'avais passé la nuit en

1. *noviciat* : temps d'épreuve imposé aux novices avant leurs vœux.
2. *ordination* : cérémonie au cours de laquelle un évêque confère le sacrement de l'ordre, c'est-à-dire le pouvoir d'exercer les fonctions ecclésiastiques.

prières, et j'étais dans un état qui touchait presque à l'extase. L'évêque, vieillard vénérable, me paraissait Dieu le Père penché sur son éternité, et je voyais le ciel à travers les voûtes du temple.

Vous savez les détails de cette cérémonie : la bénédiction, la communion sous les deux espèces, l'onction de la paume des mains avec l'huile des catéchumènes[1], et enfin le saint sacrifice offert de concert avec l'évêque. Je ne m'appesantirai pas sur cela. Oh! que Job• a raison, et que celui-là est imprudent qui ne conclut pas un pacte avec ses yeux[2] ! Je levai par hasard ma tête, que j'avais jusque-là tenue inclinée, et j'aperçus devant moi, si près que j'aurais pu la toucher, quoique en réalité elle fût à une assez grande distance et de l'autre côté de la balustrade, une jeune femme d'une beauté rare et vêtue avec une magnificence royale. Ce fut comme si des écailles me tombaient des prunelles. J'éprouvai la sensation d'un aveugle qui recouvrerait subitement la vue. L'évêque, si rayonnant tout à l'heure, s'éteignit tout à coup, les cierges pâlirent sur leurs chandeliers d'or comme les étoiles au matin, et il se fit par toute l'église une complète obscurité. La charmante créature se détachait sur ce fond d'ombre comme une révélation angélique ; elle semblait éclairée d'elle-même et donner le jour plutôt que le recevoir.

Je baissai la paupière, bien résolu à ne plus la relever pour me soustraire à l'influence des objets extérieurs ; car la distraction m'envahissait de plus en plus, et je savais à peine ce que je faisais.

Une minute après, je rouvris les yeux, car à travers mes cils je la voyais étincelante des couleurs du prisme[3], et dans une pénombre pourprée comme lorsqu'on regarde le soleil.

Oh ! comme elle était belle ! Les plus grands peintres, lorsque, poursuivant dans le ciel la beauté idéale, ils ont

1. *catéchumènes* : les catéchumènes reçoivent un enseignement religieux qui les prépare au baptême.

2. *un pacte avec ses yeux* : cf. le début du chapitre 31 du *Livre de Job*, Apologie de Job : « J'avais fait un pacte avec mes yeux au point de ne fixer aucune vierge. »

3. *du prisme* : c'est-à-dire de l'arc-en-ciel.

rapporté sur la terre le divin portrait de la Madone, n'approchent même pas de cette fabuleuse réalité. Ni les vers du poète ni la palette du peintre n'en peuvent donner une idée. Elle était assez grande, avec une taille et un port de déesse ; ses cheveux, d'un blond doux, se séparaient sur le haut de sa tête et coulaient sur ses tempes comme deux fleuves d'or ; on aurait dit une reine avec son diadème ; son front, d'une blancheur bleuâtre et transparente, s'étendait large et serein sur les arcs de deux cils presque bruns, singularité qui ajoutait encore à l'effet de prunelles vert de mer d'une vivacité et d'un éclat insoutenables. Quels yeux ! avec un éclair, ils décidaient de la destinée d'un homme ; ils avaient une vie, une limpidité, une ardeur, une humidité brillante que je n'ai jamais vues à un œil humain ; il s'en échappait des rayons pareils à des flèches et que je voyais distinctement aboutir à mon cœur. Je ne sais si la flamme qui les illuminait venait du ciel ou de l'enfer, mais à coup sûr elle venait de l'un ou de l'autre. Cette femme était un ange ou un démon, et peut-être tous les deux ; elle ne sortait certainement pas du flanc d'Ève, la mère commune. Des dents de la plus belle eau scintillaient dans son rouge sourire, et de petites fossettes se creusaient à chaque inflexion de sa bouche dans le satin rosé de ses adorables joues. Pour son nez, il était d'une finesse et d'une fierté toute royale, et décelait la plus noble origine. Des luisants d'agate jouaient sur la peau unie et lustrée de ses épaules à demi découvertes, et des rangs de grosses perles blondes, d'un ton presque semblable à son cou, lui descendaient sur la poitrine. De temps en temps elle redressait sa tête avec un mouvement onduleux de couleuvre ou de paon qui se rengorge, et imprimait un léger frisson à la haute fraise[1] brodée à jour qui l'entourait comme un treillis d'argent.

Elle portait une robe de velours nacarat[2], et de ses larges manches doublées d'hermine sortaient des mains patriciennes[3] d'une délicatesse infinie, aux doigts longs et potelés,

1. *fraise* : collerette en lingerie tuyautée portée au XVIe et au XVIIe siècles.
2. *nacarat* : d'un rouge clair, entre le cerise et le rose.
3. *patriciennes* : nobles.

et d'une si idéale transparence qu'ils laissaient passer le jour comme ceux de l'aurore.

Tous ces détails me sont encore aussi présents que s'ils dataient d'hier, et, quoique je fusse dans un trouble extrême, rien ne m'échappait : la plus légère nuance, le petit point noir au coin du menton, l'imperceptible duvet aux commissures des lèvres, le velouté du front, l'ombre tremblante des cils sur les joues, je saisissais tout avec une lucidité étonnante.

À mesure que je la regardais, je sentais s'ouvrir dans moi des portes qui jusqu'alors avaient été fermées ; des soupiraux obstrués se débouchaient dans tous les sens et laissaient entrevoir des perspectives inconnues ; la vie m'apparaissait sous un aspect tout autre ; je venais de naître à un nouvel ordre d'idées. Une angoisse effroyable me tenaillait le cœur ; chaque minute qui s'écoulait me semblait une seconde et un siècle. La cérémonie avançait cependant, et j'étais emporté bien loin du monde dont mes désirs naissants assiégaient furieusement l'entrée. Je dis oui cependant lorsque je voulais dire non, lorsque tout en moi se révoltait et protestait contre la violence que ma langue faisait à mon âme : une force occulte m'arrachait malgré moi les mots du gosier. C'est là peut-être ce qui fait que tant de jeunes filles marchent à l'autel avec la ferme résolution de refuser d'une manière éclatante l'époux qu'on leur impose, et que pas une seule n'exécute son projet. C'est là sans doute ce qui fait que tant de pauvres novices prennent le voile, quoique bien décidées à le déchirer en pièces au moment de prononcer leurs vœux. On n'ose causer un tel scandale devant tout le monde ni tromper l'attente de tant de personnes ; toutes ces volontés, tous ces regards semblent peser sur vous comme une chape de plomb ; et puis les mesures sont si bien prises, tout est si bien réglé à l'avance, d'une façon si évidemment irrévocable, que la pensée cède au poids de la chose et s'affaisse complètement.

Le regard de la belle inconnue changeait d'expression selon le progrès de la cérémonie. De tendre et caressant qu'il était d'abord il prit un air de dédain et de mécontentement comme de ne pas avoir été compris.

Je fis un effort suffisant pour arracher une montagne, pour m'écrier que je ne voulais pas être prêtre ; mais je ne pus en venir à bout ; ma langue resta clouée à mon palais, et il me fut impossible de traduire ma volonté par le plus léger mouvement négatif. J'étais, tout éveillé, dans un état pareil à celui du cauchemar, où l'on veut crier un mot dont votre vie dépend, sans en pouvoir venir à bout.

Elle parut sensible au martyre que j'éprouvais, et, comme pour m'encourager, elle me lança une œillade pleine de divines promesses. Ses yeux étaient un poème dont chaque regard formait un chant.

Elle me disait :

« Si tu veux être à moi, je te ferai plus heureux que Dieu lui-même dans son paradis ; les anges te jalouseront. Déchire ce funèbre linceul où tu vas t'envelopper ; je suis la beauté, je suis la jeunesse, je suis la vie ; viens à moi, nous serons l'amour. Que pourrait t'offrir Jéhovah[1] pour compensation ? Notre existence coulera comme un rêve et ne sera qu'un baiser éternel.

« Répands le vin de ce calice, et tu es libre. Je t'emmènerai vers les îles inconnues ; tu dormiras sur mon sein, dans un lit d'or massif et sous un pavillon d'argent ; car je t'aime et je veux te prendre à ton Dieu, devant qui tant de nobles cœurs répandent des flots d'amour qui n'arrivent pas jusqu'à lui. »

Il me semblait entendre ces paroles sur un rythme d'une douceur infinie, car son regard avait presque de la sonorité, et les phrases que ses yeux m'envoyaient retentissaient au fond de mon cœur comme si une bouche invisible les eût soufflées dans mon âme. Je me sentais prêt à renoncer à Dieu, et cependant mon cœur accomplissait machinalement les formalités de la cérémonie. La belle me jeta un second coup d'œil si suppliant, si désespéré, que des lames acérées me traversèrent le cœur, que je me sentis plus de glaives dans la poitrine que la mère de douleurs.

C'en était fait, j'étais prêtre.

Jamais physionomie humaine ne peignit une angoisse aussi poignante ; la jeune fille qui voit tomber son fiancé mort

1. *Jéhovah* : Dieu des Hébreux.

subitement à côté d'elle, la mère auprès du berceau vide de son enfant, Ève assise sur le seuil de la porte du paradis, l'avare qui trouve une pierre à la place de son trésor, le poète qui a laissé rouler dans le feu le manuscrit unique de son plus bel ouvrage, n'ont point un air plus atterré et plus inconsolable. Le sang abandonna complètement sa charmante figure, et elle devint d'une blancheur de marbre ; ses beaux bras tombèrent le long de son corps comme si les muscles en avaient été dénoués, et elle s'appuya contre un pilier ; car ses jambes fléchissaient et se dérobaient sous elle. Pour moi, livide, le front inondé d'une sueur plus sanglante que celle du Calvaire[1], je me dirigeai en chancelant vers la porte de l'église ; j'étouffais ; les voûtes s'aplatissaient sur mes épaules, et il me semblait que ma tête soutenait seule tout le poids de la coupole.

Comme j'allais franchir le seuil, une main s'empara brusquement de la mienne ; une main de femme ! Je n'en avais jamais touché. Elle était froide comme la peau d'un serpent, et l'empreinte m'en resta brûlante comme la marque d'un fer rouge. C'était elle. « Malheureux ! malheureux ! qu'as-tu fait ? » me dit-elle à voix basse ; puis elle disparut dans la foule.

Le vieil évêque passa ; il me regarda d'un air sévère. Je faisais la plus étrange contenance du monde ; je pâlissais, je rougissais, j'avais des éblouissements. Un de mes camarades eut pitié de moi, il me prit et m'emmena ; j'aurais été incapable de retrouver tout seul le chemin du séminaire. Au détour d'une rue, pendant que le jeune prêtre tournait la tête d'un autre côté, un page nègre, bizarrement vêtu, s'approcha de moi, et me remit, sans s'arrêter dans sa course, un petit portefeuille à coins d'or ciselés, en me faisant signe de le cacher ; je le fis glisser dans ma manche et l'y tins jusqu'à ce que je fusse seul dans ma cellule. Je fis sauter le fermoir, il n'y avait que deux feuilles avec ces mots : « Clarimonde, au

1. *Calvaire* : colline sur laquelle Jésus-Christ fut crucifié.

palais Concini. » J'étais alors si peu au courant des choses de la vie, que je ne connaissais pas Clarimonde, malgré sa célébrité, et que j'ignorais complétement où était situé le palais Concini. Je fis mille conjectures, plus extravagantes les unes que les autres ; mais à la vérité, pourvu que je pusse la revoir, j'étais fort peu inquiet de ce qu'elle pouvait être, grande dame ou courtisane.

Cet amour né tout à l'heure s'était indestructiblement enraciné ; je ne songeai même pas à essayer de l'arracher, tant je sentais que c'était là chose impossible. Cette femme s'était complètement emparée de moi, un seul regard avait suffi pour me changer ; elle m'avait soufflé sa volonté ; je ne vivais plus dans moi, mais dans elle et par elle. Je faisais mille extravagances, je baisais sur ma main la place qu'elle avait touchée, et je répétais son nom des heures entières. Je n'avais qu'à fermer les yeux pour la voir aussi distinctement que si elle eût été présente en réalité, et je me redisais ces mots, qu'elle m'avait dits sous le portail de l'église : « Malheureux ! Malheureux ! qu'as-tu fait ? » Je comprenais toute l'horreur de ma situation, et les côtés funèbres et terribles de l'état que je venais d'embrasser se révélaient clairement à moi. Être prêtre ! c'est-à-dire chaste, ne pas aimer, ne distinguer ni le sexe ni l'âge, se détourner de toute beauté, se crever les yeux, ramper sous l'ombre glaciale d'un cloître ou d'une église, ne voir que des mourants, veiller auprès de cadavres inconnus et porter soi-même son deuil sur sa soutane noire, de sorte que l'on peut faire de votre habit un drap pour votre cercueil !

Et je sentais la vie monter en moi comme un lac intérieur qui s'enfle et qui déborde ; mon sang battait avec force dans mes artères ; ma jeunesse, si longtemps comprimée, éclatait tout d'un coup comme l'aloès[1] qui met cent ans à fleurir et qui éclot avec un coup de tonnerre.

Comment faire pour revoir Clarimonde ? Je n'avais aucun prétexte pour sortir du séminaire, ne connaissant personne dans la ville ; je n'y devais même pas rester, et j'y attendais

1. *aloès* : genre de liliacée aux fleurs ornementales.

seulement que l'on me désignât la cure[1] que je devais occuper. J'essayai de desceller les barreaux de la fenêtre ; mais elle était à une hauteur effrayante, et n'ayant pas d'échelle il n'y fallait pas penser. Et d'ailleurs, je ne pouvais descendre que de nuit ; et comment me serais-je conduit dans l'inextricable dédale des rues ? Toutes ces difficultés, qui n'eussent rien été pour d'autres, étaient immenses pour moi, pauvre séminariste, amoureux d'hier, sans expérience, sans argent et sans habits.

Ah ! si je n'eusse pas été prêtre, j'aurais pu la voir tous les jours ; j'aurais été son amant, son époux, me disais-je dans mon aveuglement ; au lieu d'être enveloppé dans mon triste suaire[2], j'aurais des habits de soie et de velours, des chaînes d'or, une épée et des plumes comme les beaux jeunes cavaliers. Mes cheveux, au lieu d'être déshonorés par une large tonsure, se joueraient autour de mon cou en boucles ondoyantes. J'aurais une belle moustache cirée, je serais un vaillant. Mais une heure passée devant un autel, quelques paroles à peine articulées, me retranchaient à tout jamais du nombre des vivants, et j'avais scellé moi-même la pierre de mon tombeau, j'avais poussé de ma main le verrou de ma prison !

Je me mis à la fenêtre. Le ciel était admirablement bleu, les arbres avaient mis leur robe de printemps ; la nature faisait parade d'une joie ironique. La place était pleine de monde ; les uns allaient, les autres venaient ; de jeunes muguets[3] et de jeunes beautés, couple par couple, se dirigeaient du côté du jardin et des tonnelles. Des compagnons passaient en chantant des refrains à boire ; c'étaient un mouvement, une vie, un entrain, une gaieté qui faisaient péniblement ressortir mon deuil et ma solitude. Une jeune mère, sur le pas de la porte, jouait avec son enfant ; elle baisait sa petite bouche

1. *cure* : circonscription du prêtre appelé « curé ».
2. *suaire* : linceul, drap des morts. Même image plus haut : « ... ce funèbre linceul où tu vas t'envelopper » (c'est Clarimonde qui parle).
3. *muguets* : jeunes élégants.

Une partie de campagne près de Vienne en 1845, *par Moritz v. Schwind.*

rose, encore emperlée de gouttes de lait, et lui faisait, en l'agaçant, mille de ces divines puérilités que les mères seules savent trouver. Le père, qui se tenait debout à quelque distance, souriait doucement à ce charmant groupe, et ses bras croisés pressaient sa joie sur son cœur. Je ne pus supporter ce spectacle ; je fermai la fenêtre, et je me jetai sur mon lit avec une haine et une jalousie effroyables dans le cœur, mordant mes doigts et ma couverture comme un tigre à jeun depuis trois jours.

Je ne sais pas combien de jours je restai ainsi ; mais, en me retournant dans un mouvement de spasme furieux, j'aperçus l'abbé Sérapion[1] qui se tenait debout au milieu de la chambre et qui me considérait attentivement. J'eus honte de moi-même, et, laissant tomber ma tête sur ma poitrine, je voilai mes yeux avec mes mains.

1. *Sérapion* : nom emprunté à Hoffmann, auteur des *Contes des frères Sérapion.*

« Romuald, mon ami, il se passe quelque chose d'extraordinaire en vous, me dit Sérapion au bout de quelques minutes de silence ; votre conduite est vraiment inexplicable ! Vous, si pieux, si calme et si doux, vous vous agitez dans votre cellule comme une bête fauve. Prenez garde, mon frère, et n'écoutez pas les suggestions du diable ; l'esprit malin, irrité de ce que vous vous êtes à tout jamais consacré au Seigneur, rôde autour de vous comme un loup ravissant et fait un dernier effort pour vous attirer à lui. Au lieu de vous laisser abattre, mon cher Romuald, faites-vous une cuirasse de prières, un bouclier de mortifications[1], et combattez vaillamment l'ennemi ; vous le vaincrez. L'épreuve est nécessaire à la vertu et l'or sort plus fin de la coupelle[2]. Ne vous effrayez ni ne vous découragez ; les âmes les mieux gardées et les plus affermies ont eu de ces moments. Priez, jeûnez, méditez, et le mauvais esprit se retirera. »

Le discours de l'abbé Sérapion me fit rentrer en moi-même, et je devins un peu plus calme. « Je venais vous annoncer votre nomination à la cure de C*** ; le prêtre qui la possédait vient de mourir, et monseigneur l'évêque m'a chargé d'aller vous y installer ; soyez prêt pour demain. » Je répondis d'un signe de tête que je le serais, et l'abbé se retira. J'ouvris mon missel, et je commençai à lire des prières ; mais ces lignes se confondirent bientôt sous mes yeux ; le fil des idées s'enchevêtra dans mon cerveau, et le volume me glissa des mains sans que j'y prisse garde.

Partir demain sans l'avoir revue ! ajouter encore une impossibilité à toutes celles qui étaient déjà entre nous ! perdre à tout jamais l'espérance de la rencontrer, à moins d'un miracle ! Lui écrire ? par qui ferai-je parvenir ma lettre ? Avec le sacré caractère dont j'étais revêtu, à qui s'ouvrir, se fier ? J'éprouvais une anxiété terrible. Puis, ce que l'abbé Sérapion m'avait dit des artifices du diable me revenait en mémoire ; l'étrangeté de l'aventure, la beauté surnaturelle de

1. *mortifications* : privations ou souffrances volontaires.
2. *coupelle* : petit creuset. Allusion ici au travail des alchimistes.

Clarimonde, l'éclat phosphorique[1] de ses yeux, l'impression brûlante de sa main, le trouble où elle m'avait jeté, le changement subit qui s'était opéré en moi, ma piété évanouie en un instant, tout cela prouvait clairement la présence du diable, et cette main satinée n'était peut-être que le gant dont il avait recouvert sa griffe. Ces idées me jetèrent dans une grande frayeur, et je ramassai le missel qui de mes genoux était roulé à terre, et je me remis en prières.

Le lendemain Sérapion me vint prendre ; deux mules nous attendaient à la porte, chargées de nos maigres valises ; il monta l'une et moi l'autre tant bien que mal. Tout en parcourant les rues de la ville, je regardais à toutes les fenêtres et à tous les balcons si je ne verrais pas Clarimonde ; mais il était trop matin, et la ville n'avait pas encore ouvert les yeux. Mon regard tâchait de plonger derrière les stores et à travers les rideaux de tous les palais devant lesquels nous passions. Sérapion attribuait sans doute cette curiosité à l'admiration que me causait la beauté de l'architecture, car il ralentissait le pas de sa monture pour me donner le temps de voir. Enfin nous arrivâmes à la porte de la ville et nous commençâmes à gravir la colline. Quand je fus tout en haut, je me retournai pour regarder une fois encore les lieux où vivait Clarimonde. L'ombre d'un nuage couvrait entièrement la ville ; ses toits bleus et rouges étaient confondus dans une demi-teinte générale, où surnageaient çà et là, comme de blancs flocons d'écume, les fumées du matin. Par un singulier effet d'optique, se dessinait, blond et doré sous un rayon unique de lumière, un édifice qui surpassait en hauteur les constructions voisines, complètement noyées dans la vapeur ; quoiqu'il fût à plus d'une lieue, il paraissait tout proche. On en distinguait les moindres détails ; les tourelles, les plates-formes, les croisées, et jusqu'aux girouettes en queue d'aronde[2].

« Quel est donc ce palais que je vois tout là-bas éclairé d'un rayon du soleil ? » demandai-je à Sérapion. Il mit sa main au-

1. *phosphorique* : brillant, phosphorescent.
2. *aronde* : ancien nom de l'hirondelle.

dessus de ses yeux, et, ayant regardé, il me répondit : « C'est l'ancien palais que le prince Concini a donné à la courtisane Clarimonde ; il s'y passe d'épouvantables choses. »

En ce moment, je ne sais encore si c'est une réalité ou une illusion, je crus voir y glisser sur la terrasse une forme svelte et blanche qui étincela une seconde et s'éteignit. C'était Clarimonde !

Oh ! savait-elle qu'à cette heure, du haut de cet âpre chemin qui m'éloignait d'elle, et que je ne devais plus redescendre, ardent et inquiet, je couvais de l'œil le palais qu'elle habitait, et qu'un jeu dérisoire de lumière semblait rapprocher de moi, comme pour m'inviter à y entrer en maître ? Sans doute, elle le savait, car son âme était trop sympathiquement liée à la mienne pour n'en point ressentir les moindres ébranlements, et c'était ce sentiment qui l'avait poussée, encore enveloppée de ses voiles de nuit, à monter sur le haut de la terrasse, dans la glaciale rosée du matin.

L'ombre gagna le palais, et ce ne fut plus qu'un océan immobile de toits et de combles où l'on ne distinguait rien qu'une ondulation montueuse. Sérapion toucha sa mule dont la mienne prit aussitôt l'allure, et un coude du chemin me déroba pour toujours la ville de S..., car je n'y devais pas revenir. Au bout de trois journées de route par des campagnes assez tristes, nous vîmes poindre à travers les arbres le coq du clocher de l'église que je devais desservir ; et, après avoir suivi quelques rues tortueuses bordées de chaumières et de courtils[1], nous nous trouvâmes devant la façade, qui n'était pas d'une grande magnificence. Un porche orné de quelques nervures et de deux ou trois piliers de grès grossièrement taillés, un toit en tuiles et des contreforts du même grès que les piliers, c'était tout : à gauche le cimetière tout plein de hautes herbes, avec une grande croix de fer au milieu ; à droite et dans l'ombre de l'église, le presbytère. C'était une maison d'une simplicité extrême et d'une propreté aride. Nous entrâmes ; quelques poules picotaient sur la terre de

1. *courtils* : petits jardins attenant à une maison (Vx.).

Abbaye dans la forêt de chênes, *par Friedrich.*

rares grains d'avoine ; accoutumées apparemment à l'habit noir des ecclésiastiques, elles ne s'effarouchèrent point de notre présence et se dérangèrent à peine pour nous laisser passer. Un aboi éraillé et enroué se fit entendre, et nous vîmes accourir un vieux chien.

C'était le chien de mon prédécesseur. Il avait l'œil terne, le poil gris et tous les symptômes de la plus haute vieillesse où puisse atteindre un chien. Je le flattai doucement de la main, et il se mit aussitôt à marcher à côté de moi avec un air de satisfaction inexprimable. Une femme assez âgée, et qui avait été la gouvernante de l'ancien curé, vint aussi à notre rencontre, et, après m'avoir fait entrer dans une salle basse, me demanda si mon intention était de la garder. Je lui répondis que je la garderais, elle et le chien, et aussi les poules, et tout le mobilier que son maître lui avait laissé à sa mort ; ce qui la fit entrer dans un transport de joie, l'abbé

Sérapion lui ayant donné sur-le-champ le prix qu'elle en voulait.

Mon installation faite, l'abbé Sérapion retourna au séminaire. Je demeurai donc seul et sans autre appui que moi-même. La pensée de Clarimonde recommença à m'obséder, et, quelques efforts que je fisse pour la chasser, je n'y parvenais pas toujours. Un soir, en me promenant dans les allées bordées de buis de mon petit jardin, il me sembla voir à travers la charmille[1] une forme de femme qui suivait tous mes mouvements, et entre les feuilles étinceler les deux prunelles vert de mer; mais ce n'était qu'une illusion, et, ayant passé de l'autre côté de l'allée, je n'y trouvai rien qu'une trace de pied sur le sable, si petit qu'on eût dit un pied d'enfant. Le jardin était entouré de murailles très hautes; j'en visitai tous les coins et recoins, il n'y avait personne. Je n'ai jamais pu m'expliquer cette circonstance qui, du reste, n'était rien à côté des étranges choses qui me devaient arriver. Je vivais ainsi depuis un an, remplissant avec exactitude tous les devoirs de mon état, priant, jeûnant, exhortant et secourant les malades, faisant l'aumône jusqu'à me retrancher les nécessités les plus indispensables. Mais je sentais au-dedans de moi une aridité extrême, et les sources de la grâce m'étaient fermées. Je ne jouissais pas de ce bonheur que donne l'accomplissement d'une sainte mission; mon idée était ailleurs, et les paroles de Clarimonde me revenaient souvent sur les lèvres comme une espèce de refrain involontaire. Ô frère, méditez bien ceci! Pour avoir levé une seule fois le regard sur une femme, pour une faute en apparence si légère, j'ai éprouvé pendant plusieurs années les plus misérables agitations; ma vie a été troublée à tout jamais.

Je ne vous retiendrai pas plus longtemps sur ces défaites et sur ces victoires intérieures toujours suivies de rechutes plus profondes, et je passerai sur-le-champ à une circonstance décisive. Une nuit l'on sonna violemment à ma porte. La vieille gouvernante fut ouvrir, et un homme au teint cuivré et

1. *charmille* : allée plantée de charmes ou d'autres arbres.

richement vêtu, mais selon une mode étrangère, avec un long poignard, se dessina sous les rayons de la lanterne de Barbara. Son premier mouvement fut la frayeur ; mais l'homme la rassura, et lui dit qu'il avait besoin de me voir sur-le-champ pour quelque chose qui concernait mon ministère. Barbara le fit monter. J'allais me mettre au lit. L'homme me dit que sa maîtresse, une très grande dame, était à l'article de la mort et désirait un prêtre. Je répondis que j'étais prêt à le suivre ; je pris avec moi ce qu'il fallait pour l'extrême-onction[1] et je descendis en toute hâte. À la porte piaffaient d'impatience deux chevaux noirs comme la nuit, et soufflant sur leur poitrail deux longs flots de fumée. Il me tint l'étrier et m'aida à monter sur l'un, puis il sauta sur l'autre en appuyant seulement une main sur le pommeau de la selle. Il serra les genoux et lâcha les guides à son cheval qui partit comme la flèche. Le mien, dont il tenait la bride, prit aussi le galop et se maintint dans une égalité parfaite. Nous dévorions le chemin ; la terre filait sous nous grise et rayée, et les silhouettes noires des arbres s'enfuyaient comme une armée en déroute. Nous traversâmes une forêt d'un sombre si opaque et si glacial, que je me sentis courir sur la peau un frisson de superstitieuse terreur. Les aigrettes d'étincelles que les fers de nos chevaux arrachaient aux cailloux laissaient sur notre passage comme une traînée de feu, et si quelqu'un, à cette heure de nuit, nous eût vus, mon conducteur et moi, il nous eût pris pour deux spectres à cheval sur le cauchemar. Des feux follets traversaient de temps en temps le chemin, et les choucas[2] piaulaient piteusement dans l'épaisseur du bois, où brillaient de loin en loin les yeux phosphoriques de quelques chats sauvages. La crinière des chevaux s'échevelait de plus en plus, la sueur ruisselait sur leurs flancs, et leur haleine sortait bruyante et pressée de leurs narines. Mais, quand il les voyait faiblir, l'écuyer pour les ranimer poussait un cri guttural qui n'avait rien d'humain, et la course recommençait

1. *extrême-onction* : sacrement des mourants.
2. *choucas* : oiseaux appelés aussi « corneilles des clochers ».

L'Île aux morts, *par Arnold Böchlin (1827-1901).*

avec furie. Enfin le tourbillon s'arrêta ; une masse noire piquée de quelques points brillants se dressa subitement devant nous ; les pas de nos montures sonnèrent plus bruyants sur un plancher ferré, et nous entrâmes sous une voûte qui ouvrait sa gueule sombre entre deux énormes tours. Une grande agitation régnait dans le château ; des domestiques avec des torches à la main traversaient les cours en tous sens, et des lumières montaient et descendaient de palier en palier. J'entrevis confusément d'immenses architectures, des colonnes, des arcades, des perrons et des rampes, un luxe de construction tout à fait royal et féerique. Un page nègre, le même qui m'avait donné les tablettes de Clarimonde et que je reconnus à l'instant, me vint aider à descendre, et un majordome, vêtu de velours noir avec une chaîne d'or au col et une canne d'ivoire à la main, s'avança au-devant de moi. De grosses larmes débordaient de ses yeux et coulaient le long de ses joues sur sa barbe blanche. « Trop tard ! fit-il en hochant la tête, trop tard ! seigneur prêtre ; mais, si vous n'avez pu sauver l'âme, venez veiller le pauvre corps. » Il me prit par le bras et me conduisit à la salle funèbre ; je pleurais aussi fort que lui, car j'avais compris que la morte n'était autre que cette Clarimonde tant et si follement aimée. Un prie-Dieu était disposé à côté du lit ; une flamme bleuâtre voltigeant sur une patère[1] de bronze jetait par toute la chambre un jour faible et douteux, et çà et là faisait papilloter dans l'ombre quelque arête saillante de meuble ou de corniche. Sur la table, dans une urne ciselée, trempait une rose blanche fanée dont les feuilles, à l'exception d'une seule qui tenait encore, étaient toutes tombées au pied du vase comme des larmes odorantes ; un masque noir brisé, un éventail, des déguisements de toute espèce, traînaient sur les fauteuils et faisaient voir que la mort était arrivée dans cette somptueuse demeure à l'improviste et sans se faire annoncer. Je m'agenouillai sans oser jeter les yeux sur le lit, et je me mis à réciter les psaumes avec une grande ferveur, remerciant Dieu qu'il eût mis la tombe entre l'idée de cette femme et moi, pour que je pusse ajouter à mes prières son nom désormais sanctifié. Mais peu à peu cet élan se ralentit, et je tombai en rêverie. Cette chambre n'avait rien d'une chambre de mort. Au lieu de l'air fétide et cadavéreux que j'étais accoutumé à respirer en ces veilles funèbres, une langoureuse fumée d'essences orientales, je ne sais quelle amoureuse odeur de femme, nageait doucement dans l'air attiédi. Cette pâle lueur avait plutôt l'air d'un demi-jour ménagé pour la volupté que de la veilleuse au reflet jaune qui tremblote près des cadavres. Je songeais au singulier hasard qui m'avait fait retrouver Clarimonde au moment où je la perdais pour toujours, et un soupir de regret s'échappa de ma poitrine. Il me sembla qu'on avait soupiré aussi derrière moi, et je me retournai involontairement. C'était l'écho. Dans ce mouvement mes yeux tombèrent sur le lit de parade qu'ils avaient jusqu'alors évité. Les rideaux de damas rouge à grandes fleurs, relevés par des torsades d'or, laissaient voir la

1. *patère* : support fixé au mur.

morte couchée tout de son long et les mains jointes sur la poitrine. Elle était couverte d'un voile de lin d'une blancheur éblouissante, que le pourpre sombre de la tenture faisait encore mieux ressortir, et d'une telle finesse qu'il ne dérobait en rien la forme charmante de son corps et permettait de suivre ces belles lignes onduleuses comme le cou d'un cygne que la mort même n'avait pu roidir. On eût dit une statue d'albâtre faite par quelque sculpteur habile pour mettre sur un tombeau de reine, ou encore une jeune fille endormie sur qui il aurait neigé.

Je ne pouvais plus y tenir ; cet air d'alcôve m'enivrait, cette fébrile senteur de rose à demi-fanée me montait au cerveau, et je marchais à grands pas dans la chambre, m'arrêtant à chaque tour devant l'estrade pour considérer la gracieuse trépassée sous la transparence de son linceul. D'étranges pensées me traversaient l'esprit ; je me figurais qu'elle n'était point morte réellement, et que ce n'était qu'une feinte qu'elle avait employée pour m'attirer dans son château et me conter son amour. Un instant même je crus avoir vu bouger son pied dans la blancheur des voiles, et se déranger les plis droits du suaire.

Et puis je me disais : « Est-ce bien Clarimonde ? quelle preuve en ai-je ? Ce page noir ne peut-il être passé au service d'une autre femme ? Je suis bien fou de me désoler et de m'agiter ainsi. » Mais mon cœur me répondit avec un battement : « C'est bien elle, c'est bien elle. » Je me rapprochai du lit, et je regardai avec un redoublement d'attention l'objet de mon incertitude. Vous l'avouerai-je ? cette perfection de formes, quoique purifiée et sanctifiée par l'ombre de la mort, me troublait plus voluptueusement qu'il n'aurait fallu, et ce repos ressemblait tant à un sommeil que l'on s'y serait trompé. J'oubliais que j'étais venu là pour un office funèbre, et je m'imaginais que j'étais un jeune époux entrant dans la chambre de la fiancée qui cache sa figure par pudeur et qui ne se veut point laisser voir. Navré de douleur, éperdu de joie, frissonnant de crainte et de plaisir, je me penchai vers elle et je pris le coin du drap ; je le soulevai lentement en retenant mon souffle de peur de l'éveiller. Mes artères palpitaient avec une telle force, que je les sentais siffler dans mes tempes, et mon front ruisselait de sueur comme si j'eusse remué une dalle de marbre. C'était en effet la Clarimonde telle que je l'avais vue à l'église lors de mon ordination ; elle était aussi charmante, et la mort chez elle semblait une coquetterie de plus. La pâleur de ses joues, le rose moins vif de ses lèvres, ses longs cils baissés et découpant leur frange brune sur cette blancheur, lui donnaient une expression de chasteté mélancolique et de souffrance pensive d'une puissance de séduction inexprimable ; ses longs cheveux dénoués, où se trouvaient encore mêlées quelques petites fleurs bleues, faisaient un oreiller à sa tête et protégeaient de leurs boucles la nudité de ses épaules ; ses belles mains, plus pures, plus diaphanes que des hosties, étaient croisées dans une attitude de pieux repos et de tacite prière, qui corrigeait ce qu'auraient pu avoir de trop séduisant, même dans la mort, l'exquise rondeur et le poli d'ivoire de ses bras nus dont on n'avait pas ôté les bracelets de perles. Je restai longtemps absorbé dans une muette contemplation, et, plus je la regardais, moins je pouvais croire que la vie avait pour toujours abandonné ce beau corps. Je ne sais si cela était une illusion ou un reflet de la lampe, mais on eût dit que le sang recommençait à circuler sous cette mate pâleur ; cependant elle était toujours de la plus parfaite immobilité. Je touchai légèrement son bras ; il était froid, mais pas plus froid pourtant que sa main le jour qu'elle avait effleuré la mienne sous le portail de l'église. Je repris ma position, penchant ma figure sur la sienne et laissant pleuvoir sur ses joues la tiède rosée de mes larmes. Ah ! quel sentiment amer de désespoir et d'impuissance ! quelle agonie que cette veille ! j'aurais voulu pouvoir ramasser ma vie en un monceau pour la lui donner et souffler sur sa dépouille glacée la flamme qui me dévorait. La nuit s'avançait, et, sentant approcher le moment de la séparation éternelle, je ne pus me refuser cette triste et suprême douceur de déposer un baiser sur les lèvres mortes de celle qui avait eu tout mon amour. Ô prodige ! un léger souffle se mêla à mon souffle, et la bouche de Clarimonde répondit à la pression de la mienne ; ses yeux s'ouvrirent et reprirent un peu d'éclat, elle fit un soupir, et, décroisant ses bras, elle les passa derrière mon cou avec un air de ravissement ineffable. « Ah ! c'est toi, Romuald, dit-elle d'une voix languissante et douce comme les dernières vibrations d'une harpe ; que fais-tu donc ? Je t'ai attendu si longtemps, que je suis morte ; mais maintenant nous sommes fiancés, je pourrai te voir et aller chez toi. Adieu, Romuald, adieu ! je t'aime ; c'est tout ce que je voulais te dire, et je te rends la vie que tu as rappelée sur moi une minute avec ton baiser ; à bientôt. »

Sa tête retomba en arrière, mais elle m'entourait toujours de ses bras comme pour me retenir. Un tourbillon de vent furieux défonça la fenêtre et entra dans la chambre ; la dernière feuille de la rose blanche palpita quelque temps comme une aile au bout de la tige, puis elle se détacha et s'envola par la croisée ouverte, emportant avec elle l'âme de Clarimonde. La lampe s'éteignit, et je tombai évanoui sur le sein de la belle morte.

Quand je revins à moi, j'étais couché sur mon lit, dans ma petite chambre du presbytère, et le vieux chien de l'ancien curé léchait ma main allongée hors de la couverture. Barbara s'agitait dans la chambre avec un tremblement sénile, ouvrant et fermant des tiroirs, ou remuant des poudres dans des verres. En me voyant ouvrir les yeux, la vieille poussa un cri de joie, le chien jappa et frétilla de la queue ; mais j'étais si faible, que je ne pus prononcer une seule parole ni faire aucun mouvement. J'ai su depuis que j'étais resté trois jours ainsi, ne donnant d'autre signe d'existence qu'une respiration presque insensible. Ces trois jours ne comptent pas dans ma vie, et je ne sais où mon esprit était allé pendant tout ce temps ; je n'en ai gardé aucun souvenir. Barbara m'a conté que le même homme au teint cuivré, qui m'était venu chercher pendant la nuit, m'avait ramené le matin dans une litière fermée et s'en était retourné aussitôt. Dès que je pus rappeler mes idées, je repassai en moi-même toutes les circonstances de cette nuit fatale. D'abord je pensai que j'avais été le jouet d'une illusion magique ; mais des circonstances réelles et palpables détruisirent bientôt cette supposition. Je ne pouvais croire que j'avais rêvé, puisque Barbara avait vu comme moi l'homme aux deux chevaux noirs et qu'elle en décrivait l'ajustement et la tournure avec exactitude. Cependant personne ne connaissait dans les environs un château à qui s'appliquât la description du château où j'avais retrouvé Clarimonde.

Un matin je vis entrer l'abbé Sérapion. Barbara lui avait mandé que j'étais malade, et il était accouru en toute hâte. Quoique cet empressement démontrât de l'affection et de l'intérêt pour ma personne, sa visite ne me fit pas le plaisir qu'elle m'aurait dû faire. L'abbé Sérapion avait dans le regard quelque chose de pénétrant et d'inquisiteur[1] qui me gênait. Je me sentais embarrassé et coupable devant lui. Le premier il avait découvert mon trouble intérieur, et je lui en voulais de sa clairvoyance.

Tout en me demandant des nouvelles de ma santé d'un ton hypocritement mielleux, il fixait sur moi ses deux jaunes prunelles de lion, et plongeait comme une sonde ses regards dans mon âme. Puis il me fit quelques questions sur la manière dont je dirigeais ma cure, si je m'y plaisais, à quoi je passais le temps que mon ministère me laissait libre, si j'avais fait quelques connaissances parmi les habitants du lieu, quelles étaient mes lectures favorites, et mille autres détails semblables. Je répondais à tout cela le plus brièvement possible, et lui-même, sans attendre que j'eusse achevé, passait à autre chose. Cette conversation n'avait évidemment aucun rapport avec ce qu'il voulait dire. Puis, sans préparation aucune, et comme une nouvelle dont il se souvenait à l'instant et qu'il eût craint d'oublier ensuite, il me dit d'une voix claire et vibrante qui résonna à mon oreille comme les trompettes du jugement dernier :

« La grande courtisane Clarimonde est morte dernièrement à la suite d'une orgie qui a duré huit jours et huit nuits. Ç'a été quelque chose d'infernalement splendide. On a renouvelé là les abominations des festins de Balthazar[2] et de Cléopâtre•. Dans quel siècle vivons-nous, bon Dieu ! Les convives étaient servis par des esclaves basanés[3] parlant un

1. *inquisiteur* : qui cherche à savoir, qui enquête.

2. *festin de Balthazar* : repas copieux et bruyant. Ce dernier roi de Babylone fut puni de son impiété. Au cours d'un repas il vit apparaître sur un mur les mots « Mané, Thécel, Pharès » qui lui prédisaient sa fin et celle de son royaume.

3. *basanés* : hâlés, bronzés (de « basane », peau de mouton tannée).

langage inconnu, et qui m'ont tout l'air de vrais démons ; la livrée du moindre d'entre eux eût pu servir d'habit de gala à un empereur. Il a couru de tout temps sur cette Clarimonde de bien étranges histoires, et tous ses amants ont fini d'une manière misérable ou violente. On a dit que c'était une goule, un vampire femelle ; mais je crois que c'était Belzébuth en personne. »

Il se tut et m'observa plus attentivement que jamais, pour voir l'effet que ses paroles avaient produit sur moi. Je n'avais pu me défendre d'un mouvement en entendant nommer Clarimonde, et cette nouvelle de sa mort, outre la douleur qu'elle me causait par son étrange coïncidence avec la scène nocturne dont j'avais été témoin, me jeta dans un trouble et un effroi qui parurent sur ma figure, quoi que je fisse pour m'en rendre maître. Sérapion me jeta un coup d'œil inquiet et sévère ; puis il me dit : « Mon fils, je dois vous en avertir, vous avez le pied levé sur un abîme ; prenez garde d'y tomber. Satan a la griffe longue, et les tombeaux ne sont pas toujours fidèles. La pierre de Clarimonde devrait être scellée d'un triple sceau ; car ce n'est pas, à ce qu'on dit, la première fois qu'elle est morte. Que Dieu veille sur vous, Romuald ! »

Après avoir dit ces mots, Sérapion regagna la porte à pas lents, et je ne le revis plus ; car il partit pour S*** presque aussitôt.

J'étais entièrement rétabli et j'avais repris mes fonctions habituelles. Le souvenir de Clarimonde et les paroles du vieil abbé étaient toujours présents à mon esprit ; cependant aucun événement extraordinaire n'était venu confirmer les prévisions funèbres de Sérapion, et je commençais à croire que ses craintes et mes terreurs étaient trop exagérées ; mais une nuit je fis un rêve. J'avais à peine bu les premières gorgées du sommeil que j'entendis ouvrir les rideaux de mon lit et glisser les anneaux sur les tringles avec un bruit éclatant ; je me soulevai brusquement sur le coude, et je vis une ombre de femme qui se tenait debout devant moi. Je reconnus sur-le-champ Clarimonde. Elle portait à la main une petite lampe de la forme de celles qu'on met dans les tombeaux, dont la lueur donnait à ses doigts effilés une transparence rose qui se prolongeait par une dégradation insensible jusque dans la blancheur opaque et laiteuse de son bras

Les Fantômes *(1829), illustration pour* Les Orientales *de V. Hugo par Louis Boulanger.*

nu. Elle avait pour tout vêtement le suaire de lin qui la recouvrait sur son lit de parade, dont elle retenait les plis sur sa poitrine, comme honteuse d'être si peu vêtue, mais sa petite main n'y suffisait pas ; elle était si blanche, que la couleur de la draperie se confondait avec celle des chairs sous le pâle rayon de la lampe. Enveloppée de ce fin tissu qui trahissait tous les contours de son corps, elle ressemblait à une statue de marbre de baigneuse antique plutôt qu'à une femme douée de vie. Morte ou vivante, statue ou femme, ombre ou corps, sa beauté était toujours la même ; seulement l'éclat vert de ses prunelles était un peu amorti, et sa bouche, si vermeille autrefois, n'était plus teintée que d'un rose faible et tendre presque semblable à celui de ses joues. Les petites fleurs bleues que j'avais remarquées dans ses cheveux étaient tout à fait sèches et avaient presque perdu toutes leurs feuilles ; ce qui ne l'empêchait pas d'être charmante, si charmante que, malgré la singularité de l'aventure et la façon inexplicable dont elle était entrée dans la chambre, je n'eus pas un instant de frayeur.

Elle posa la lampe sur la table et s'assit sur le pied de mon lit, puis elle me dit en se penchant vers moi avec cette voix argentine et veloutée à la fois que je n'ai connue qu'à elle :

« Je me suis bien fait attendre, mon cher Romuald, et tu as dû croire que je t'avais oublié. Mais je viens de bien loin, et d'un endroit dont personne n'est encore revenu ; il n'y a ni lune ni soleil au pays d'où j'arrive ; ce n'est que de l'espace et de l'ombre ; ni chemin, ni sentier ; point de terre pour le pied, point d'air pour l'aile ; et pourtant me voici, car l'amour est plus fort que la mort[1], et il finira par la vaincre. Ah ! que de faces mornes et de choses terribles j'ai vues dans mon voyage ! Que de peine mon âme, rentrée dans ce monde par la puissance de la volonté, a eue pour retrouver son corps et s'y réinstaller ! Que d'efforts il m'a fallu faire avant de lever la dalle dont on m'avait couverte ! Tiens ! le dedans de mes pauvres mains en est tout meurtri. Baise-les pour les guérir, cher amour ! » Elle m'appliqua l'une après l'autre les paumes froides de ses mains sur ma bouche ; je les baisai en effet plusieurs fois, et elle me regardait faire avec un sourire d'ineffable complaisance.

Je l'avoue à ma honte, j'avais totalement oublié les avis de l'abbé Sérapion et le caractère dont j'étais revêtu. J'étais tombé sans résistance et au premier assaut. Je n'avais pas même essayé de repousser le tentateur ; la fraîcheur de la peau de Clarimonde pénétrait la mienne, et je me sentais courir sur le corps de voluptueux frissons. La pauvre enfant ! malgré tout ce que j'en ai vu, j'ai peine à croire encore que ce fût un démon ; du moins elle n'en avait pas l'air, et jamais Satan n'a mieux caché ses griffes et ses cornes. Elle avait reployé ses talons sous elle et se tenait accroupie sur le bord de la couchette dans une position pleine de coquetterie nonchalante. De temps en temps elle passait sa petite main à

1. *car l'amour est plus fort que la mort* : citation littérale du *Cantique des cantiques*.

travers mes cheveux et les roulait en boucles comme pour essayer à mon visage de nouvelles coiffures. Je me laissais faire avec la plus coupable complaisance, et elle accompagnait tout cela du plus charmant babil. Une chose remarquable, c'est que je n'éprouvais aucun étonnement d'une aventure aussi extraordinaire, et, avec cette facilité que l'on a dans la vision d'admettre comme fort simples les événements les plus bizarres, je ne voyais rien là que de parfaitement naturel.

« Je t'aimais bien longtemps avant de t'avoir vu, mon cher Romuald, et je te cherchais partout. Tu étais mon rêve, et je t'ai aperçu dans l'église au fatal moment ; j'ai dit tout de suite : "C'est lui !" Je te jetai un regard où je mis tout l'amour que j'avais eu, que j'avais et que je devais avoir pour toi ; un regard à damner un cardinal, à faire agenouiller un roi à mes pieds devant toute sa cour. Tu restas impassible et tu me préféras ton Dieu.

« Ah ! que je suis jalouse de Dieu, que tu as aimé et que tu aimes encore plus que moi !

« Malheureuse, malheureuse que je suis ! je n'aurai jamais ton cœur à moi toute seule, moi que tu as ressuscitée d'un baiser, Clarimonde la morte, qui force à cause de toi les portes du tombeau et qui vient te consacrer une vie qu'elle n'a reprise que pour te rendre heureux ! »

Toutes ces paroles étaient entrecoupées de caresses délirantes qui étourdirent mes sens et ma raison au point que je ne craignis point pour la consoler de proférer un effroyable blasphème, et de lui dire que je l'aimais autant que Dieu.

Ses prunelles se ravivèrent et brillèrent comme des chrysoprases[1]. « Vrai ! bien vrai ! autant que Dieu ! dit-elle en m'enlaçant dans ses beaux bras. Puisque c'est ainsi, tu viendras avec moi, tu me suivras où je voudrai. Tu laisseras tes vilains habits noirs. Tu seras le plus fier et le plus envié des cavaliers, tu seras mon amant. Être l'amant avoué de Clarimonde, qui a refusé un pape, c'est beau, cela ! Ah ! la

1. *chrysoprases* : la chrysoprase est une variété d'agate, de couleur verte.

bonne vie bien heureuse, la belle existence dorée que nous mènerons ! Quand partons-nous, mon gentilhomme ?

– Demain ! demain ! m'écriai-je dans mon délire.

– Demain, soit ! reprit-elle. J'aurai le temps de changer de toilette, car celle-ci est un peu succincte et ne vaut rien pour le voyage. Il faut aussi que j'aille avertir mes gens qui me croient sérieusement morte et qui se désolent tant qu'ils peuvent. L'argent, les habits, les voitures, tout sera prêt ; je te viendrai prendre à cette heure-ci. Adieu, cher cœur. » Et elle effleura mon front du bout de ses lèvres. La lampe s'éteignit, les rideaux se refermèrent, et je ne vis plus rien ; un sommeil de plomb, un sommeil sans rêve s'appesantit sur moi et me tint engourdi jusqu'au lendemain matin. Je me réveillai plus tard que de coutume, et le souvenir de cette singulière vision m'agita toute la journée ; je finis par me persuader que c'était une pure vapeur de mon imagination échauffée. Cependant les sensations avaient été si vives, qu'il était difficile de croire qu'elles n'étaient pas réelles, et ce ne fut pas sans quelque appréhension de ce qui allait arriver que je me mis au lit, après avoir prié Dieu d'éloigner de moi les mauvaises pensées et de protéger la chasteté de mon sommeil.

Je m'endormis bientôt profondément, et mon rêve se continua. Les rideaux s'écartèrent, et je vis Clarimonde, non pas, comme la première fois, pâle dans son pâle suaire et les violettes de la mort sur les joues, mais gaie, leste et pimpante, avec un superbe habit de voyage en velours vert orné de ganses d'or et retroussé sur le côté pour laisser voir une jupe de satin. Ses cheveux blonds s'échappaient en grosses boucles de dessous un large chapeau de feutre noir chargé de plumes blanches capricieusement contournées ; elle tenait à la main une petite cravache terminée par un sifflet d'or. Elle m'en toucha légèrement et me dit : « Eh bien ! beau dormeur, est-ce ainsi que vous faites vos préparatifs ? Je comptais vous trouver debout. Levez-vous bien vite, nous n'avons pas de temps à perdre. » Je sautai à bas du lit.

« Allons, habillez-vous et partons, dit-elle en me montrant du doigt un petit paquet qu'elle avait apporté ; les chevaux s'ennuient et rongent leur frein à la porte. Nous devrions déjà être à dix lieues d'ici. »

Je m'habillai en hâte, et elle me tendait elle-même les pièces du vêtement, en riant aux éclats de ma gaucherie, et en m'indiquant leur usage quand je me trompais. Elle donna du tour à mes cheveux, et, quand ce fut fait, elle me tendit un petit miroir de poche en cristal de Venise, bordé d'un filigrane d'argent, et me dit : « Comment te trouves-tu ? veux-tu me prendre à ton service comme valet de chambre ? »

Je n'étais plus le même, et je ne me reconnus pas. Je ne me ressemblais pas plus qu'une statue achevée ne ressemble à un bloc de pierre. Mon ancienne figure avait l'air de n'être que l'ébauche grossière de celle que réfléchissait le miroir. J'étais beau, et ma vanité fut sensiblement chatouillée de cette métamorphose. Ces élégants habits, cette riche veste brodée, faisaient de moi un tout autre personnage, et j'admirai la puissance de quelques aunes d'étoffes taillées d'une certaine manière. L'esprit de mon costume me pénétrait la peau, et au bout de dix minutes j'étais passablement fat.

Je fis quelques tours par la chambre pour me donner de l'aisance. Clarimonde me regardait d'un air de complaisance maternelle et paraissait très contente de son œuvre. « Voilà bien assez d'enfantillage ; en route, mon cher Romuald ! nous allons loin et nous n'arriverons pas. » Elle me prit la main et m'entraîna. Toutes les portes s'ouvraient devant elle aussitôt qu'elle les touchait, et nous passâmes devant le chien sans l'éveiller.

À la porte, nous trouvâmes Margheritone ; c'était l'écuyer qui m'avait déjà conduit ; il tenait en bride trois chevaux noirs comme les premiers, un pour moi, un pour lui, un pour Clarimonde. Il fallait que ces chevaux fussent des genets[1] d'Espagne, nés de juments fécondées par le zéphyr ; car ils allaient aussi vite que le vent, et la lune, qui s'était levée à notre départ pour nous éclairer, roulait dans le ciel comme une roue détachée de son char ; nous la voyions à notre droite sauter d'arbre en arbre et s'essouffler pour courir après nous. Nous arrivâmes bientôt dans une plaine où, auprès

1. *genet* : petit cheval barbe.

d'un bouquet d'arbres, nous attendait une voiture attelée de quatre vigoureuses bêtes ; nous y montâmes, et les postillons leur firent prendre un galop insensé. J'avais un bras passé derrière la taille de Clarimonde et une de ses mains ployée dans la mienne ; elle appuyait sa tête à mon épaule, et je sentais sa gorge demi-nue frôler mon bras. Jamais je n'avais éprouvé un bonheur aussi vif. J'avais oublié tout en ce moment-là, et je ne me souvenais pas plus d'avoir été prêtre que de ce que j'avais fait dans le sein de ma mère, tant était grande la fascination que l'esprit malin exerçait sur moi. À dater de cette nuit, ma nature s'est en quelque sorte dédoublée, et il y eut en moi deux hommes dont l'un ne connaissait pas l'autre. Tantôt je me croyais un prêtre qui rêvait chaque soir qu'il était gentilhomme, tantôt un gentilhomme qui rêvait qu'il était prêtre. Je ne pouvais plus distinguer le songe de la veille, et je ne savais pas où commençait la réalité et où finissait l'illusion. Le jeune seigneur fat et libertin se raillait du prêtre, le prêtre détestait les dissolutions du jeune seigneur. Deux spirales enchevêtrées l'une dans l'autre et confondues sans se toucher jamais représentent très bien cette vie bicéphale[1] qui fut la mienne. Malgré l'étrangeté de cette position, je ne crois pas avoir un seul instant touché à la folie. J'ai toujours conservé très nettes les perceptions de mes deux existences. Seulement, il y avait un fait absurde que je ne pouvais m'expliquer : c'est que le sentiment du même moi existât dans deux hommes si différents. C'était une anomalie dont je ne me rendais pas compte, soit que je crusse être le curé du petit village de***, ou *il signor Romualdo,* amant en titre de la Clarimonde.

Toujours est-il que j'étais ou du moins que je croyais être à Venise ; je n'ai pu encore bien démêler ce qu'il y avait d'illusion et de réel dans cette bizarre aventure. Nous habitions un grand palais de marbre sur le Canaleio, plein de fresques et de statues, avec deux Titiens du meilleur temps

1. *bicéphale* : double ; littéralement : « à deux têtes ».

Venise, palais des Doges, *par F. Ziem ; château de Versailles.*

dans la chambre à coucher de la Clarimonde, un palais digne d'un roi. Nous avions chacun notre gondole et nos barcarols[1] à notre livrée, notre chambre de musique et notre poëte. Clarimonde entendait la vie d'une grande manière, et elle avait un peu de Cléopâtre dans sa nature. Quant à moi, je menais un train de fils de prince, et je faisais une poussière comme si j'eusse été de la famille de l'un des douze apôtres ou des quatre évangélistes de la sérénissime république[2] ; je ne me serais pas détourné de mon chemin pour laisser passer le doge, et je ne crois pas que, depuis Satan qui tomba du ciel, personne ait été plus orgueilleux et plus insolent que moi. J'allais au Ridotto[3], et je jouais un jeu d'enfer. Je voyais la meilleure société du monde, des fils de famille ruinés, des femmes de théâtre, des escrocs, des parasites et des spadassins. Cependant, malgré la dissipation de cette vie, je restai fidèle à la Clarimonde. Je l'aimais éperdument. Elle eût

1. *barcarols* : gondoliers.
2. *sérénissime république* : titre donné au XVe siècle à la République de Venise.
3. *Ridotto* : salle de jeux située au palais Dandolo qui s'élève au bord du Grand Canal. Selon J. Gaudon, elle fut fréquentée par les nobles vénitiens et les étrangers entre 1768 et 1774.

réveillé la satiété même et fixé l'inconstance. Avoir Clarimonde, c'était avoir vingt maîtresses, c'était avoir toutes les femmes, tant elle était mobile, changeante et dissemblable d'elle-même ; un vrai caméléon ! Elle vous faisait commettre avec elle l'infidélité que vous eussiez commise avec d'autres, en prenant complètement le caractère, l'allure et le genre de beauté de la femme qui paraissait vous plaire. Elle me rendait mon amour au centuple, et c'est en vain que les jeunes patriciens et même les vieux du conseil des Dix lui firent les plus magnifiques propositions. Un Foscari• alla même jusqu'à lui proposer de l'épouser ; elle refusa tout. Elle avait assez d'or ; elle ne voulait plus que de l'amour, un amour jeune, pur, éveillé par elle, et qui devait être le premier et le dernier. J'aurais été parfaitement heureux sans un maudit cauchemar qui revenait toutes les nuits, et où je me croyais un curé de village se macérant[1] et faisant pénitence de mes excès du jour. Rassuré par l'habitude d'être avec elle, je ne songeais presque plus à la façon étrange dont j'avais fait connaissance avec Clarimonde. Cependant, ce qu'en avait dit l'abbé Sérapion me revenait quelquefois en mémoire et ne laissait pas que de me donner de l'inquiétude.

Depuis quelque temps la santé de Clarimonde n'était pas aussi bonne ; son teint s'amortissait de jour en jour. Les médecins qu'on fit venir n'entendaient rien à sa maladie, et ils ne savaient qu'y faire. Ils prescrivirent quelques remèdes insignifiants et ne revinrent plus. Cependant elle pâlissait à vue d'œil et devenait de plus en plus froide. Elle était presque aussi blanche et aussi morte que la fameuse nuit dans le château inconnu. Je me désolais de la voir ainsi lentement dépérir. Elle, touchée de ma douleur, me souriait doucement et tristement avec le sourire fatal des gens qui savent qu'ils vont mourir.

Un matin, j'étais assis auprès de son lit, et je déjeunais sur une petite table pour ne la pas quitter d'une minute. En coupant un fruit, je me fis par hasard au doigt une entaille

1. *se macérant* : se mortifiant.

assez profonde. Le sang partit aussitôt en filets pourpres, et quelques gouttes rejaillirent sur Clarimonde. Ses yeux s'éclairèrent, sa physionomie prit une expression de joie féroce et sauvage que je ne lui avais jamais vue. Elle sauta à bas du lit avec une agilité animale, une agilité de singe ou de chat, et se précipita sur ma blessure qu'elle se mit à sucer avec un air d'indicible volupté. Elle avalait le sang par petites gorgées, lentement et précieusement, comme un gourmet qui savoure un vin de Xérès[1] ou de Syracuse[2] ; elle clignait les yeux à demi, et la pupille de ses prunelles vertes était devenue oblongue[3] au lieu de ronde. De temps à autre elle s'interrompait pour me baiser la main, puis elle recommençait à presser de ses lèvres les lèvres de la plaie pour en faire sortir encore quelques gouttes rouges. Quand elle vit que le sang ne venait plus, elle se releva l'œil humide et brillant, plus rose qu'une aurore de mai, la figure pleine, la main tiède et moite, enfin plus belle que jamais et dans un état parfait de santé.

« Je ne mourrai pas ! je ne mourrai pas ! dit-elle à moitié folle de joie et en se pendant à mon cou ; je pourrai t'aimer encore longtemps. Ma vie est dans la tienne, et tout ce qui est moi vient de toi. Quelques gouttes de ton riche et noble sang, plus précieux et plus efficace que tous les élixirs[4] du monde, m'ont rendu l'existence. »

Cette scène me préoccupa longtemps et m'inspira d'étranges doutes à l'endroit de Clarimonde, et le soir même, lorsque le sommeil m'eut ramené à mon presbystère, je vis l'abbé Sérapion plus grave et plus soucieux que jamais. Il me regarda attentivement et me dit : « Non content de perdre votre âme, vous voulez aussi perdre votre corps. Infortuné jeune homme, dans quel piège êtes-vous tombé ! ». Le ton dont il me dit ce peu de mots me frappa vivement ; mais, malgré sa vivacité, cette impression fut bientôt dissipée, et mille autres soins l'effacèrent de mon esprit. Cependant, un soir, je

1. *Xérès* : ville d'Espagne, dans la province de Cadix, célèbre pour ses vins.
2. *Syracuse* : ville de Sicile.
3. *oblongue* : de forme allongée.
4. *élixirs* : médicaments constitués de plusieurs substances dissoutes dans l'alcool.

vis dans ma glace, dont elle n'avait pas calculé la perfide position, Clarimonde qui versait une poudre dans la coupe de vin épicé qu'elle avait coutume de préparer après le repas. Je pris la coupe, je feignis d'y porter mes lèvres, et je la posai sur quelque meuble comme pour l'achever plus tard à mon loisir ; et, profitant d'un instant où la belle avait le dos tourné, j'en jetai le contenu sous la table ; après quoi je me retirai dans ma chambre et je me couchai, bien déterminé à ne pas dormir et à voir ce que tout cela deviendrait. Je n'attendis pas longtemps ; Clarimonde entra en robe de nuit, et s'étant débarrassée de ses voiles, s'allongea dans le lit auprès de moi. Quand elle se fut bien assurée que je dormais, elle découvrit mon bras et tira une épingle d'or de sa tête ; puis elle se mit à murmurer à voix basse :

« Une goutte, rien qu'une petite goutte rouge, un rubis au bout de mon aiguille !... Puisque tu m'aimes encore, il ne faut pas que je meure... Ah ! pauvre amour ! son beau sang d'une couleur pourpre si éclatante, je vais le boire. Dors, mon seul bien ; dors, mon dieu, mon enfant ; je ne te ferai pas de mal, je ne prendrai de ta vie que ce qu'il faudra pour ne pas laisser éteindre la mienne. Si je ne t'aimais pas tant, je pourrais me résoudre à avoir d'autres amants dont je tarirais les veines ; mais depuis que je te connais j'ai tout le monde en horreur... Ah ! le beau bras ! comme il est rond ! comme il est blanc ! je n'oserai jamais piquer cette jolie veine bleue. » Et, tout en disant cela, elle pleurait, et je sentais pleuvoir ses larmes sur mon bras qu'elle tenait entre ses mains. Enfin elle se décida, me fit une petite piqûre avec son aiguille et se mit à pomper le sang qui en coulait. Quoiqu'elle en eût bu à peine quelques gouttes, la crainte de m'épuiser la prenant, elle m'entoura avec soin le bras d'une petite bandelette après avoir frotté la plaie d'un onguent[1] qui la cicatrisa sur-le-champ.

Je ne pouvais plus avoir de doutes, l'abbé Sérapion avait raison. Cependant, malgré cette certitude, je ne pouvais m'empêcher d'aimer Clarimonde, et je lui aurais volontiers

1. *onguent* : sorte de pommade.

donné tout le sang dont elle avait besoin pour soutenir son existence factice. D'ailleurs, je n'avais pas grand-peur ; la femme me répondait du vampire, et ce que j'avais entendu et vu me rassurait complètement ; j'avais alors des veines plantureuses qui ne se seraient pas de sitôt épuisées, et je ne marchandais pas ma vie goutte à goutte. Je me serais ouvert le bras moi-même et je lui aurais dit : « Bois ! et que mon amour s'infiltre dans ton corps avec mon sang ! » J'évitais de faire la moindre allusion au narcotique qu'elle m'avait versé et à la scène de l'aiguille, et nous vivions dans le plus parfait accord. Pourtant mes scrupules de prêtre me tourmentaient plus que jamais, et je ne savais quelle macération nouvelle inventer pour mater et mortifier ma chair. Quoique toutes ces visions fussent involontaires et que je n'y participasse en rien, je n'osais pas toucher le Christ avec des mains aussi impures et un esprit souillé par de pareilles débauches réelles ou rêvées. Pour éviter de tomber dans ces fatigantes hallucinations, j'essayais de m'empêcher de dormir, je tenais mes paupières ouvertes avec les doigts et je restais debout au long des murs, luttant contre le sommeil de toutes mes forces ; mais le sable de l'assoupissement me roulait bientôt dans les yeux, et, voyant que toute lutte était inutile, je laissais tomber les bras de découragement et de lassitude, et le courant me rentraînait vers les rives perfides. Sérapion me faisait les plus véhémentes exhortations, et me reprochait durement ma mollesse et mon peu de ferveur. Un jour que j'avais été plus agité qu'à l'ordinaire, il me dit : « Pour vous débarrasser de cette obsession, il n'y a qu'un moyen, et, quoiqu'il soit extrême, il le faut employer : aux grands maux les grands remèdes. Je sais où Clarimonde a été enterrée ; il faut que nous la déterrions et que vous voyiez dans quel état pitoyable est l'objet de votre amour ; vous ne serez plus tenté de perdre votre âme pour un cadavre immonde dévoré des vers et près de tomber en poudre ; cela vous fera assurément rentrer en vous-même. » Pour moi, j'étais si fatigué de cette double vie, que j'acceptai, voulant savoir, une fois pour toutes, qui du prêtre ou du gentilhomme était dupe d'une illusion, j'étais décidé à tuer au profit de l'un ou de l'autre un des deux hommes qui étaient en moi ou à les tuer tous deux, car une pareille vie ne pouvait durer. L'abbé Sérapion se munit d'une pioche, d'un levier et d'une lanterne, et à minuit nous nous dirigeâmes vers le cimetière de ***, dont il connaissait parfaitement le gisement et la disposition. Après avoir porté la lumière de la lanterne sourde sur les inscriptions de plusieurs tombeaux, nous arrivâmes enfin à une pierre à moitié cachée par les grandes herbes et dévorée de mousses et de plantes parasites, où nous déchiffrâmes ce commencement d'inscription :

Ici gît Clarimonde
Qui fut de son vivant
La plus belle du monde.

« C'est bien ici, » dit Sérapion, et, posant à terre sa lanterne, il glissa la pince dans l'interstice de la pierre et commença à la soulever. La pierre céda, et il se mit à l'ouvrage avec la pioche. Moi, je le regardais faire, plus noir et plus silencieux que la nuit elle-même ; quant à lui, courbé sur son œuvre funèbre, il ruisselait de sueur, il haletait, et son souffle pressé avait l'air du râle d'un agonisant. C'était un spectacle étrange, et qui nous eût vus du dehors nous eût plutôt pris pour des profanateurs et des voleurs de linceuls, que pour des prêtres de Dieu. Le zèle de Sérapion avait quelque chose de dur et de sauvage qui le faisait ressembler à un démon plutôt qu'à un apôtre ou à un ange, et sa figure aux grands traits austères et profondément découpés par le reflet de la lanterne n'avait rien de très rassurant. Je me sentais perler sur les membres une sueur glaciale, et mes cheveux se redressaient douloureusement sur ma tête ; je regardais au fond de moi-même l'action du sévère Sérapion comme un abominable sacrilège, et j'aurais voulu que du flanc des sombres nuages qui roulaient pesamment au-dessus de nous sortît un triangle de feu qui le réduisît en poudre. Les hiboux perchés sur les cyprès, inquiétés par l'éclat de la lanterne, en venaient fouetter lourdement la vitre avec leurs ailes poussiéreuses, en jetant des gémissements plaintifs ; les renards glapissaient dans le lointain, et mille bruits sinistres se dégageaient du silence. Enfin la pioche de Sérapion heurta le cercueil dont les planches retentirent avec un bruit sourd et sonore, avec ce terrible bruit que rend le néant quand on y touche ; il en renversa le couvercle, et j'aperçus Clarimonde pâle comme un marbre, les mains jointes ; son blanc suaire ne faisait qu'un seul pli de sa tête à ses pieds. Une petite goutte brillait comme une rose au coin de sa bouche décolorée. Sérapion, à cette vue, entra en fureur : « Ah ! te voilà, démon, courtisane impudique, buveuse de sang et d'or ! » et il aspergea d'eau bénite le corps et le cercueil sur lequel il traça la forme d'une croix avec son goupillon[1]. La pauvre Clarimonde n'eut pas été plutôt touchée par la sainte rosée que son beau corps tomba en poussière ; ce ne fut plus qu'un mélange affreusement informe de cendres et d'os à demi calcinés. « Voilà votre maîtresse, seigneur Romuald, dit l'inexorable prêtre en me montrant ces tristes dépouilles ; serez-vous encore tenté d'aller vous promener au Lido[2] et à Fusine avec votre beauté ? » Je baissai la tête ; une grande ruine venait de se faire au dedans de moi. Je retournai à mon presbytère, et le seigneur Romuald, amant de Clarimonde, se sépara du pauvre prêtre, à qui il avait tenu pendant si longtemps une si étrange compagnie. Seulement, la nuit suivante, je vis Clarimonde ; elle me dit, comme la première fois sous le portail de l'église : « Malheureux ! malheureux ! qu'as-tu fait ? Pourquoi as-tu écouté ce prêtre imbécile ? n'étais-tu pas heureux ? et que t'avais-je fait, pour violer ma pauvre tombe et mettre à nu les misères de mon néant ? Toute communication entre nos âmes et nos corps est rompue désormais. Adieu, tu me regretteras. » Elle se dissipa dans l'air comme une fumée, et je ne la revis plus.

Hélas ! elle a dit vrai : je l'ai regrettée plus d'une fois et je la regrette encore. La paix de mon âme a été bien chèrement achetée ; l'amour de Dieu n'était pas de trop pour remplacer le sien. Voilà, frère, l'histoire de ma jeunesse. Ne regardez jamais une femme, et marchez toujours les yeux fixés en terre, car, si chaste et si calme que vous soyez, il suffit d'une minute pour vous faire perdre l'éternité.

1. *goupillon* : instrument que le prêtre agite pour répandre l'eau bénite.
2. *Lido* : île allongée qui ferme la lagune de Venise.

Questions

I. Première partie : une rencontre mémorable (p. 81 à 95).

Compréhension

1. *Qui parle ? À qui s'adresse-t-il ? Dans quelle intention ?*
2. *En faisant apparaître la tentatrice à un moment bien précis, l'auteur obtient un effet dramatique. Lequel ?*
3. *Que fait miroiter Clarimonde aux yeux de Romuald ?*
4. *Que regrette-t-il ? Pourquoi est-il désespéré ?*
5. *Pourquoi éprouve-t-il « une haine et une jalousie effroyables » ?*
6. *Pourquoi s'apaise-t-il enfin ?*
7. *L'adieu à la ville : croyez-vous que Clarimonde regarde partir Romuald ?*
8. *En quoi la situation du jeune prêtre est-elle pathétique ?*

Écriture

9. *Dans la description de Clarimonde, relevez tous les termes qui dépeignent « une jeune femme d'une beauté rare et vêtue avec une magnificence royale ».*
10. *Par opposition au palais Concini, le presbytère est pauvre et humble : montrez-le en choisissant quelques détails caractéristiques.*

II. Deuxième partie : la veillée funèbre (p. 95 à 101).

Compréhension

1. *Au début, Romuald paraît soulagé et résigné : pourquoi ?*
2. *Petit à petit cependant, le doute s'insinue en lui. Relevez les notations, les réflexions qui le troublent et l'exaltent.*

3. *Le baiser qui rend la vie est un thème traditionnel. Pouvez-vous citer deux contes très célèbres, l'un de Perrault, l'autre de Grimm, qui y ont recours ?*

4. *Quelle est la réaction de Romuald ? (Le héros de* La Cafetière *a une réaction semblable...)*

Écriture

5. *La course nocturne : qu'est-ce qui la caractérise ?*

6. *Pendant cette course, quels sont les seuls signaux lumineux qui sont mentionnés ? Que suggèrent-ils ?*

7. *Dans la description de la chambre mortuaire et de la morte, relevez les termes, les comparaisons, les métaphores qui développent l'idée de blancheur.*

III. Apparitions et disparitions de Clarimonde (p. 101 à 116).

Compréhension

1. *Sérapion confirme la mort de Clarimonde, mais comment comprenez-vous ses paroles : « Satan a la griffe longue, et les tombeaux ne sont pas toujours fidèles » ?*

2. *Au cours de sa première apparition, Clarimonde prononce une phrase qui confirme les craintes de Sérapion. Laquelle ?*

3. *Quel est le blasphème de Romuald ? Que veut dire ce mot ?*

4. *Expliquez : « la vie bicéphale ».*

5. *Relevez la phrase qui, sous une forme antithétique, résume le dédoublement du narrateur.*

6. *La révélation que Clarimonde est un vampire trouble-t-elle Romuald ? Comment l'excuse-t-il ?*

7. *Expliquez : « la femme me répondait du vampire ».*

8. *Pourquoi Romuald suit-il Sérapion au cimetière ?*

9. *Que semblent indiquer les mousses et les grandes herbes de la tombe ?*

10. *Pourquoi le corps tombe-t-il en poussière ?*

Écriture

11. *Le deuxième voyage (au cours du deuxième rêve) ressemble beaucoup au premier, mais il est moins fantastique : quelles notations le narrateur a-t-il supprimées ?*

12. *Relevez les termes qui évoquent Venise.*

13. *La dernière phrase du conte reprend et explicite une citation de Job (voir note 2, p. 83). Montrez que cette phrase et l'appellation « frère » donnent au conte son unité.*

Le fantastique

14. *La femme revenue de l'au-delà est un thème cher à Gautier : quelles notations nous rappellent que Clarimonde sort du tombeau ?*

15. *Le vampire : Gautier sacrifie à la tradition du vampirisme, mais fait preuve d'originalité : n'essaie-t-il pas de peindre un vampire « raisonnable » ?*

16. *Le dédoublement de la personnalité : les deux personnages qui « habitent » successivement Romuald sont fort différents. Précisez leur condition, leurs occupations respectives.*

17. *La confusion du rêve et de la réalité. a) À quel moment la seconde nature de Romuald se manifeste-t-elle ? b) Recherchez la phrase qui révèle l'incapacité de Romuald à distinguer le rêve du réel.*

La vie au Moyen Âge à la fin du XIIe siècle : La veillée au château *par É. Zier (1856-1924).*

LE CHEVALIER DOUBLE

Qui rend donc la blonde Edwige si triste ? que fait-elle assise à l'écart, le menton dans sa main et le coude au genou, plus morne que le désespoir, plus pâle que la statue d'albâtre qui pleure sur un tombeau ?

Du coin de sa paupière une grosse larme roule sur le duvet de sa joue, une seule, mais qui ne tarit jamais ; comme cette goutte d'eau qui suinte des voûtes du rocher, et qui à la longue use le granit, cette seule larme, en tombant sans relâche de ses yeux sur son cœur, l'a percé et traversé à jour.

Edwige, blonde Edwige, ne croyez-vous plus à Jésus-Christ le doux Sauveur ? doutez-vous de l'indulgence de la très sainte Vierge Marie ? Pourquoi portez-vous sans cesse à votre flanc vos petites mains diaphanes, amaigries et fluettes comme celles des Elfes[1] et des Willis[2] ? Vous allez être mère ; c'était votre plus cher vœu : votre noble époux, le comte Lodbrog, a promis un autel d'argent massif, un ciboire[3] d'or fin à l'église de Saint-Euthbert si vous lui donniez un fils.

Hélas ! hélas ! la pauvre Edwige a le cœur percé des sept glaives de la douleur ; un terrible secret pèse sur son âme. Il y a quelques mois, un étranger est venu au château ; il faisait un terrible temps cette nuit-là : les tours tremblaient dans leur charpente, les girouettes piaulaient, le feu rampait dans la cheminée, et le vent frappait à la vitre comme un importun qui veut entrer.

L'étranger était beau comme un ange, mais comme un ange tombé ; il souriait doucement et regardait doucement, et pourtant ce regard et ce sourire vous glaçaient de terreur et

---

1. *Elfes* : génies aériens.
2. *Willis* : nom donné en Bohême à des personnages fantastiques qui sont, dit-on, des jeunes filles condamnées toutes les nuits à sortir de leur tombe et à danser jusqu'au jour (Larousse, *Grand dictionnaire universel du XIXe siècle*).
3. *ciboire* : vase sacré contenant les hosties.

vous inspiraient l'effroi qu'on éprouve en se penchant sur un abîme. Une grâce scélérate, une langueur perfide comme celle du tigre qui guette sa proie, accompagnaient tous ses mouvements ; il charmait à la façon du serpent qui fascine l'oiseau.

Cet étranger était un maître chanteur ; son teint bruni montrait qu'il avait vu d'autres cieux ; il disait venir du fond de la Bohême, et demandait l'hospitalité pour cette nuit-là seulement.

Il resta cette nuit, et encore d'autres jours et encore d'autres nuits, car la tempête ne pouvait s'apaiser, et le vieux château s'agitait sur ses fondements comme si la rafale eût voulu le déraciner et faire tomber sa couronne de créneaux dans les eaux écumeuses du torrent.

Pour charmer le temps, il chantait d'étranges poésies qui troublaient le cœur et donnaient des idées furieuses ; tout le temps qu'il chantait, un corbeau noir vernissé, luisant comme le jais, se tenait sur son épaule ; il battait la mesure avec son bec d'ébène, et semblait applaudir en secouant ses ailes. – Edwige pâlissait, pâlissait comme les lis du clair de lune ; Edwige rougissait, rougissait comme les roses de l'aurore, et se laissait aller en arrière dans son grand fauteuil, languissante, à demi-morte, enivrée comme si elle avait respiré le parfum fatal de ces fleurs qui font mourir.

Enfin le maître chanteur put partir ; un petit sourire bleu venait de dérider la face du ciel. Depuis ce jour, Edwige, la blonde Edwige ne fait que pleurer dans l'angle de la fenêtre.

Edwige est mère ; elle a un bel enfant tout blanc et tout vermeil. Le vieux comte Lodbrog a commandé au fondeur l'autel d'argent massif, et il a donné mille pièces d'or à l'orfèvre dans une bourse de peau de renne pour fabriquer le ciboire[1] ; il sera large et lourd, et tiendra une grande mesure de vin. Le prêtre qui le videra pourra dire qu'il est un bon buveur.

L'enfant est tout blanc et tout vermeil, mais il a le regard

1. *ciboire* : confusion semble-t-il ici avec le « calice ».

noir de l'étranger : sa mère l'a bien vu. Ah ! pauvre Edwige ! pourquoi avez-vous tant regardé l'étranger avec sa harpe et son corbeau ?...

Le chapelain ondoie[1] l'enfant ; – on lui donne le nom d'Oluf, un bien beau nom ! – Le mire[2] monte sur la plus haute tour pour lui tirer l'horoscope[3].

Le temps était clair et froid : comme une mâchoire de loup-cervier aux dents aiguës et blanches, une découpure de montagnes couvertes de neiges mordait le bord de la robe du ciel ; les étoiles larges et pâles brillaient dans la crudité bleue de la nuit comme des soleils d'argent.

Le mire prend la hauteur, remarque l'année, le jour et la minute ; il fait de longs calculs en encre rouge sur un long parchemin tout constellé de signes cabalistiques[4] ; il rentre dans son cabinet, et remonte sur la plate-forme, il ne s'est pourtant pas trompé dans ses supputations, son thème de nativité est juste comme un trébuchet[5] à peser les pierres fines ; cependant il recommence : il n'a pas fait d'erreur.

Le petit comte Oluf a une étoile double, une verte et une rouge, verte comme l'espérance, rouge comme l'enfer ; l'une favorable, l'autre désastreuse. Cela s'est-il jamais vu qu'un enfant ait une étoile double ?

Avec un air grave et compassé le mire rentre dans la chambre de l'accouchée et dit, en passant sa main osseuse dans les flots de sa grande barbe de mage :

« Comtesse Edwige, et vous, comte Lodbrog, deux influences ont présidé à la naissance d'Oluf, votre précieux fils : l'une bonne, l'autre mauvaise ; c'est pourquoi il a une étoile verte et une étoile rouge. Il est soumis à un double ascendant[6] ; il sera très heureux ou très malheureux, je ne sais lequel ; peut-être tous les deux à la fois. »

---

1. *ondoie* : baptise.
2. *mire* : médecin, apothicaire (Vx). Ici : mage, astrologue.
3. *horoscope* : ensemble des présages liés à la position des planètes au moment de la naissance d'un individu.
4. *cabalistiques* : mystérieux.
5. *trébuchet* : petite balance de précision.
6. *ascendant* : influence des planètes.

Le comte Lodbrog répondit au mire : « L'étoile verte l'emportera. » Mais Edwige craignait dans son cœur de mère que ce ne fût la rouge. Elle remit son menton dans sa main, son coude sur son genou, et recommença à pleurer dans le coin de la fenêtre. Après avoir allaité son enfant, son unique occupation était de regarder à travers la vitre la neige descendre en flocons drus et pressés, comme si l'on eût plumé là-haut les ailes blanches de tous les anges et de tous les chérubins[1].

De temps en temps un corbeau passait devant la vitre, croassant et secouant cette poussière argentée. Cela faisait penser Edwige au corbeau singulier qui se tenait toujours sur l'épaule de l'étranger au doux regard de tigre, au charmant sourire de vipère.

Et ses larmes tombaient plus vite de ses yeux sur son cœur, sur son cœur percé à jour.

Le jeune Oluf est un enfant bien étrange : on dirait qu'il y a dans sa petite peau blanche et vermeille deux enfants d'un caractère différent ; un jour il est bon comme un ange, un autre jour il est méchant comme un diable, il mord le sein de sa mère, et déchire à coup d'ongles le visage de sa gouvernante.

Le vieux comte Lodbrog, souriant dans sa moustache grise, dit qu'Oluf fera un bon soldat et qu'il a l'humeur belliqueuse[2]. Le fait est qu'Oluf est un petit drôle insupportable : tantôt il pleure, tantôt il rit ; il est capricieux comme la lune, fantasque comme une femme ; il va, vient, s'arrête tout à coup sans motif apparent, abandonne ce qu'il avait entrepris et fait succéder à la turbulence la plus inquiète l'immobilité la plus absolue ; quoiqu'il soit seul, il paraît converser avec un interlocuteur invisible ! Quand on lui demande la cause de toutes ces agitations, il dit que l'étoile rouge le tourmente.

Oluf a bientôt quinze ans. Son caractère devient de plus en

1. *chérubins* : catégorie d'anges.
2. *belliqueuse* : guerrière, combative.

plus inexplicable ; sa physionomie, quoique parfaitement belle, est d'une expression embarrassante ; il est blond comme sa mère, avec tous les traits de la race du Nord ; mais sous son front blanc comme la neige que n'a rayée encore ni le patin du chasseur ni maculée le pied de l'ours, et qui est bien le front de la race antique des Lodbrog, scintille entre deux paupières orangées un œil aux longs cils noirs, un œil de jais illuminé des fauves ardeurs de la passion italienne, un regard velouté, cruel et doucereux comme celui du maître chanteur de Bohême.

Comme les mois s'envolent, et plus vite encore les années ! Edwige repose maintenant sous les arches ténébreuses du caveau des Lodbrog, à côté du vieux comte, souriant, dans son cercueil, de ne pas voir son nom périr. Elle était déjà si pâle que la mort ne l'a pas beaucoup changée. Sur son tombeau il y a une belle statue couchée, les mains jointes, et les pieds sur une levrette de marbre, fidèle compagnie des trépassés. Ce qu'a dit Edwige à sa dernière heure, nul ne le sait, mais le prêtre qui la confessait est devenu plus pâle encore que la mourante.

Oluf, le fils brun et blond d'Edwige la désolée, a vingt ans aujourd'hui. Il est très adroit à tous les exercices, nul ne tire mieux l'arc que lui ; il refend la flèche qui vient de se planter en tremblant dans le cœur du but ; sans mors ni éperon il dompte les chevaux les plus sauvages.

Il n'a jamais impunément regardé une femme ou une jeune fille ; mais aucune de celles qui l'ont aimé n'a été heureuse. L'inégalité fatale de son caractère s'oppose à toute réalisation de bonheur entre une femme et lui. Une seule de ses moitiés ressent de la passion, l'autre éprouve de la haine ; tantôt l'étoile verte l'emporte, tantôt l'étoile rouge. Un jour il vous dit : « Ô blanches vierges du Nord, étincelantes et pures comme les glaces du pôle ; prunelles de clair de lune ; joues nuancées des fraîcheurs de l'aurore boréale ! » Et l'autre jour il s'écriait : « Ô filles d'Italie, dorées par le soleil et blondes comme l'orange ! cœurs de flamme dans des poitrines de bronze ! » Ce qu'il y a de plus triste, c'est qu'il est sincère dans les deux exclamations.

Hélas ! pauvres désolées, tristes ombres plaintives, vous ne l'accusez même pas, car vous savez qu'il est plus malheureux que vous ; son cœur est un terrain sans cesse foulé par les pieds de deux lutteurs inconnus, dont chacun, comme dans le combat[1] de Jacob et de l'Ange, cherche à dessécher le jarret de son adversaire.

Si l'on allait au cimetière, sous les larges feuilles veloutées du verbascum[2] aux profondes découpures, sous l'asphodèle[3] aux rameaux d'un vert malsain, dans la folle avoine et les orties, l'on trouverait plus d'une pierre abandonnée où la rosée du matin répand seule ses larmes. Mina, Dora, Thécla ! la terre est-elle bien lourde à vos seins délicats et à vos corps charmants ?

Un jour Oluf appelle Dietrich, son fidèle écuyer ; il lui dit de seller son cheval.

« Maître, regardez comme la neige tombe, comme le vent siffle et fait ployer jusqu'à terre la cime des sapins ; n'entendez-vous pas dans le lointain hurler les loups maigres et bramer ainsi que des âmes en peine les rennes à l'agonie ?

– Dietrich, mon fidèle écuyer, je secouerai la neige comme on fait d'un duvet qui s'attache au manteau ; je passerai sous l'arceau des sapins en inclinant un peu l'aigrette de mon casque. Quant aux loups, leurs griffes s'émousseront sur cette bonne armure, et du bout de mon épée fouillant la glace, je découvrirai au pauvre renne, qui geint et pleure à chaudes larmes, la mousse fraîche et fleurie qu'il ne peut atteindre. »

Le comte Oluf de Lodbrog, car tel est son titre depuis que le vieux comte est mort, part sur son bon cheval, accompagné de ses deux chiens géants, Murg et Fenris, car le jeune seigneur aux paupières couleur d'orange a un rendez-vous, et déjà peut-être, du haut de la petite tourelle aiguë en forme de poivrière[4], se penche sur le balcon sculpté, malgré

1. *combat :* allusion au combat que Jacob, fils d'Isaac et de Rébecca, dut soutenir, toute une nuit, contre un Ange du Seigneur.
2. *verbascum :* nom générique du bouillon-blanc ; herbe de haute taille ressemblant à un cierge.
3. *asphodèle :* plante bulbeuse à fleurs blanches.
4. *poivrière :* guérite ronde au toit conique placée à l'angle d'un édifice.

le froid et la bise, la jeune fille inquiète, cherchant à démêler dans la blancheur de la plaine le panache du chevalier.

Oluf, sur son grand cheval à formes d'éléphant, dont il laboure les flancs à coups d'éperon, s'avance dans la campagne ; il traverse le lac, dont le froid n'a fait qu'un seul bloc de glace, où les poissons sont enchâssés, les nageoires étendues, comme des pétrifications dans la pâte du marbre ; les quatre fers du cheval, armés de crochets, mordent solidement la dure surface ; un brouillard, produit par sa sueur et sa respiration, l'enveloppe et le suit ; on dirait qu'il galope dans un nuage ; les deux chiens, Murg et Fenris, soufflent, de chaque côté de leur maître, par leurs naseaux sanglants, de longs jets de fumée comme des animaux fabuleux.

Voici le bois de sapins ; pareils à des spectres, ils étendent leurs bras appesantis chargés de nappes blanches ; le poids de la neige courbe les plus jeunes et les plus flexibles : on dirait

Paysage d'hiver avec église *par Caspar David Friedrich (1774-1840), col. part.*

une suite d'arceaux d'argent. La noire terreur habite dans cette forêt, où les rochers affectent des formes monstrueuses, où chaque arbre, avec ses racines, semble couver à ses pieds un nid de dragons engourdis. Mais Oluf ne connaît pas la terreur.

Le chemin se resserre de plus en plus, les sapins croisent inextricablement leurs branches lamentables ; à peine de rares éclaircies permettent-elles de voir la chaîne de collines neigeuses qui se détachent en blanches ondulations sur le ciel noir et terne.

Heureusement Mopse est un vigoureux coursier qui porterait sans plier Odin• le gigantesque ; nul obstacle ne l'arrête ; il saute par-dessus les rochers, il enjambe les fondrières, et de temps en temps il arrache aux cailloux que son sabot heurte sous la neige une aigrette d'étincelles aussitôt éteintes.

« Allons, Mopse, courage ! tu n'as plus à traverser que la petite plaine et le bois de bouleaux ; une jolie main caressera ton col satiné, et dans une écurie bien chaude tu mangeras de l'orge mondée[1] et de l'avoine à pleine mesure. »

Quel charmant spectacle que le bois de bouleaux ! toutes les branches sont ouatées d'une peluche de givre, les plus petites brindilles se dessinent en blanc sur l'obscurité de l'atmosphère : on dirait une immense corbeille de filigrane[2], un madrépore[3] d'argent, une grotte avec tous ses stalactites ; les ramifications et les fleurs bizarres dont la gelée étame[4] les vitres n'offrent pas des dessins plus compliqués et plus variés.

« Seigneur Oluf, que vous avez tardé ! j'avais peur que l'ours de la montagne vous eût barré le chemin ou que les elfes vous eussent invité à danser, dit la jeune châtelaine en faisant asseoir Oluf sur le fauteuil de chêne dans l'intérieur de

1. *mondée* : propre, sans impuretés.
2. *filigrane* : ornement en fil de verre appliqué en relief ou pris dans la masse.
3. *madrépore* : les madrépores sont des petits animaux qui vivent en colonies et forment des récifs de coraux.
4. *étamer* : litt. recouvrir d'une couche d'étain. Ici, les vitres sont recouvertes d'une fine couche de gelée.

la cheminée. Mais pourquoi êtes-vous venu au rendez-vous d'amour avec un compagnon ? Aviez-vous donc peur de passer tout seul par la forêt ?

– De quel compagnon voulez-vous parler, fleur de mon âme ? dit Oluf très surpris à la jeune châtelaine.

– Du chevalier à l'étoile rouge que vous menez toujours avec vous. Celui qui est né d'un regard du chanteur bohémien, l'esprit funeste qui vous possède ; défaites-vous du chevalier à l'étoile rouge, ou je n'écouterai jamais vos propos d'amour ; je ne puis être la femme de deux hommes à la fois. »

Oluf eut beau faire et beau dire, il ne put seulement parvenir à baiser le petit doigt rose de la main de Brenda ; il s'en alla fort mécontent et résolu à combattre le chevalier à l'étoile rouge s'il pouvait le rencontrer.

Malgré l'accueil sévère de Brenda, Oluf reprit le lendemain la route du château à tourelles en forme de poivrière : les amoureux ne se rebutent pas aisément.

Tout en cheminant il se disait : « Brenda sans doute est folle ; et que veut-elle dire avec son chevalier à l'étoile rouge ? »

La tempête était des plus violentes ; la neige tourbillonnait et permettait à peine de distinguer la terre du ciel. Une spirale de corbeaux, malgré les abois de Fenris et de Murg, qui sautaient en l'air pour les saisir, tournoyait sinistrement au-dessus du panache d'Oluf. À leur tête était le corbeau luisant comme le jais[1] qui battait la mesure sur l'épaule du chanteur bohémien.

Fenris et Murg s'arrêtent subitement : leurs naseaux mobiles hument l'air avec inquiétude ; ils subodorent la présence d'un ennemi. – Ce n'est point un loup ni un renard ; un loup et un renard ne seraient qu'une bouchée pour ces braves chiens.

Un bruit de pas se fait entendre, et bientôt paraît au détour du chemin un chevalier monté sur un cheval de grande taille et suivi de deux chiens énormes.

1. *jais* : variété de lignite d'un noir brillant.

Le Duel judiciaire entre le Noble et le Vilain ; *lithographie par Houzé et Monnin.*

Vous l'auriez pris pour Oluf. Il était armé exactement de même, avec un surcot[1] historié[2] du même blason ; seulement il portait sur son casque une plume rouge au lieu d'une verte. La route était si étroite qu'il fallait que l'un des deux chevaliers reculât.

« Seigneur Oluf, reculez-vous pour que je passe, dit le chevalier à la visière baissée. Le voyage que je fais est un long voyage ; on m'attend, il faut que j'arrive.

– Par la moustache de mon père, c'est vous qui reculerez. Je vais à un rendez-vous d'amour, et les amoureux sont pressés », répondit Oluf en portant la main sur la garde de son épée.

L'inconnu tira la sienne, et le combat commença. Les épées, en tombant sur les mailles d'acier, en faisaient jaillir des gerbes d'étincelles pétillantes ; bientôt, quoique d'une trempe supérieure, elles furent ébréchées comme des scies.

1. *surcot* : vêtement de dessus porté au Moyen Âge.
2. *historié* : enjolivé, orné de figurines.

On eût pris les combattants, à travers la fumée de leurs chevaux et la brume de leur respiration haletante, pour deux noirs forgerons acharnés sur un fer rouge. Les chevaux, animés de la même rage que leurs maîtres, mordaient à belles dents leurs cous veineux, et s'enlevaient des lambeaux de poitrail ; ils s'agitaient avec des soubresauts furieux, se dressaient sur leurs pieds de derrière, et se servant de leurs sabots comme de poings fermés, ils se portaient des coups terribles pendant que leurs cavaliers se martelaient affreusement par-dessus leurs têtes ; les chiens n'étaient qu'une morsure et qu'un hurlement.

Les gouttes de sang, suintant à travers les écailles imbriquées des armures et tombant toutes tièdes sur la neige, y faisaient de petits trous roses. Au bout de peu d'instants l'on aurait dit un crible, tant les gouttes tombaient fréquentes et pressées. Les deux chevaliers étaient blessés.

Chose étrange, Oluf sentait les coups qu'il portait au chevalier inconnu ; il souffrait des blessures qu'il faisait et de celles qu'il recevait : il avait éprouvé un grand froid dans la poitrine, comme d'un fer qui entrerait et chercherait le cœur, et pourtant sa cuirasse n'était pas faussée à l'endroit du cœur : sa seule blessure était un coup dans les chairs au bras droit. Singulier duel, où le vainqueur souffrait autant que le vaincu, où donner et recevoir était une chose indifférente.

Ramassant ses forces, Oluf fit voler d'un revers le terrible heaume de son adversaire. – Ô terreur ! que vit le fils d'Edwige et de Lodbrog ? il se vit lui-même devant lui : un miroir eût été moins exact. Il s'était battu avec son propre spectre, avec le chevalier à l'étoile rouge ; le spectre jeta un grand cri et disparut.

La spirale de corbeaux remonta dans le ciel et le brave Oluf continua son chemin ; en revenant le soir à son château, il portait en croupe la jeune châtelaine, qui cette fois avait bien voulu l'écouter. Le chevalier à l'étoile rouge n'étant plus là, elle s'était décidée à laisser tomber de ses lèvres de rose, sur le cœur d'Oluf, cet aveu qui coûte tant à la pudeur. La nuit était claire et bleue, Oluf leva la tête pour chercher sa double étoile et la faire voir à sa fiancée : il n'y avait plus que la verte, la rouge avait disparu.

En entrant, Brenda, tout heureuse de ce prodige qu'elle attribuait à l'amour, fit remarquer au jeune Oluf que le jais de ses yeux s'était changé en azur, signe de réconciliation céleste. – Le vieux Lodbrog en sourit d'aise sous sa moustache blanche au fond de son tombeau; car, à vrai dire, quoiqu'il n'en eût rien témoigné, les yeux d'Oluf l'avaient quelquefois fait réfléchir. – L'ombre d'Edwige est toute joyeuse, car l'enfant du noble seigneur Lodbrog a enfin vaincu l'influence maligne de l'œil orange, du corbeau noir et de l'étoile rouge : l'homme a terrassé l'incube[1].

Cette histoire montre comme un seul moment d'oubli, un regard même innocent, peuvent avoir d'influence.

Jeunes femmes, ne jetez jamais les yeux sur les maîtres chanteurs de Bohême, qui récitent des poésies enivrantes et diaboliques. Vous, jeunes filles, ne vous fiez qu'à l'étoile verte; et vous qui avez le malheur d'être double, combattez bravement, quand même vous devriez frapper sur vous et vous blesser de votre propre épée, l'adversaire intérieur, le méchant chevalier.

Si vous demandez qui nous a apporté cette légende de Norvège, c'est un cygne; un bel oiseau au bec jaune, qui a traversé le Fiord, moitié nageant, moitié volant.

1. *incube* : démon masculin, par opposition au " succube ".

Questions

Compréhension

1. *Le narrateur est-il à l'intérieur ou à l'extérieur du récit ?*

2. *Montrez qu'il est omniscient, c'est-à-dire qu'il sait tout (voyez par exemple ce qu'il dit du vieux Lodbrog dans son tombeau).*

3. *Quel est le secret d'Edwige ?*

4. *La moralité de la fin est-elle indispensable ?*

Écriture

5. *Relevez tous les termes caractéristiques des pays du Nord (noms propres, faune, flore, croyances).*

6. *Le pays nordique est opposé à la Bohême : étudiez ce contraste dans le portrait d'Oluf.*

7. *Le combat des deux chevaliers est véritablement un combat de Titans. Relevez les hyperboles• (exagérations) propres à l'épopée.*

8. *La poésie plastique : dans la description du lac, du bois de sapins, du bois de bouleaux, relevez les comparaisons• et les métaphores•.*

Le fantastique

9. *Il réside ici dans le dédoublement du héros. Le Chevalier vert — le côté vertueux d'Oluf — combat contre le Chevalier rouge — son côté maléfique. Vainqueur, il aura résolu dans le bon sens la dualité de sa nature : le symbolisme du conte est d'une grande limpidité. Grâce à qui Oluf s'est-il décidé à ce combat ?*

Recherches et lectures

— La mythologie scandinave : Odin, les Walkyries, le Walhalla... Demandez-vous pourquoi un des chiens d'Oluf s'appelle « Fenris ».

— *Le combat de Roland et Olivier dans* La Légende des Siècles, *de V. Hugo.*

— *Le poème* Symphonie en blanc majeur (*T. Gautier,* Émaux et Camées).

Lutte de Roland et d'Olivier, *dessin au fusain par François-Nicolas Chifflart; maison de Victor Hugo.*

LE PIED DE MOMIE

J'étais entré par désœuvrement chez un de ces marchands de curiosités dits marchands de bric-à-brac dans l'argot parisien, si parfaitement inintelligible pour le reste de la France.

Vous avez sans doute jeté l'œil, à travers le carreau, dans quelques-unes de ces boutiques devenues si nombreuses depuis qu'il est de mode d'acheter des meubles anciens, et que le moindre agent de change se croit obligé d'avoir sa *chambre Moyen Âge*.

C'est quelque chose qui tient à la fois de la boutique du ferrailleur, du magasin du tapissier, du laboratoire de l'alchimiste et de l'atelier du peintre ; dans ces antres mystérieux où les volets filtrent un prudent demi-jour, ce qu'il y a de plus notoirement ancien, c'est la poussière ; les toiles d'araignées y sont plus authentiques que les guipures[1], et le vieux poirier y est plus jeune que l'acajou arrivé hier d'Amérique.

Le magasin de mon marchand de bric-à-brac était un véritable Capharnaüm[2] ; tous les siècles et tous les pays semblaient s'y être donné rendez-vous ; une lampe étrusque[3] de terre rouge posait sur une armoire de Boulle•, aux panneaux d'ébène sévèrement rayés de filaments de cuivre ; une duchesse du temps de Louis XV allongeait nonchalamment ses pieds de biche sous une épaisse table du règne de Louis XIII, aux lourdes spirales de bois de chêne, aux sculptures entremêlées de feuillages et de chimères.

Une armure damasquinée[4] de Milan faisait miroiter dans

---

1. *guipures* : sorte de dentelles.
2. *Capharnaüm* : lieu rempli d'objets entassés confusément.
3. *étrusque* : d'Étrurie, région de l'Italie ancienne.
4. *damasquinée* : le damasquinage consiste à incruster dans une surface un fil d'argent, d'or ou de cuivre.

Offrande du pharaon à Osiris, dieu des morts, et à la déesse Isis son épouse (à gauche). Relevé par Calverly d'une peinture du temple de Séthi 1er à Abydos (XIXe dynastie).

un coin le ventre rubané de sa cuirasse ; des amours et des nymphes de biscuit, des magots de la Chine, des cornets de céladon et de craquelé[1], des tasses de Saxe et de vieux Sèvres encombraient les étagères et les encoignures.

Sur les tablettes denticulées des dressoirs, rayonnaient d'immenses plats du Japon, aux dessins rouges et bleus, relevés de hachures d'or, côte à côte avec des émaux de Bernard Palissy•, représentant des couleuvres, des grenouilles et des lézards en relief.

Des armoires éventrées s'échappaient des cascades de lampas[2] glacé d'argent, des flots de brocatelle[3] criblée de grains lumineux par un oblique rayon de soleil ; des portraits de toutes les époques souriaient à travers leur vernis jaune dans des cadres plus ou moins fanés.

Le marchand me suivait avec précaution dans le tortueux passage pratiqué entre les piles de meubles, abattant de la main l'essor hasardeux des basques de mon habit, surveillant mes coudes avec l'attention inquiète de l'antiquaire et de l'usurier.

C'était une singulière figure que celle du marchand : un crâne immense, poli comme un genou, entouré d'une maigre auréole de cheveux blancs que faisait ressortir plus vivement le ton saumon clair de la peau, lui donnait un faux air de bonhomie patriarcale, corrigée, du reste, par le scintillement de deux petits yeux jaunes qui tremblotaient dans leur orbite comme deux louis d'or sur du vif-argent[4]. La courbure du nez avait une silhouette aquiline qui rappelait le type oriental ou juif. Ses mains, maigres, fluettes, veinées, pleines de nerfs en saillie comme les cordes d'un manche à violon, onglées de

1. *biscuit, magot, céladon, craquelé* : termes techniques relatifs à la céramique : le *biscuit* est une pâte ayant subi, sans être émaillée, une cuisson unique et complète ; le *magot* est une figure de porcelaine provenant de Chine ou du Japon ; le *céladon* est une terre porcelaineuse revêtue d'une couverture à base d'oxyde de fer ; le *craquelé* est un procédé de décoration.
2. *lampas* : soierie orientale à grands dessins.
3. *brocatelle* : étoffe de soie brochée à riches ornements.
4. *vif-argent* : mercure.

griffes semblables à celles qui terminent les ailes membraneuses des chauves-souris, avaient un mouvement d'oscillation sénile, inquiétant à voir ; mais ces mains agitées de tics fiévreux devenaient plus fermes que des tenailles d'acier ou des pinces de homard dès qu'elles soulevaient quelque objet précieux, une coupe d'onyx, un verre de Venise ou un plateau de cristal de Bohême ; ce vieux drôle avait un air si profondément rabbinique et cabalistique[1] qu'on l'eût brûlé sur la mine, il y a trois siècles.

« Ne m'achèterez-vous rien aujourd'hui, monsieur ? Voilà un kriss[2] malais dont la lame ondule comme une flamme ; regardez ces rainures pour égoutter le sang, ces dentelures pratiquées en sens inverse pour arracher les entrailles en retirant le poignard ; c'est une arme féroce, d'un beau caractère et qui ferait très bien dans votre trophée ; cette épée à deux mains est très belle, elle est de Josepe de la Hera, et cette cauchelimarde[3] à coquille fenestrée, quel superbe travail !

– Non, j'ai assez d'armes et d'instruments de carnage ; je voudrais une figurine, un objet quelconque qui pût me servir de serre-papier, car je ne puis souffrir tous ces bronzes de pacotille que vendent les papetiers, et qu'on retrouve invariablement sur tous les bureaux. »

Le vieux gnome, furetant dans ses vieilleries, étala devant moi des bronzes antiques ou soi-disant tels, des morceaux de malachite[4], de petites idoles indoues ou chinoises, espèce de poussahs[5] de jade, incarnation de Brahma• ou de Wishnou• merveilleusement propre à cet usage, assez peu divin, de tenir en place des journaux et des lettres.

1. *cabalistique* : mystérieux. Littéralement, qui appartient à la cabale, doctrine selon laquelle le texte de la Bible contient un sens caché.
2. *kriss* : poignard à lame ondulée.
3. *cauchelimarde* ou plutôt *cochelimarde* : épée lourde et pesante (Larousse, *Grand dictionnaire universel du XIXe siècle*).
4. *malachite* : cristaux de couleur verte.
5. *poussahs* (d'un mot chinois signifiant " idole bouddhique ") : jouet constitué par un buste de magot porté par une demi-sphère lestée de telle sorte qu'il revient toujours à la position verticale.

J'hésitais entre un dragon de porcelaine tout constellé de verrues, la gueule ornée de crocs et de barbelures, et un petit fétiche mexicain fort abominable, représentant au naturel le dieu Witziliputzili•, quand j'aperçus un pied charmant que je pris d'abord pour un fragment de Vénus antique.

Il avait ces belles teintes fauves et rousses qui donnent au bronze florentin cet aspect chaud et vivace, si préférable au ton vert-de-grisé des bronzes ordinaires qu'on prendrait volontiers pour des statues en putréfaction : des luisants satinés frissonnaient sur ses formes rondes et polies par les baisers amoureux de vingt siècles ; car ce devait être un airain de Corinthe, un ouvrage du meilleur temps, peut-être une fonte de Lysippe•!

« Ce pied fera mon affaire », dis-je au marchand, qui me regarda d'un air ironique et sournois en me tendant l'objet demandé pour que je pusse l'examiner plus à mon aise.

Je fus surpris de sa légèreté ; ce n'était pas un pied de métal, mais bien un pied de chair, un pied embaumé, un pied de momie : en regardant de près, l'on pouvait distinguer le grain de la peau et la gaufrure presque imperceptible imprimée par la trame des bandelettes. Les doigts étaient fins, délicats, terminés par des ongles parfaits, purs et transparents comme des agathes ; le pouce, un peu séparé, contrariait heureusement le plan des autres doigts à la manière antique, et lui donnait une attitude dégagée, une sveltesse de pied d'oiseau ; la plante, à peine rayée de quelques hachures invisibles, montrait qu'elle n'avait jamais touché la terre, et ne s'était trouvée en contact qu'avec les plus fines nattes de roseaux du Nil et les plus moelleux tapis de peaux de panthères.

« Ha ! ha ! vous voulez le pied de la princesse Hermonthis, dit le marchand avec un ricanement étrange, en fixant sur moi ses yeux de hibou : ha ! ha ! ha ! pour un serre-papier ! idée originale, idée d'artiste ; qui aurait dit au vieux Pharaon que le pied de sa fille adorée servirait de serre-papier l'aurait bien surpris, lorsqu'il faisait creuser une montagne de granit pour y mettre le triple cercueil peint et doré, tout couvert d'hiéroglyphes avec de belles peintures du jugement des âmes, ajouta à demi-voix et comme se parlant à lui-même le petit marchand singulier.

– Combien me vendrez-vous ce fragment de momie ?

– Ah ! le plus cher que je pourrai, car c'est un morceau superbe ; si j'avais le pendant, vous ne l'auriez pas à moins de cinq cents francs : la fille d'un Pharaon, rien n'est plus rare.

– Assurément cela n'est pas commun ; mais enfin combien en voulez-vous ? D'abord je vous avertis d'une chose, c'est que je ne possède pour trésor que cinq louis ; – j'achèterai tout ce qui coûtera cinq louis, mais rien de plus.

« Vous scruteriez les arrière-poches de mes gilets, et mes tiroirs les plus intimes, que vous n'y trouveriez pas seulement un misérable tigre à cinq griffes.

– Cinq louis le pied de la princesse Hermonthis, c'est bien peu, très peu en vérité, un pied authentique, dit le marchand en hochant la tête et en imprimant à ses prunelles un mouvement rotatoire.

« Allons, prenez-le, et je vous donne l'enveloppe pardessus le marché, ajouta-t-il en le roulant dans un vieux lambeau de damas ; très beau, damas véritable, damas des Indes, qui n'a jamais été reteint ; c'est fort, c'est moelleux », marmottait-il en promenant ses doigts sur le tissu éraillé par un reste d'habitude commerciale qui lui faisait vanter un objet de si peu de valeur qu'il le jugeait lui-même digne d'être donné.

Il coula les pièces d'or dans une espèce d'aumônière[1] du Moyen Âge pendant à sa ceinture, en répétant :

« Le pied de la princesse Hermonthis servir de serre-papier ! »

Puis, arrêtant sur moi ses prunelles phosphoriques, il me dit avec une voix stridente comme le miaulement d'un chat qui vient d'avaler une arête :

« Le vieux Pharaon ne sera pas content, il aimait sa fille, ce cher homme.

– Vous en parlez comme si vous étiez son contemporain ;

1. *aumônière* : petit sac plat attaché à la ceinture.

quoique vieux, vous ne remontez cependant pas aux pyramides d'Égypte », lui répondis-je en riant du seuil de la boutique.

Je rentrai chez moi fort content de mon acquisition.

Pour la mettre tout de suite à profit, je posai le pied de la divine princesse Hermonthis sur une liasse de papier, ébauche de vers, mosaïque indéchiffrable de ratures : articles commencés, lettres oubliées et mises à la poste dans le tiroir, erreur qui arrive souvent aux gens distraits ; l'effet était charmant, bizarre et romantique.

Très satisfait de cet embellissement, je descendis dans la rue, et j'allai me promener avec la gravité convenable et la fierté d'un homme qui a sur tous les passants qu'il coudoie l'avantage ineffable de posséder un morceau de la princesse Hermonthis, fille de Pharaon.

Je trouvai souverainement ridicules tous ceux qui ne possédaient pas, comme moi, un serre-papier aussi notoirement égyptien ; et la vraie occupation d'un homme sensé me paraissait d'avoir un pied de momie sur son bureau.

Heureusement la rencontre de quelques amis vint me distraire de mon engouement de récent acquéreur ; je m'en allai dîner avec eux, car il m'eût été difficile de dîner avec moi.

Quand je revins le soir, le cerveau marbré de quelques veines de gris de perle[1], une vague bouffée de parfum oriental me chatouilla délicatement l'appareil olfactif ; la chaleur de la chambre avait attiédi le natrum[2], le bitume et la myrrhe dans lesquels les *paraschites*[3] inciseurs de cadavres avaient baigné le corps de la princesse ; c'était un parfum doux quoique pénétrant, un parfum que quatre mille ans n'avaient pu faire évaporer.

1. *gris de perle* : allusion probablement au vin gris du dîner. Le vin gris est un vin intermédiaire entre le blanc et le clairet.

2. *natrum* : le natrum (ou natron) est un carbonate de sodium qui était utilisé pour la conservation des momies.

3. *paraschites* : les paraschites ou paraschistes étaient spécialisés dans l'extraction des viscères.

Le rêve de l'Égypte était l'éternité : ses odeurs ont la solidité du granit, et durent autant.

Je bus bientôt à pleines gorgées dans la coupe noire du sommeil; pendant une heure ou deux tout resta opaque, l'oubli et le néant m'inondaient de leurs vagues sombres.

Cependant mon obscurité intellectuelle s'éclaira, les songes commencèrent à m'effleurer de leur vol silencieux.

Les yeux de mon âme s'ouvrirent, et je vis ma chambre telle qu'elle était effectivement : j'aurais pu me croire éveillé, mais une vague perception me disait que je dormais et qu'il allait se passer quelque chose de bizarre.

L'odeur de la myrrhe avait augmenté d'intensité, et je sentais un léger mal de tête que j'attribuais fort raisonnablement à quelques verres de vin de Champagne que nous avions bus aux dieux inconnus et à nos succès futurs.

Je regardais dans ma chambre avec un sentiment d'attente que rien ne justifiait; les meubles étaient parfaitement en place, la lampe brûlait sur la console, doucement estompée par la blancheur laiteuse de son globe de cristal dépoli; les aquarelles miroitaient sous leur verre de Bohême; les rideaux pendaient languissamment : tout avait l'air endormi et tranquille.

Cependant, au bout de quelques instants, cet intérieur si calme parut se troubler, les boiseries craquaient furtivement; la bûche enfouie sous la cendre lançait tout à coup un jet de gaz bleu, et les disques des patères semblaient des yeux de métal attentifs comme moi aux choses qui allaient se passer.

Ma vue se porta par hasard vers la table sur laquelle j'avais posé le pied de la princesse Hermonthis.

Au lieu d'être immobile comme il convient à un pied

Vallée des reines. Fresques, tombe du fils de Ramsès III, Amen Her.

embaumé depuis quatre mille ans, il s'agitait, se contractait et sautillait sur les papiers comme une grenouille effarée : on l'aurait cru en contact avec une pile voltaïque[1] ; j'entendais fort distinctement le bruit sec que produisait son petit talon, dur comme un sabot de gazelle.

J'étais assez mécontent de mon acquisition, aimant les serre-papiers sédentaires et trouvant peu naturel de voir les pieds se promener sans jambes, et je commençais à éprouver quelque chose qui ressemblait fort à de la frayeur.

Tout à coup je vis remuer le pli d'un de mes rideaux, et j'entendis un piétinement comme d'une personne qui sauterait à cloche-pied. Je dois avouer que j'eus chaud et froid alternativement ; que je sentis un vent inconnu me souffler dans le dos, et que mes cheveux firent sauter, en se redressant, ma coiffure de nuit à deux ou trois pas.

Les rideaux s'entrouvrirent, et je vis s'avancer la figure la plus étrange qu'on puisse imaginer.

C'était une jeune fille, café au lait très foncé, comme la bayadère Amani•, d'une beauté parfaite et rappelant le type égyptien le plus pur ; elle avait des yeux taillés en amande avec des coins relevés et des sourcils tellement noirs qu'ils paraissaient bleus, son nez était d'une coupe délicate, presque grecque pour la finesse, et l'on aurait pu la prendre pour une statue de bronze de Corinthe, si la proéminence des pommettes et l'épanouissement un peu africain de la bouche n'eussent fait reconnaître, à n'en pas douter, la race hiéroglyphique des bords du Nil.

Ses bras minces et tournés en fuseau, comme ceux des très jeunes filles, étaient cerclés d'espèces d'emprises de métal et de tours de verroterie ; ses cheveux étaient nattés en cordelettes, et sur sa poitrine pendait une idole en pâte verte que son fouet à sept branches faisait reconnaître pour l'Isis•, conductrice des âmes ; une plaque d'or scintillait à son front, et quelques traces de fard perçaient sous les teintes de cuivre de ses joues.

---

1. *voltaïque :* électrique (du physicien italien Volta).

Isis.

Quant à son costume il était très étrange.

Figurez-vous un pagne de bandelettes chamarrées[1] d'hiéroglyphes noirs et rouges, empesés de bitume et qui semblaient appartenir à une momie fraîchement démaillottée.

Par un de ces sauts de pensée si fréquents dans les rêves, j'entendis la voix fausse et enrouée du marchand de bric-à-brac, qui répétait, comme un refrain monotone, la phrase qu'il avait dite dans sa boutique avec une intonation si énigmatique :

« Le vieux Pharaon ne sera pas content ; il aimait beaucoup sa fille, ce cher homme. »

Particularité étrange et qui ne me rassura guère, l'apparition n'avait qu'un seul pied, l'autre jambe était rompue à la cheville.

Elle se dirigea vers la table où le pied de momie s'agitait et frétillait avec un redoublement de vitesse. Arrivée là, elle s'appuya sur le rebord, et je vis une larme germer et perler dans ses yeux.

Quoiqu'elle ne parlât pas, je discernais clairement sa pensée : elle regardait le pied, car c'était bien le sien, avec une expression de tristesse coquette d'une grâce infinie ; mais le pied sautait et courait çà et là comme s'il eût été poussé par des ressorts d'acier.

Deux ou trois fois elle étendit sa main pour le saisir, mais elle n'y réussit pas.

Alors il s'établit entre la princesse Hermonthis et son pied, qui paraissait doué d'une vie à part, un dialogue très bizarre dans un cophte[2] très ancien, tel qu'on pouvait le parler, il y a une trentaine de siècles, dans les syringes[3] du pays de Ser ; heureusement que cette nuit-là je savais le cophte en perfection.

La princesse Hermonthis disait d'un ton de voix doux et

1. *chamarrées* : chargées d'ornements.
2. *cophte ou copte* : égyptien ancien.
3. *syringes* : sépultures souterraines de la Vallée des Rois.

vibrant comme une clochette de cristal :

« Eh bien ! mon cher petit pied, vous me fuyez toujours, j'avais pourtant bien soin de vous. Je vous baignais d'eau parfumée, dans un bassin d'albâtre ; je polissais votre talon avec la pierre-ponce trempée d'huile de palmes, vos ongles étaient coupés avec des pinces d'or et polis avec de la dent d'hippopotame, j'avais soin de choisir pour vous des thabebs[1] brodés et peints à pointes recourbées, qui faisaient l'envie de toutes les jeunes filles de l'Égypte ; vous aviez à votre orteil des bagues représentant le scarabée sacré, et vous portiez un des corps les plus légers que puisse souhaiter un pied paresseux. »

Le pied répondit d'un ton boudeur et chagrin :

« Vous savez bien que je ne m'appartiens plus, j'ai été acheté et payé ; le vieux marchand savait bien ce qu'il faisait, il vous en veut toujours d'avoir refusé de l'épouser : c'est un tour qu'il vous a joué.

« L'Arabe qui a forcé votre cercueil royal dans le puits souterrain de la nécropole de Thèbes était envoyé par lui, il voulait vous empêcher d'aller à la réunion des peuples ténébreux, dans les cités inférieures. Avez-vous cinq pièces d'or pour me racheter ?

– Hélas ! non. Mes pierreries, mes anneaux, mes bourses d'or et d'argent, tout m'a été volé, répondit la princesse Hermonthis avec un soupir.

– Princesse, m'écriai-je alors, je n'ai jamais retenu injustement le pied de personne : bien que vous n'ayez pas les cinq louis qu'il m'a coûté, je vous le rends de bonne grâce ; je serais désespéré de rendre boiteuse une aussi aimable personne que la princesse Hermonthis. »

Je débitai ce discours d'un ton régence et troubadour qui dut surprendre la belle Égyptienne.

Elle tourna vers moi un regard chargé de reconnaissance, et ses yeux s'illuminèrent de lueurs bleuâtres.

1. *thabebs* : chaussures de liège.

Nécropole de Thèbes ; tombe du prince Amin Kopeshfou, fils de Ramsès III.

Elle prit son pied, qui, cette fois, se laissa faire, comme une femme qui va mettre son brodequin, et l'ajusta à sa jambe avec beaucoup d'adresse.

Cette opération terminée, elle fit deux ou trois pas dans la chambre, comme pour s'assurer qu'elle n'était réellement plus boiteuse.

« Ah ! comme mon père va être content, lui qui était si désolé de ma mutilation, et qui avait, dès le jour de ma naissance, mis un peuple tout entier à l'ouvrage pour me creuser un tombeau si profond qu'il pût me conserver intacte jusqu'au jour suprême où les âmes doivent être pesées dans les balances de l'Amenthi[1].

« Venez avec moi chez mon père, il vous recevra bien, vous m'avez rendu mon pied. »

1. *Amenthi* : lieu de séjour des âmes avant leur jugement.

Je trouvai cette proposition toute naturelle ; j'endossai une robe de chambre à grands ramages, qui me donnait un air très pharaonesque ; je chaussai à la hâte des babouches turques, et je dis à la princesse Hermonthis que j'étais prêt à la suivre.

Hermonthis, avant de partir, détacha de son col la petite figurine de pâte verte et la posa sur les feuilles éparses qui couvraient la table.

« Il est bien juste, dit-elle en souriant, que je remplace votre serre-papier. »

Elle me tendit sa main, qui était douce et froide comme une peau de couleuvre, et nous partîmes.

Nous filâmes pendant quelque temps avec la rapidité de la flèche dans un milieu fluide et grisâtre, où des silhouettes à peine ébauchées passaient à droite et à gauche.

Un instant, nous ne vîmes que l'eau et le ciel.

Quelques minutes après, des obélisques commencèrent à pointer, des pylônes, des rampes côtoyées de sphinx se dessinèrent à l'horizon.

Nous étions arrivés.

La princesse me conduisit devant une montagne de granit

Le jugement des morts devant Osiris. Vignette extraite du papyrus funéraire de la reine Mâkeriyo.

rose, où se trouvait une ouverture étroite et basse qu'il eût été difficile de distinguer des fissures de la pierre si deux stèles bariolées de sculptures ne l'eussent fait reconnaître.

Hermonthis alluma une torche et se mit à marcher devant moi.

C'étaient des corridors taillés dans le roc vif ; les murs, couverts de panneaux d'hiéroglyphes et de processions allégoriques, avaient dû occuper des milliers de bras pendant des milliers d'années ; ces corridors, d'une longueur interminable, aboutissaient à des chambres carrées, au milieu desquelles étaient pratiqués des puits, où nous descendions au moyen de crampons ou d'escaliers en spirale ; ces puits nous conduisaient dans d'autres chambres, d'où partaient d'autres corridors également bigarrés d'éperviers, de serpents roulés en cercle, de tau[1], de pedum[2], de bari mystique[3], prodigieux travail que nul œil vivant ne devait voir, interminables légendes de granit que les morts avaient seuls le temps de lire pendant l'éternité.

Enfin, nous débouchâmes dans une salle si vaste, si énorme, si démesurée, que l'on ne pouvait en apercevoir les bornes ; à perte de vue s'étendaient des files de colonnes monstrueuses entre lesquelles tremblotaient de livides étoiles de lumière jaune : ces points brillants révélaient des profondeurs incalculables.

La princesse Hermonthis me tenait toujours par la main et saluait gracieusement les momies de sa connaissance.

Mes yeux s'accoutumaient à ce demi-jour crépusculaire, et commençaient à discerner les objets.

Je vis, assis sur des trônes, les rois des races souterraines : c'étaient de grands vieillards secs, ridés, parcheminés, noirs

1. *tau* : instrument sacré en forme de tau majuscule (« le tau mystérieux emblème d'immortalité », dit Gautier dans *Le Roman de la momie*).

2. *pedum* : bâton en forme de crosse.

3. *bari mystique* : la bari mystique est la barque « qui conduit les âmes dans l'Amenthi » (*Une nuit de Cléopâtre*).

de naphte[1] et de bitume[2], coiffés de pschents[3] d'or, bardés de pectoraux et de hausse-cols, constellés de pierreries avec des yeux d'une fixité de sphinx et de longues barbes blanchies par la neige des siècles : derrière eux, leurs peuples embaumés se tenaient debout dans les poses roides et contraintes de l'art égyptien, gardant éternellement l'attitude prescrite par le codex[4] hiératique ; derrière les peuples miaulaient, battaient de l'aile et ricanaient les chats, les ibis et les crocodiles contemporains, rendus plus monstrueux encore par leur emmaillotage de bandelettes.

Tous les Pharaons étaient là, Chéops, Chephrenès, Psammetichus, Sésostris, Amenoteph ; tous les noirs dominateurs des pyramides et des syringes ; sur une estrade plus élevée siégeaient le roi Chronos et Xixouthros, qui fut contemporain du déluge, et Tubal Caïn, qui le précéda.

La barbe du roi Xixouthros avait tellement poussé qu'elle avait déjà fait sept fois le tour de la table de granit sur laquelle il s'appuyait tout rêveur et tout somnolent.

Plus loin, dans une vapeur poussiéreuse, à travers le brouillard des éternités, je distinguais vaguement les soixante-douze rois préadamites[5] avec leurs soixante-douze peuples à jamais disparus.

Après m'avoir laissé quelques minutes pour jouir de ce spectacle vertigineux, la princesse Hermonthis me présenta au Pharaon son père, qui me fit un signe de tête fort majestueux.

« J'ai retrouvé mon pied ! j'ai retrouvé mon pied ! criait la princesse en frappant ses petites mains l'une contre l'autre avec tous les signes d'une joie folle, c'est monsieur qui me l'a rendu. »

1. *naphte* : ancien nom du pétrole brut.
2. *bitume* : matière combustible naturelle
3. *pschent* : coiffure des pharaons et de certains dieux égyptiens.
4. *codex* : livre officiel.
5. *préadamites* : antérieurs à Adam qui, d'après la théorie du préadamisme, n'aurait pas été le premier homme créé.

Les races de Kémé, les races de Nahasi, toutes les nations noires, bronzées, cuivrées, répétaient en chœur :

« La princesse Hermonthis a retrouvé son pied. »

Xixouthros lui-même s'en émut :

Il souleva sa paupière appesantie, passa ses doigts dans sa moustache, et laissa tomber sur moi son regard chargé de siècles.

« Par Oms, chien des enfers, et par Tmeï, fille du Soleil et de la Vérité, voilà un brave et digne garçon », dit le Pharaon en étendant vers moi son sceptre terminé par une fleur de lotus. « Que veux-tu pour ta récompense ? »

Fort de cette audace que donnent les rêves, où rien ne paraît impossible, je lui demandai la main d'Hermonthis : la main pour le pied me paraissait une récompense antithétique d'assez bon goût.

Le Pharaon ouvrit tout grands ses yeux de verre, surpris de ma plaisanterie et de ma demande.

« De quel pays es-tu et quel est ton âge ?

– Je suis français, et j'ai vingt-sept ans, vénérable Pharaon.

– Vingt-sept ans ! et il veut épouser la princesse Hermonthis, qui a trente siècles ! » s'écrièrent à la fois tous les trônes et tous les cercles des nations.

Hermonthis seule ne parut pas trouver ma requête inconvenante.

« Si tu avais seulement deux mille ans, reprit le vieux roi, je t'accorderais bien volontiers la princesse, mais la disproportion est trop forte, et puis il faut à nos filles des maris qui durent, vous ne savez plus vous conserver : les derniers qu'on a apportés il y a quinze siècles à peine, ne sont plus qu'une pincée de cendre ; regarde, ma chair est dure comme du basalte, mes os sont des barres d'acier.

« J'assisterai au dernier jour du monde avec le corps et la figure que j'avais de mon vivant ; ma fille Hermonthis durera plus qu'une statue de bronze.

« Alors le vent aura dispersé le dernier grain de ta poussière, et Isis elle-même, qui sut retrouver les morceaux d'Osiris •, serait embarrassée de recomposer ton être.

« Regarde comme je suis vigoureux encore et comme mes bras tiennent bien », dit-il en me secouant la main à l'anglaise, de manière à me couper les doigts avec mes bagues.

Il me serra si fort que je m'éveillai, et j'aperçus mon ami Alfred qui me tirait par le bras et me secouait pour me faire lever.

« Ah çà ! enragé dormeur, faudra-t-il te faire porter au milieu de la rue et te tirer un feu d'artifice aux oreilles ?

« Il est plus de midi, tu ne te rappelles donc pas que tu m'avais promis de venir me prendre pour aller voir les tableaux espagnols de M. Aguado • ?

– Mon Dieu ! je n'y pensais plus, répondis-je en m'habillant ; nous allons y aller : j'ai la permission ici sur mon bureau. »

Je m'avançai effectivement pour la prendre ; mais jugez de mon étonnement lorsqu'à la place du pied de momie que j'avais acheté la veille, je vis la petite figurine de pâte verte mise à sa place par la princesse Hermonthis !

Questions

Compréhension

1. *L'histoire commence là où finit* Omphale, *chez « un marchand de bric-à-brac » :*

a) combien de pays, d'époques, l'auteur a-t-il évoqués pour dépeindre ce capharnaüm ?

b) le marchand est-il caricaturé ? Relevez les comparaisons et précisez leur rôle dans ce portrait.

2. *Notez l'insistance du narrateur à préciser qu'il s'agit d'un rêve en relevant toutes ses allusions.*

3. *Ce rêve est fait d'un mélange de souvenirs et de faits irréels : donnez-en quelques exemples.*

4. *Pourquoi cette énumération de pharaons ?*

5. *La barbe de Xixouthros n'a-t-elle qu'un effet comique ?*

Écriture

6. *C'est par une antithèse que le narrateur explique en fait sa surprise d'avoir découvert ce "pied charmant" : quels objets venait-il de décrire ?*

7. *Le déplacement, fréquent dans le songe, n'est pas éludé. Mais combien de lignes Gautier lui consacre-t-il ? Quelles sont donc les caractéristiques de ce "voyage" ?*

8. *L'humour se manifeste ici plus que dans les autres contes. Il apparaît par exemple dans la description de la tenue exotique que le narrateur revêt pour le voyage. Cherchez-en d'autres exemples où l'auteur, intervenant dans le récit, montre qu'il n'est pas dupe de ce qu'il raconte.*

Le fantastique

9. *Comme dans* Omphale, *la dimension fantastique du récit tient surtout à l'ambiguïté du rêve. Quel détail, toutefois, laisse entendre que l'aventure est réelle, malgré tout ce qu'en a dit le narrateur ?*

10. *L'animation d'un objet donne à ce conte une autre dimension fantastique. Laquelle ? Dans quelles circonstances ?*

Recherches et lectures

— *Les Dieux égyptiens, les rites funéraires dans l'ancienne Égypte, les grands pharaons : Khéops, Khéphren, Sesostris, Amenoteph (Aménophis).*

— Le Roman de la momie, *de T. Gautier : quels rapprochements permet-il avec* Le Pied de momie ?

— *La description du magasin d'antiquités, par Balzac, au début de* La Peau de chagrin.

Sphinx de Gizeh en Égypte.

DEUX ACTEURS POUR UN RÔLE

I
UN RENDEZ-VOUS AU JARDIN IMPÉRIAL

On touchait aux derniers jours de novembre : le Jardin impérial de Vienne était désert, une bise aiguë faisait tourbillonner les feuilles couleur de safran et grillées par les premiers froids ; les rosiers des parterres, tourmentés et rompus par le vent, laissaient traîner leurs branchages dans la boue. Cependant la grande allée, grâce au sable qui la recouvre, était sèche et praticable. Quoique dévasté par les approches de l'hiver, le Jardin impérial ne manquait pas d'un certain charme mélancolique. La longue allée prolongeait fort loin ses arcades rousses, laissant deviner confusément à son extrémité un horizon de collines déjà noyées dans les vapeurs bleuâtres et le brouillard du soir ; au-delà, la vue s'étendait sur le Prater et le Danube ; c'était une promenade faite à souhait pour un poète.

Un jeune homme arpentait cette allée avec des signes visibles d'impatience ; son costume, d'une élégance un peu théâtrale, consistait en une redingote de velours noir à brandebourgs[1] d'or bordée de fourrure, un pantalon de tricot gris, des bottes molles à glands montant jusqu'à mi-jambes. Il pouvait avoir de vingt-sept à vingt-huit ans ; ses traits pâles et réguliers étaient pleins de finesse, et l'ironie se blottissait dans les plis de ses yeux et les coins de sa bouche ; à l'Université, dont il paraissait récemment sorti, car il portait encore la casquette à feuilles de chêne des étudiants, il devait

1. *brandebourgs* : passementerie, galon formant des dessins variés ou entourant des boutonnières.

avoir donné beaucoup de fil à retordre aux *philistins*[1] et brillé au premier rang des *burschen* et des *renards*[2].

Le très court espace dans lequel il circonscrivait sa promenade montrait qu'il attendait quelqu'un ou plutôt quelqu'une, car le Jardin impérial de Vienne, au mois de novembre, n'est guère propice aux rendez-vous d'affaires.

En effet, une jeune fille ne tarda pas à paraître au bout de l'allée : une coiffe de soie noire couvrait ses riches cheveux blonds, dont l'humidité du soir avait légèrement défrisé les longues boucles ; son teint, ordinairement d'une blancheur de cire vierge, avait pris sous les morsures du froid des nuances de roses de Bengale. Groupée et pelotonnée comme elle était dans sa mante garnie de martre, elle ressemblait à ravir à la statuette de la Frileuse[3] ; un barbet[4] noir l'accompagnait, chaperon[5] commode, sur l'indulgence et la discrétion duquel on pouvait compter.

– Figurez-vous, Henrich, dit la jolie Viennoise en prenant le bras du jeune homme, qu'il y a plus d'une heure que je suis habillée et prête à sortir, et ma tante n'en finissait pas avec ses sermons sur les dangers de la valse, et les recettes pour les gâteaux de Noël et les carpes au bleu. Je suis sortie sous le prétexte d'acheter des brodequins gris dont je n'ai nul besoin. C'est pourtant pour vous, Henrich, que je fais tous ces petits mensonges dont je me repens et que je recommence toujours ; aussi quelle idée avez-vous eue de vous livrer au théâtre ; c'était bien la peine d'étudier si longtemps la théologie à Heidelberg[6]. Mes parents vous aimaient et nous serions mariés aujourd'hui. Au lieu de nous voir à la dérobée sous les arbres chauves du Jardin impérial, nous serions assis côte à côte près d'un beau poêle de Saxe, dans un parloir bien clos,

1. *philistins* : dans l'argot allemand, ce mot désigne des bourgeois incultes.
2. *burschen, renards* : respectivement, étudiants anciens et étudiants de première année.
3. *la Frileuse* : statue de Houdon.
4. *barbet* : griffon à poils longs et frisés.
5. *chaperon* : personne qui accompagne une jeune fille dans le monde.
6. *Heidelberg* : ville d'Allemagne, sur le Neckar. Son université fut fondée en 1386.

causant de l'avenir de nos enfants : ne serait-ce pas, Henrich, un sort bien heureux ?

– Oui, Katy, bien heureux, répondit le jeune homme en pressant sous le satin et les fourrures le bras potelé de la jolie Viennoise ; mais, que veux-tu ! c'est un ascendant invincible ; le théâtre m'attire ; j'en rêve le jour, j'y pense la nuit ; je sens le désir de vivre dans la création des poètes, il me semble que j'ai vingt existences. Chaque rôle que je joue me fait une vie nouvelle ; toutes ces passions que j'exprime, je les éprouve ; je suis Hamlet, Othello, Charles Moor[1] : quand on est tout cela, on ne peut que difficilement se résigner à l'humble condition de pasteur de village.

– C'est fort beau ; mais vous savez bien que mes parents ne voudront jamais d'un comédien pour gendre.

– Non, certes, d'un comédien obscur, pauvre artiste ambulant, jouet des directeurs et du public ; mais d'un grand comédien couvert de gloire et d'applaudissements ; plus payé qu'un ministre, si difficiles qu'ils soient, ils en voudront bien. Quand je viendrai vous demander dans une belle calèche jaune dont le verni pourra servir de miroir aux voisins étonnés, et qu'un grand laquais galonné m'abattra le marchepied, croyez-vous, Katy, qu'ils me refuseront ?

– Je ne le crois pas... Mais qui dit, Henrich, que vous en arriverez jamais là ?... Vous avez du talent ; mais le talent ne suffit pas, il faut encore beaucoup de bonheur. Quand vous serez ce grand comédien dont vous parlez, le plus beau temps de notre jeunesse sera passé, et alors voudrez-vous toujours épouser la vieille Katy, ayant à votre disposition les amours de toutes ces princesses de théâtre si joyeuses et si parées ?

– Cet avenir, répondit Henrich, est plus prochain que vous ne croyez ; j'ai un engagement avantageux au théâtre de la Porte de Carinthie, et le directeur a été si content de la manière dont je me suis acquitté de mon dernier rôle, qu'il m'a accordé une gratification de deux mille thalers[2].

1. *Charles Moor* : Hamlet et Othello sont des personnages de Shakespeare ; « Charles Moor » est un personnage des *Brigands* de Schiller.
2. *thalers* : monnaie d'argent, utilisée à cette époque en Autriche.

– Oui, reprit la jeune fille d'un air sérieux, ce rôle de démon dans la pièce nouvelle ; je vous avoue, Henrich, que je n'aime pas voir un chrétien prendre le masque de l'ennemi du genre humain et prononcer des paroles blasphématoires. L'autre jour, j'allai vous voir au théâtre de Carinthie, et à chaque instant je craignais qu'un véritable feu d'enfer ne sortît des trappes où vous vous engloutissiez dans un tourbillon d'esprit-de-vin. Je suis revenue chez moi toute troublée et j'ai fait des rêves affreux.

– Chimères que tout cela, ma bonne Katy ; et d'ailleurs, c'est demain la dernière représentation, et je ne mettrai plus le costume noir et rouge qui te déplaît tant.

– Tant mieux ! car je ne sais quelles vagues inquiétudes me travaillent l'esprit, et j'ai bien peur que ce rôle, profitable à votre gloire, ne le soit pas à votre salut ; j'ai peur aussi que vous ne preniez de mauvaises mœurs avec ces damnés comédiens. Je suis sûre que vous ne dites plus vos prières, et la petite croix que je vous avais donnée, je parierais que vous l'avez perdue.

Henrich se justifia en écartant les revers de son habit ; la petite croix brillait toujours sur sa poitrine.

Tout en devisant ainsi, les deux amants étaient parvenus à la rue du Thabor dans la Leopoldstadt, devant la boutique du cordonnier renommé pour la perfection de ses brodequins gris ; après avoir causé quelques instants sur le seuil, Katy entra suivie de son barbet noir, non sans avoir livré ses jolis doigts effilés au serrement de main d'Henrich.

Henrich tâcha de saisir encore quelques aspects de sa maîtresse, à travers les souliers mignons et les gentils brodequins symétriquement rangés sur les tringles de cuivre de la devanture ; mais le brouillard avait étamé les carreaux de sa moite haleine, et il ne put démêler qu'une silhouette confuse ; alors, prenant une héroïque résolution, il pirouetta sur ses talons et s'en alla d'un pas délibéré au gasthof[1] de l'*Aigle à deux têtes*.

1. *gasthof* : auberge.

La place du feu d'artifice au Prater à Vienne ; *gravure du XVIIIe siècle ; BN.*

II
LE GASTHOF DE L'AIGLE À DEUX TÊTES

Il y avait ce soir-là compagnie nombreuse au gasthof de l'*Aigle à deux têtes;* la société était la plus mélangée du monde, et le caprice de Callot• et celui de Goya•, réunis, n'auraient pu produire un plus bizarre amalgame de types caractéristiques. L'*Aigle à deux têtes* était une de ces bienheureuses caves[1] célébrées par Hoffmann, dont les marches sont si usées, si onctueuses et si glissantes, qu'on ne peut poser le pied sur la première sans se trouver tout de suite au fond, les coudes sur la table, la pipe à la bouche, entre un pot de bière et une mesure de vin nouveau.

À travers l'épais nuage de fumée qui vous prenait d'abord à la gorge et aux yeux, se dessinaient, au bout de quelques minutes, toutes sortes de figures étranges.

C'étaient des Valaques[2] avec leur cafetan[3] et leur bonnet de peau d'Astrakan, des Serbes, des Hongrois aux longues moustaches noires, caparaçonnés de dolmans[4] et de passementeries[5]; des Bohêmes[6] au teint cuivre, au front étroit, au profil busqué; d'honnêtes Allemands en redingote à brandebourgs, des Tatars[7] aux yeux retroussés à la chinoise; toutes les populations imaginables. L'Orient y était représenté par un gros Turc accroupi dans un coin, qui fumait paisiblement du latakié[8] dans une pipe à tuyau de cerisier de

1. *caves* : le deuxième chapitre des *Aventures de la nuit de la Saint-Sylvestre* se déroule dans une cave semblable.
2. *Valaques* : habitants de la Valachie, région de l'actuelle Roumanie.
3. *cafetan* : vêtement oriental.
4. *dolman* : veste militaire à brandebourgs.
5. *passementerie* : le « passement » est un tissu plat de fils d'or ou de soie dont on orne les habits.
6. *Bohèmes* : habitants de la Bohême, partie occidentale de la Tchécoslovaquie.
7. *Tatars* : population d'origine turque et mongole. Syn. : Tartares.
8. *latakié* ou *lattaquié* : tabac de Syrie.

Moldavie[1], avec un fourneau de terre rouge et un bout d'ambre jaune.

Tout ce monde, accoudé à des tables, mangeait et buvait : la boisson se composait de bière forte et d'un mélange de vin rouge nouveau avec du vin blanc plus ancien ; la nourriture, de tranches de veau froid, de jambon ou de pâtisseries.

Autour des tables tourbillonnait sans repos une de ces longues valses allemandes qui produisent sur les imaginations septentrionales le même effet que le hachich et l'opium sur les Orientaux ; les couples passaient et repassaient avec rapidité ; les femmes, presque évanouies de plaisir sur le bras de leur danseur, au bruit d'une valse de Lanner•, balayaient de leurs jupes les nuages de fumée de pipe et rafraîchissaient le visage des buveurs. Au comptoir, des improvisateurs morlaques[2] accompagnés d'un joueur de guzla[3], récitaient une espèce de complainte dramatique qui paraissait divertir beaucoup une douzaine de figures étranges, coiffées de tarbouchs[4] et vêtues de peau de mouton.

Henrich se dirigea vers le fond de la cave et alla prendre place à une table où étaient déjà assis trois ou quatre personnages de joyeuse mine et de belle humeur.

– Tiens, c'est Henrich ! s'écria le plus âgé de la bande ; prenez garde à vous, mes amis : *fœnum habet in cornu*[5]. Sais-tu que tu avais vraiment l'air diabolique l'autre soir : tu me faisais presque peur. Et comment s'imaginer qu'Henrich, qui boit de la bière comme nous et ne recule pas devant une tranche de jambon froid, vous prenne des airs si venimeux, si méchants et si sardoniques[6] et qu'il lui suffise d'un geste pour faire courir le frisson dans toute la salle ?

– Eh ! pardieu ! c'est pour cela qu'Henrich est un grand

---

1. *Moldavie* : région située au nord-est de la Roumanie.
2. *morlaques* : population du nord de la Dalmatie (Yougoslavie).
3. *guzla* : instrument de musique populaire à une seule corde.
4. *tarbouch* : bonnet rouge garni d'un gland.
5. *Fœnum habet in cornu, longe fuge*, dit Horace, *Satires*, 1, 4, 34 : « Il a du foin dans sa corne, fuis loin de lui ». Allusion à l'usage de mettre du foin aux cornes des bœufs dangereux pour prévenir les passants.
6. *sardonique* : d'une ironie méchante.

artiste, un sublime comédien. Il n'y a pas de gloire à représenter un rôle qui serait dans votre caractère ; le triomphe, pour une coquette, est de jouer supérieurement les ingénues.

Henrich s'assit modestement, se fit servir un grand verre de vin mélangé, et la conversation continua sur le même sujet. Ce n'était de toutes parts qu'admiration et compliments.

– Ah ! si le grand Wolfgang de Goethe• t'avait vu ! disait l'un.

– Montre-nous tes pieds, disait l'autre : je suis sûr que tu as l'ergot[1] fourchu.

Les autres buveurs, attirés par ces exclamations, regardaient sérieusement Henrich, tout heureux d'avoir l'occasion d'examiner de près un homme si remarquable. Les jeunes gens qui avaient autrefois connu Henrich à l'Université, et dont ils savaient à peine le nom, s'approchaient de lui en lui serrant la main cordialement, comme s'ils eussent été ses intimes amis. Les plus jolies valseuses lui décochaient en passant le plus tendre regard de leurs yeux bleus et veloutés.

Seul, un homme assis à la table voisine ne paraissait pas prendre part à l'enthousiasme général ; la tête renversée en arrière, il tambourinait distraitement, avec ses doigts, sur le fond de son chapeau, une marche militaire, et, de temps en temps, il poussait une espèce de *humph !* singulièrement dubitatif.

L'aspect de cet homme était des plus bizarres, quoiqu'il fût mis comme un honnête bourgeois de Vienne, jouissant d'une fortune raisonnable ; ses yeux gris se nuançaient de teintes vertes et lançaient des lueurs phosphoriques comme celles des chats. Quand ses lèvres pâles et plates se desserraient, elles laissaient voir deux rangées de dents très blanches, très aiguës et très séparées, de l'aspect le plus cannibale et le plus féroce ; ses ongles longs, luisants et recourbés, prenaient

1. *ergot* : pointe de corne derrière le pied du coq. Ici, synonyme de pied : on attribue au diable un pied fourchu.

de vagues apparences de griffes ; mais cette physionomie n'apparaissait que par éclairs rapides ; sous l'œil qui le regardait fixement, sa figure reprenait bien vite l'apparence bourgeoise et débonnaire d'un marchand viennois retiré du commerce et l'on s'étonnait d'avoir pu soupçonner de scélératesse et de diablerie une face si vulgaire et si triviale[1].

Intérieurement Henrich était choqué de la nonchalance de cet homme ; ce silence si dédaigneux ôtait de leur valeur aux éloges dont ses bruyants compagnons l'accablaient. Ce silence était celui d'un vieux connaisseur exercé, qui ne se laisse pas prendre aux apparences et qui a vu mieux que cela dans son temps.

Atmayer, le plus jeune de la troupe, le plus chaud enthousiaste d'Henrich, ne put supporter cette mine froide, et, s'adressant à l'homme singulier, comme le prenant à témoin d'une assertion qu'il avançait :

– N'est-ce pas, monsieur, qu'aucun acteur n'a mieux joué le rôle de Méphistophélès[2] que mon camarade que voilà ?

– Humph ! dit l'inconnu en faisant miroiter ses prunelles glauques et craquer ses dents aiguës, M. Henrich est un garçon de talent et que j'estime fort ; mais, pour jouer le rôle du diable, il lui manque encore bien des choses.

Et, se dressant tout à coup :

– Avez-vous jamais vu le diable, monsieur Henrich ?

Il fit cette question d'un ton si bizarre et si moqueur, que tous les assistants se sentirent passer un frisson dans le dos.

– Cela serait pourtant bien nécessaire pour la vérité de votre jeu. L'autre soir, j'étais au théâtre de la Porte de Carinthie, et je n'ai pas été satisfait de votre rire ; c'était un rire d'espiègle, tout au plus. Voici comme il faudrait rire, mon cher petit monsieur Henrich.

Et là-dessus, comme pour lui donner l'exemple, il lâcha un éclat de rire si aigu, si strident, si sardonique, que l'orchestre et les valses s'arrêtèrent à l'instant même ; les vitres du

1. *triviale* : grossière.
2. *Méphistophélès* : incarnation du diable, popularisée par le *Faust*, de Goethe.

gasthof tremblèrent. L'inconnu continua pendant quelques minutes ce rire impitoyable et convulsif qu'Henrich et ses compagnons, malgré leur frayeur, ne pouvaient s'empêcher d'imiter.

Quand Henrich reprit haleine, les voûtes du gasthof répétaient, comme un écho affaibli, les dernières notes de ce ricanement grêle et terrible, et l'inconnu n'était plus là.

La Taverne de maître Luther, *dessin de M. de Haenen pour illustrer l'acte I des* Contes *d'Hoffmann de E. Th. Hoffmann.*

III
LE THÉÂTRE DE LA PORTE DE CARINTHIE

Quelques jours après cet incident bizarre, qu'il avait presque oublié et dont il ne se souvenait plus que comme de la plaisanterie d'un bourgeois ironique, Henrich jouait son rôle de démon dans la pièce nouvelle.

Sur la première banquette de l'orchestre était assis l'inconnu du gasthof, et, à chaque mot prononcé par Henrich, il hochait la tête, clignait les yeux, faisait claquer sa langue contre son palais et donnait les signes de la plus vive impatience : « Mauvais ! mauvais ! » murmurait-il à demi-voix.

Ses voisins, étonnés et choqués de ses manières, applaudissaient et disaient :

– Voilà un monsieur bien difficile !

À la fin du premier acte, l'inconnu se leva, comme ayant pris une résolution subite, enjamba les timbales, la grosse caisse et le tamtam, et disparut par la petite porte qui conduit de l'orchestre au théâtre.

Henrich, en attendant le lever du rideau, se promenait dans la coulisse, et, arrivé au bout de sa courte promenade, quelle fut sa terreur de voir, en se retournant, debout au milieu de l'étroit corridor, un personnage mystérieux, vêtu exactement comme lui, et qui le regardait avec des yeux dont la transparence verdâtre avait dans l'obscurité une profondeur inouïe ; des dents aiguës, blanches, séparées, donnaient quelque chose de féroce à son sourire sardonique.

Henrich ne put méconnaître l'inconnu du gasthof de l'*Aigle à deux têtes,* ou plutôt le diable en personne ; car c'était lui.

– Ah ! ah ! mon petit monsieur, vous voulez jouer le rôle du diable ! Vous avez été bien médiocre dans le premier acte, et vous donneriez vraiment une trop mauvaise opinion de moi aux braves habitants de Vienne. Vous me permettrez de vous remplacer ce soir, et, comme vous me gêneriez, je vais vous envoyer au second dessous.

Henrich venait de reconnaître l'ange des ténèbres et il se sentit perdu ; portant machinalement la main à la petite croix de Katy, qui ne le quittait jamais, il essaya d'appeler au secours et de murmurer sa formule d'exorcisme ; mais la terreur lui serrait trop violemment la gorge : il ne put pousser qu'un faible râle. Le diable appuya ses mains griffues sur les épaules d'Henrich et le fit plonger de force dans le plancher ; puis entra en scène, sa réplique étant venue, comme un comédien consommé.

Ce jeu incisif, mordant, venimeux et vraiment diabolique, surprit d'abord les auditeurs.

– Comme Henrich est en verve aujourd'hui ! s'écriait-on de toutes parts.

Ce qui produisait surtout un grand effet, c'était ce ricanement aigre comme le grincement d'une scie, ce rire de damné blasphémant les joies du paradis. Jamais acteur n'était arrivé à une telle puissance de sarcasme, à une telle profondeur de scélératesse : on riait et on tremblait. Toute la salle haletait d'émotion, des étincelles phosphoriques jaillissaient sous les doigts du redoutable acteur ; des traînées de flamme étincelaient à ses pieds ; les lumières du lustre pâlissaient, la rampe jetait des éclairs rougeâtres et verdâtres ; je ne sais quelle odeur sulfureuse régnait dans la salle ; les spectateurs étaient comme en délire, et des tonnerres d'applaudissements frénétiques ponctuaient chaque phrase du merveilleux Méphistophélès, qui souvent substituait des vers de son invention à ceux du poète, substitution toujours heureuse et acceptée avec transport.

Katy, à qui Henrich avait envoyé un coupon de loge, était dans une inquiétude extraordinaire ; elle ne reconnaissait pas son cher Henrich ; elle pressentait vaguement quelque malheur avec cet esprit de divination que donne l'amour, cette seconde vue de l'âme.

La représentation s'acheva dans des transports inimaginables. Le rideau baissé, le public demanda à grands cris que Méphistophélès reparût. On le chercha vainement ; mais un garçon de théâtre vint dire au directeur qu'on avait trouvé dans le second dessous M. Henrich, qui sans doute était tombé par une trappe. Henrich était sans connaissance : on l'emporta chez lui, et, en le déshabillant, l'on vit avec surprise qu'il avait aux épaules de profondes égratignures, comme si un tigre eût essayé de l'étouffer entre ses pattes. La petite croix d'argent de Katy l'avait préservé de la mort, et le diable, vaincu par cette influence, s'était contenté de le précipiter dans les caves du théâtre.

La convalescence d'Henrich fut longue : dès qu'il se porta mieux, le directeur vint lui proposer un engagement des plus avantageux, mais Henrich le refusa; car il ne se souciait nullement de risquer son salut une seconde fois, et savait, d'ailleurs, qu'il ne pourrait jamais égaler sa redoutable doublure.

Au bout de deux ou trois ans, ayant fait un petit héritage, il épousa la belle Katy, et tous deux, assis côte à côte près d'un poêle de Saxe, dans un parloir bien clos, ils causent de l'avenir de leurs enfants.

Les amateurs de théâtre parlent encore avec admiration de cette merveilleuse soirée, et s'étonnent du caprice d'Henrich, qui a renoncé à la scène après un si grand triomphe.

Le Pacte, *lithographie de Delacroix pour le* Faust *de Goethe ; bibl. des estampes.*

Questions

Compréhension

1. *L'action se déroule en trois actes, comme il sied à un récit qui a pour protagoniste un comédien, trois actes qui se jouent dans des décors différents. Lesquels ?*

2. *Dans le premier acte, relevez tous les éléments de l'exposition (personnages, situation...)*

3. *Au deuxième acte, apparaît un personnage mystérieux : en quoi est-il différent des autres ? À quels détails physiques comprenons-nous qu'il s'agit du diable ?*

4. *Au troisième acte, Méphistophélès supplante Henrich. Une seule personne ne se laisse pas abuser. Laquelle ?*

5. *Par quoi ou qui Henrich est-il sauvé ?*

Écriture

6. *La peinture du « gasthof » est particulièrement pittoresque. Relevez :*

a) les diverses nationalités représentées,

b) le nom des vêtements caractéristiques,

c) les objets « exotiques ».

7. *Toujours au « gasthof », quel élément de « couleur locale » nous rappelle que nous sommes à Vienne ?*

8. *Dans le dialogue d'Henrich et de Katy, une phrase est presque identique à la phrase finale. Mais de l'une à l'autre, le mode des verbes a changé. Pourquoi ?*

Le fantastique

9. *Il est dû à la présence du diable. Comment la jugez-vous : facile ? efficace ? artificielle ?*

10. *Dans quels autres contes de ce recueil le diable apparaît-il ? Y joue-t-il le même rôle qu'ici ?*

Vue de la baie de Naples, avec dans le fond, le Vésuve. *Lithographie de Wentzel, 1859 ; BNF.*

ARRIA MARCELLA,
souvenir de Pompéi

Trois jeunes gens, trois amis qui avaient fait ensemble le voyage d'Italie[1], visitaient l'année dernière le musée des Studii[2], à Naples, où l'on a réuni les différents objets antiques exhumés des fouilles de Pompéi[3] et d'Herculanum[4].

Ils s'étaient répandus à travers les salles et regardaient les mosaïques, les bronzes, les fresques détachés des murs de la ville morte, selon que leur caprice les éparpillait, et quand l'un d'eux avait fait une rencontre curieuse, il appelait ses compagnons avec des cris de joie, au grand scandale des Anglais taciturnes et des bourgeois posés occupés à feuilleter leur livret.

Mais le plus jeune des trois, arrêté devant une vitrine, paraissait ne pas entendre les exclamations de ses camarades, absorbé qu'il était dans une contemplation profonde. Ce qu'il examinait avec tant d'attention, c'était un morceau de cendre noire coagulée portant une empreinte creuse : on eût dit un fragment de moule de statue, brisé par la fonte ; l'œil exercé d'un artiste y eût aisément reconnu la coupe d'un sein admirable et d'un flanc aussi pur de style que celui d'une statue grecque. L'on sait, et le moindre guide du voyageur vous l'indique, que cette lave, refroidie autour du corps d'une femme, en a gardé le contour charmant. Grâce au caprice de

---

1. *Italie* : Gautier avait visité l'Italie en 1850. Le 4 novembre, il fut expulsé de Naples « parce qu'il avait rendu visite à la poétesse Irène Capecelatro, sœur de Giuseppe Ricciardi, leader libéral » (B. Delvaille).
2. *Musée des Studii* : c'est l'actuel musée archéologique national. De 1610 à 1617, ses bâtiments furent le siège de l'Université.
3. *Pompéi* : située au pied du Vésuve, cette ville de villégiature fut entièrement détruite par l'éruption du volcan, le 24 août 79. Les fouilles commencées au XVIIIe siècle, développées à la fin du XIXe, ont permis de dégager une partie de la ville.
4. *Herculanum* : ville de Campanie ensevelie sous les cendres du Vésuve en 79.

l'éruption qui a détruit quatre villes[1], cette noble forme, tombée en poussière depuis deux mille ans bientôt, est parvenue jusqu'à nous ; la rondeur d'une gorge a traversé les siècles lorsque tant d'empires disparus n'ont pas laissé de trace ! Ce cachet de beauté, posé par le hasard sur la scorie d'un volcan, ne s'est pas effacé.

Voyant qu'il s'obstinait dans sa contemplation, les deux amis d'Octavien revinrent vers lui, et Max, en le touchant à l'épaule, le fit tressaillir comme un homme surpris dans son secret. Évidemment Octavien n'avait entendu venir ni Max ni Fabio.

« Allons, Octavien, dit Max, ne t'arrête pas ainsi des heures entières à chaque armoire, ou nous allons manquer l'heure du chemin de fer, et nous ne verrons pas Pompéi aujourd'hui.

– Que regarde donc le camarade ? ajouta Fabio, qui s'était rapproché. Ah ! l'empreinte trouvée dans la maison d'Arrius Diomèdes[2]. » Et il jeta sur Octavien un coup d'œil rapide et singulier.

Octavien rougit faiblement, prit le bras de Max, et la visite s'acheva sans autre incident. En sortant des Studii, les trois amis montèrent dans un corricolo[3] et se firent mener à la station du chemin de fer. Le corricolo, avec ses grandes roues rouges, son strapontin constellé de clous de cuivre, son cheval maigre et plein de feu, harnaché comme une mule d'Espagne, courant au galop sur les larges dalles de lave, est trop connu pour qu'il soit besoin d'en faire la description ici, et d'ailleurs nous n'écrivons pas des impressions de voyage sur Naples, mais le simple récit d'une aventure bizarre et peu croyable, quoique vraie.

Le chemin de fer par lequel on va à Pompéi longe presque

1. *quatre villes* : Pompéi, Herculanum, Stabies. On peut hésiter sur la quatrième ville : peut-être Oplontis, située au-dessous de Torre Annunziata, ou Torre del Greco.

2. *maison d'Arrius Diomèdes* : elle est située au bord de la Voie des Tombeaux, au nord-ouest et à l'extérieur de la ville, à deux cents mètres environ de la porte d'Herculanum.

3. *corricolo* : sorte de fiacre.

toujours la mer, dont les longues volutes d'écume viennent se dérouler sur un sable noirâtre qui ressemble à du charbon tamisé. Ce rivage, en effet, est formé de coulées de lave et de cendres volcaniques, et produit, par son ton foncé, un contraste avec le bleu du ciel et le bleu de l'eau ; parmi tout cet éclat, la terre seule semble retenir l'ombre.

Les villages que l'on traverse ou que l'on côtoie, Portici, rendu célèbre par l'opéra[1] de M. Auber•, Resina, Torre del Greco, Torre dell' Annunziata, dont on aperçoit en passant les maisons à arcades et les toits en terrasses, ont, malgré l'intensité du soleil et le lait de chaux méridional, quelque chose de plutonien[2] et de ferrugineux comme Manchester et Birmingham ; la poussière y est noire, une suie impalpable s'y accroche à tout ; on sent que la grande forge du Vésuve halète et fume à deux pas de là.

Les trois amis descendirent à la station de Pompéi, en riant entre eux du mélange d'antique et de moderne que présentent naturellement à l'esprit ces mots : *Station de Pompéi.* Une ville gréco-romaine et un débarcadère de railway !

Ils traversèrent le champ planté de cotonniers, sur lequel voltigeaient quelques bourres[3] blanches, qui sépare le chemin de fer de l'emplacement de la ville déterrée, et prirent un guide à l'osteria[4] bâtie en dehors des anciens remparts, ou, pour parler plus correctement, un guide les prit. Calamité qu'il est difficile de conjurer en Italie.

Il faisait une de ces heureuses journées si communes à Naples, où par l'éclat du soleil et la transparence de l'air les objets prennent des couleurs qui semblent fabuleuses dans le Nord, et paraissent appartenir plutôt au monde du rêve qu'à celui de la réalité. Quiconque a vu une fois cette lumière d'or et d'azur en emporte au fond de sa brume une incurable nostalgie.

1. *opéra* : il s'agit de « La Muette de Portici » (1826), d'Esprit Auber (1782-1871).
2. *plutonien* : de Pluton, dieu des Enfers.
3. *bourres* : duvet protecteur de certains bourgeons.
4. *osteria* : auberge.

La ville ressuscitée, ayant secoué un coin de son linceul de cendre, ressortait avec ses mille détails sous un jour aveuglant. Le Vésuve découpait dans le fond son cône sillonné de stries de laves bleues, roses, violettes, mordorées[1] par le soleil. Un léger brouillard, presque imperceptible dans la lumière, encapuchonnait la crête écimée de la montagne ; au premier abord, on eût pu le prendre pour un de ces nuages qui, même par les temps les plus sereins, estompent le front des pics élevés. En y regardant de plus près, on voyait de minces filets de vapeur blanche sortir du haut du mont comme des trous d'une cassolette[2], et se réunir ensuite en vapeur légère. Le volcan, d'humeur débonnaire ce jour-là, fumait tout tranquillement sa pipe, et sans l'exemple de Pompéi ensevelie à ses pieds, on ne l'aurait pas cru d'un caractère plus féroce que Montmartre ; de l'autre côté, de belles collines aux lignes ondulées et voluptueuses comme des hanches de femme, arrêtaient l'horizon ; et plus loin la mer, qui autrefois apportait les birèmes et les trirèmes[3] sous les remparts de la ville, tirait sa placide barre d'azur.

L'aspect de Pompéi est des plus surprenants ; ce brusque saut de dix-neuf siècles en arrière étonne même les natures les plus prosaïques et les moins compréhensives ; deux pas vous mènent de la vie antique à la vie moderne, et du christianisme au paganisme ; aussi, lorsque les trois amis virent ces rues où les formes d'une existence évanouie sont conservées intactes, éprouvèrent-ils, quelque préparés qu'ils y fussent par les livres et les dessins, une impression aussi étrange que profonde. Octavien surtout semblait frappé de stupeur et suivait machinalement le guide d'un pas de somnambule, sans écouter la nomenclature[4] monotone et apprise par cœur que ce faquin débitait comme une leçon.

1. *mordorées* : d'un brun chaud avec des reflets dorés.
2. *cassolette* : réchaud en forme de vase où l'on fait brûler des parfums.
3. *les birèmes et les trirèmes* : vaisseaux à deux ou trois rangs de rames. Pompéi, au premier siècle de notre ère, était un port.
4. *nomenclature* : liste détaillée.

Il regardait d'un œil effaré ces ornières de char creusées dans le pavage cyclopéen[1] des rues et qui paraissent dater d'hier tant l'empreinte en est fraîche ; ces inscriptions tracées en lettres rouges, d'un pinceau cursif, sur les parois des murailles : affiches de spectacle, demandes de location, formules votives[2], enseignes, annonces de toutes sortes, curieuses comme le serait dans deux mille ans, pour les peuples inconnus de l'avenir, un pan de mur de Paris retrouvé avec ses affiches et ses placards ; ces maisons aux toits effondrés laissant pénétrer d'un coup d'œil tous ces mystères d'intérieur, tous ces détails domestiques que négligent les historiens et dont les civilisations emportent le secret avec elles ; ces fontaines à peine taries, ce forum surpris au milieu d'une réparation par la catastrophe, et dont les colonnes, les architraves[3] toutes taillées, toutes sculptées, attendent dans leur pureté d'arête qu'on les mette en place ; ces temples voués à des dieux passés à l'état mythologique et qui alors n'avaient pas un athée ; ces boutiques où ne manque que le marchand ; ces cabarets où se voit encore sur le marbre la tache circulaire laissée par la tasse des buveurs ; cette caserne aux colonnes peintes d'ocre et de minium que les soldats ont égratignée de caricatures de combattants, et ces doubles théâtres de drame et de chant juxtaposés, qui pourraient reprendre leurs représentations, si la troupe qui les desservait, réduite à l'état d'argile, n'était pas occupée, peut-être, à luter le bondon[4] d'un tonneau de bière ou à boucher une fente de mur, comme la poussière d'Alexandre et de César, selon la mélancolique réflexion d'Hamlet[5].

1. *cyclopéen* : gigantesque.
2. *votives* : qui concernent un vœu.
3. *architrave* : partie inférieure de l'entablement.
4. *luter le bondon* : fermer avec un ciment le trou d'un tonneau.
5. *Hamlet*, V. 1 : « Alexandre est mort, Alexandre est enterré, Alexandre retourne à la poussière, la poussière devient la terre, de la terre on tire la glaise et pourquoi cette glaise que le voici devenu ne pourrait-elle fermer un tonneau de bière ? » (Trad. Yves Bonnefoy).

Fabio monta sur le thymelé[1] du théâtre tragique tandis que Octavien et Max grimpaient jusqu'en haut des gradins, et là il se mit à débiter avec force gestes les morceaux de poésie qui lui venaient à la tête, au grand effroi des lézards, qui se dispersaient en frétillant de la queue et en se tapissant dans les fentes des assises ruinées ; et quoique les vases d'airain ou de terre, destinés à répercuter les sons, n'existassent plus, sa voix n'en résonnait pas moins pleine et vibrante.

Le guide les conduisit ensuite à travers les cultures qui recouvrent les portions de Pompéi encore ensevelies, à l'amphithéâtre, situé à l'autre extrémité de la ville. Ils marchèrent sous ces arbres dont les racines plongent dans les toits des édifices enterrés, en disjoignent les tuiles, en fendent les plafonds, en disloquent les colonnes, et passèrent par ces champs où de vulgaires légumes fructifient sur des merveilles d'art, matérielles images de l'oubli que le temps déploie sur les plus belles choses.

Pompéi, maison du Narcisse.

1. *thymelé* : autel de Dionysos.

L'amphithéâtre ne les surprit pas. Ils avaient vu celui de Vérone, plus vaste et aussi bien conservé, et ils connaissaient la disposition de ces arènes antiques aussi familièrement que celle des places de taureaux en Espagne, qui leur ressemblent beaucoup, moins la solidité de la construction et la beauté des matériaux.

Ils revinrent donc sur leurs pas, gagnèrent par un chemin de traverse la rue de la Fortune, écoutant d'une oreille distraite le cicerone[1], qui en passant devant chaque maison la nommait du nom qui lui a été donné lors de sa découverte, d'après quelque particularité caractéristique : – la maison du Taureau de bronze, la maison du Faune, la maison du Vaisseau, le temple de la Fortune, la maison de Méléagre, la taverne de la Fortune à l'angle de la rue Consulaire,

Rue de Pompéi.

1. *cicerone* : guide.

l'académie de Musique, le Four banal, la Pharmacie, la boutique du Chirurgien, la Douane, l'habitation des Vestales, l'auberge d'Albinus, les Thermopoles, et ainsi de suite jusqu'à la porte qui conduit à la voie des Tombeaux[1].

Cette porte en briques, recouverte de statues, et dont les ornements ont disparu, offre dans son arcade intérieure deux profondes rainures destinées à laisser glisser une herse, comme un donjon du Moyen Âge à qui l'on aurait cru ce genre de défense particulier.

« Qui aurait soupçonné, dit Max à ses amis, Pompéi, la ville gréco-latine, d'une fermeture aussi romantiquement gothique ? Vous figurez-vous un chevalier romain attardé, sonnant du cor devant cette porte pour se faire lever la herse, comme un page du quinzième siècle ?

– Rien n'est nouveau sous le soleil, répondit Fabio, et cet aphorisme[2] lui-même n'est pas neuf, puisqu'il a été formulé par Salomon•.

– Peut-être y a-t-il du nouveau sous la lune ! continua Octavien en souriant avec une ironie mélancolique.

– Mon cher Octavien, dit Max, qui pendant cette petite conversation s'était arrêté devant une inscription tracée à la rubrique[3] sur la muraille extérieure, veux-tu voir des combats de gladiateurs ? – Voici les affiches : – Combat et chasse pour le 5 des nones[4] d'avril, – les mâts seront dressés, – vingt paires de gladiateurs lutteront aux nones, – et si tu crains pour la fraîcheur de ton teint, rassure-toi, on tendra les voiles ; – à moins que tu ne préfères te rendre à l'amphithéâtre de bonne heure, ceux-ci se couperont la gorge le matin – *matutini erunt*[5] ; on n'est pas plus complaisant. »

1. ... *voie des Tombeaux* : la plupart de ces lieux peuvent être repérés sur le plan p. 210.
2. *aphorisme* : énoncé d'une vérité banale.
3. *rubrique* : en rouge.
4. *nones* : les nones sont le septième jour des mois de mars, mai, juillet, octobre, le cinquième des autres mois. La tournure est curieuse ; il faudrait dire : « pour les nones d'avril » ou peut-être : « le cinquième jour avant les nones d'avril » mais dans ce cas, ce jour correspondrait aux « Calendes » d'avril.
5. *matutini erunt* : ils seront matinaux.

En devisant de la sorte, les trois amis suivaient cette voie bordée de sépulcres qui, dans nos sentiments modernes, serait une lugubre avenue pour une ville, mais qui n'offrait pas les mêmes significations tristes pour les Anciens, dont les tombeaux, au lieu d'un cadavre horrible, ne contenaient qu'une pincée de cendres, idée abstraite de la mort. L'art embellissait ces dernières demeures, et, comme dit Goethe •, le païen décorait des images de la vie les sarcophages et les urnes.

C'est ce qui faisait sans doute que Max et Fabio visitaient, avec une curiosité allègre et une joyeuse plénitude d'existence qu'ils n'auraient pas eues dans un cimetière chrétien, ces monuments funèbres si gaiement dorés par le soleil et qui, placés sur le bord du chemin, semblent se rattacher encore à la vie et n'inspirent aucune de ces froides répulsions, aucune de ces terreurs fantastiques que font éprouver nos sépultures lugubres. Ils s'arrêtèrent devant le tombeau de Mammia, la prêtresse publique, près duquel est poussé un arbre, un cyprès ou un peuplier ; ils s'assirent dans l'hémicycle du triclinium[1] des repas funéraires, riant comme des héritiers ; ils lurent avec force lazzi les épitaphes de Nevoleja, de Labeon et de la famille Arria, suivis d'Octavien, qui semblait plus touché que ses insouciants compagnons du sort de ces trépassés de deux mille ans.

Ils arrivèrent ainsi à la villa d'Arrius Diomèdes, une des habitations les plus considérables de Pompéi. On y monte par des degrés de briques, et lorsqu'on a dépassé la porte flanquée de deux petites colonnes latérales, on se trouve dans une cour semblable au *patio* qui fait le centre des maisons espagnoles et moresques et que les Anciens appelaient *impluvium* ou *cavædium ;* quatorze colonnes de briques recouvertes de stuc forment, des quatre côtés, un portique ou péristyle couvert, semblable au cloître des couvents, et sous lequel on pouvait circuler sans craindre la pluie. Le pavé de

1. *triclinium* : salle à manger des anciens Romains, comprenant trois lits sur chacun desquels pouvaient s'allonger trois convives.

cette cour est une mosaïque de briques et de marbre blanc, d'un effet doux et tendre à l'œil. Dans le milieu, un bassin de marbre quadrilatère, qui existe encore, recevait les eaux pluviales qui dégouttaient du toit du portique. – Cela produit un singulier effet d'entrer ainsi dans la vie antique et de fouler avec des bottes vernies des marbres usés par les sandales et les cothurnes[1] des contemporains d'Auguste et de Tibère•.

Le cicerone les promena dans l'exèdre ou salon d'été, ouvert du côté de la mer pour en aspirer les fraîches brises. C'était là qu'on recevait et qu'on faisait la sieste pendant les heures brûlantes, quand soufflait ce grand zéphyr africain chargé de langueurs et d'orages. Il les fit entrer dans la basilique, longue galerie à jour qui donne de la lumière aux appartements et où les visiteurs et les clients attendaient que le nomenclateur les appelât ; il les conduisit ensuite sur la terrasse de marbre blanc d'où la vue s'étend sur les jardins verts et sur la mer bleue ; puis il leur fit voir le *nymphæum* ou salle de bains, avec ses murailles peintes en jaune, ses colonnes de stuc, son pavé de mosaïque et sa cuve de marbre qui reçut tant de corps charmants évanouis comme des ombres ; – le *cubiculum,* où flottèrent tant de rêves venus de la porte d'ivoire, et dont les alcôves pratiquées dans le mur étaient fermées par un *conopeum* ou rideau dont les anneaux de bronze gisent encore à terre, le tétrastyle ou salle de récréation, la chapelle des dieux lares, le cabinet des archives, la bibliothèque, le musée des tableaux, le gynécée ou appartement des femmes, composé de petites chambres en partie ruinées, dont les parois conservent des traces de peintures et d'arabesques comme des joues dont on a mal essuyé le fard.

Cette inspection terminée, ils descendirent à l'étage inférieur, car le sol est beaucoup plus bas du côté du jardin que du côté de la voie des Tombeaux ; ils traversèrent huit salles peintes en rouge antique, dont l'une est creusée de niches architecturales, comme on en voit au vestibule de la

1. *cothurnes :* brodequins qui couvraient la moitié de la jambe et se laçaient par devant.

salle des Ambassadeurs à l'Alhambra, et ils arrivèrent enfin à une espèce de cave ou de cellier dont la destination était clairement indiquée par huit amphores d'argile dressées contre le mur et qui avaient dû être parfumées de vin de Crète, de Falerne et de Massique comme des odes d'Horace[1] •.

Un vif rayon de jour passait par un étroit soupirail obstrué d'orties, dont il changeait les feuilles traversées de lumières en émeraudes et en topazes, et ce gai détail naturel souriait à propos à travers la tristesse du lieu.

« C'est ici, dit le cicerone de sa voix nonchalante, dont le ton s'accordait à peine avec le sens des paroles, que l'on trouva, parmi dix-sept squelettes, celui de la dame dont l'empreinte se voit au musée de Naples. Elle avait des anneaux d'or, et les lambeaux de sa fine tunique adhéraient encore aux cendres tassées qui ont gardé sa forme. »

Les phrases banales du guide causèrent une vive émotion à Octavien. Il se fit montrer l'endroit exact où ces restes précieux avaient été découverts, et s'il n'eût été contenu par la présence de ses amis, il se serait livré à quelque lyrisme extravagant ; sa poitrine se gonflait, ses yeux se trempaient de furtives moiteurs : cette catastrophe, effacée par vingt siècles d'oubli, le touchait comme un malheur tout récent ; la mort d'une maîtresse ou d'un ami ne l'eût pas affligé davantage, et une larme en retard de deux mille ans tomba, pendant que Max et Fabio avaient le dos tourné, sur la place où cette femme, pour laquelle il se sentait pris d'un amour rétrospectif, avait péri étouffée par la cendre chaude du volcan.

« Assez d'archéologie comme cela ! s'écria Fabio ; nous ne voulons pas écrire une dissertation sur une cruche ou une tuile du temps de Jules César pour devenir membres d'une académie de province, ces souvenirs classiques me creusent l'estomac. Allons dîner, si toutefois la chose est possible, dans cette osteria pittoresque, où j'ai peur qu'on ne nous serve que

1. *Horace* (65-8 av. J.-C.) : poète latin qui a souvent chanté ces vins dans ses *Odes*.

des beefsteaks fossiles et des œufs frais pondus avant la mort de Pline•.

– Je ne dirai pas comme Boileau : *Un sot*[1], *quelquefois,* ouvre un avis important, fit Max en riant, ce serait malhonnête ; mais cette idée a du bon. Il eût été pourtant plus joli de festiner ici, dans un triclinium quelconque, couchés à l'antique, servis par des esclaves, en manière de Lucullus• ou de Trimalcion[2]. Il est vrai que je ne vois pas beaucoup d'huîtres du lac Lucrin ; les turbots et les rougets de l'Adriatique sont absents ; le sanglier d'Apulie manque sur le marché ; les pains et les gâteaux au miel figurent au musée de Naples aussi durs que des pierres à côté de leurs moules vert-de-grisés ; le macaroni cru, saupoudré de caccia-cavallo[3], et quoiqu'il soit détestable, vaut encore mieux que le néant. Qu'en pense le cher Octavien ? »

Octavien, qui regrettait fort de ne pas s'être trouvé à Pompéi le jour de l'éruption du Vésuve pour sauver la dame aux anneaux d'or et mériter ainsi son amour, n'avait pas entendu une phrase de cette conversation gastronomique. Les deux derniers mots prononcés par Max le frappèrent seuls, et comme il n'avait pas envie d'entamer une discussion, il fit, à tout hasard, un signe d'assentiment, et le groupe amical reprit, en côtoyant les remparts, le chemin de l'hôtellerie.

L'on dressa la table sous l'espèce de porche ouvert qui sert de vestibule à l'osteria, et dont les murailles, crépies à la chaux, étaient décorées de quelques croûtes qualifiées par l'hôte : Salvator Rosa•, Espagnolet•, cavalier Massimo• et autres noms célèbres de l'école napolitaine, qu'il se crut obligé d'exalter.

« Hôte vénérable, dit Fabio, ne déployez pas votre éloquence en pure perte. Nous ne sommes pas des Anglais, et

1. *sot* : Boileau dit (*Art Poétique,* III, 50) : « Un fat, quelquefois... »
2. *Trimalcion* : le festin de Trimalcion, type du parvenu richissime, est un épisode important du *Satiricon* de Pétrone (mort en 66).
3. *caccia-cavallo* : orthographe fautive de Gautier pour *cacio-cavallo* (fromage).

nous préférons les jeunes filles aux vieilles toiles. Envoyez-nous plutôt la liste de vos vins par cette belle brune, aux yeux de velours, que j'ai aperçue dans l'escalier. »

Le palforio[1], comprenant que ses hôtes n'appartenaient pas au genre mystifiable des philistins[2] et des bourgeois, cessa de vanter sa galerie pour glorifier sa cave. D'abord, il avait tous les vins des meilleurs crus : Château-Margaux, grand-Lafite retour des Indes, Sillery de Moët, Hochmeyer, Scarlat-wine, Porto et porter, ale et gingerbeer, Lacryma-Christi[3] blanc et rouge, Capri et Falerne.

« Quoi ! tu as du vin de Falerne, animal, et tu le mets à la fin de ta nomenclature ; tu nous fais subir une litanie œnologique[4] insupportable, dit Max en sautant à la gorge de l'hôtelier avec un mouvement de fureur comique ; mais tu n'as donc pas le sentiment de la couleur locale ? tu es donc indigne de vivre dans ce voisinage antique ? Est-il bon au moins, ton Falerne ? a-t-il été mis en amphore sous le consul Plancus ? – *consule Planco.*

– Je ne connais pas le consul Plancus, et mon vin n'est pas mis en amphore, mais il est vieux et coûte 10 carlins[5] la bouteille », répondit l'hôte.

Le jour était tombé et la nuit était venue, nuit sereine et transparente, plus claire, à coup sûr, que le plein midi de Londres ; la terre avait des tons d'azur et le ciel des reflets d'argent d'une douceur inimaginable ; l'air était si tranquille que la flamme des bougies posées sur la table n'oscillait même pas.

Un jeune garçon jouant de la flûte s'approcha de la table et

1. *palforio* : « Palforio est absent des dictionnaires. On en est réduit à l'hypothèse que Gautier utilise un nom propre et qu'il l'applique par métonymie à la fonction d'aubergiste. » (M. Eigeldinger).

2. *philistins* : nom méprisant donné par les Romantiques aux personnes qui n'entendent rien aux arts, à la littérature.

3. *Lacryma-Christi*, « Larme du Christ » : vin aujourd'hui encore renommé de la région de Naples.

4. *litanie œnologique* : énumération ennuyeuse de vins.

5. *carlins* : monnaie italienne, de valeur variable.

se tint debout, fixant ses yeux sur les trois convives, dans une attitude de bas-relief, et soufflant dans son instrument aux sons doux et mélodieux, quelqu'une de ces cantilènes populaires en mode mineur dont le charme est pénétrant.

Peut-être ce garçon descendait-il en droite ligne du flûteur qui précédait Duilius•.

« Notre repas s'arrange d'une façon assez antique ; il ne nous manque que des danseuses gaditanes[1] et des couronnes de lierre, dit Fabio en se versant une large rasade de vin de Falerne.

– Je me sens en veine de faire des citations latines comme un feuilleton des *Débats ;* il me revient des strophes d'ode, ajouta Max.

– Garde-les pour toi, s'écrièrent Octavien et Fabio, justement alarmés ; rien n'est indigeste comme le latin à table. »

La conversation entre jeunes gens qui, le cigare à la bouche, le coude sur la table, regardent un certain nombre de flacons vidés, surtout lorsque le vin est capiteux, ne tarde pas à tourner sur les femmes. Chacun exposa son système, dont voici à peu près le résumé.

Fabio ne faisait cas que de la beauté et de la jeunesse. Voluptueux et positif, il ne se payait pas d'illusions et n'avait en amour aucun préjugé. Une paysanne lui plaisait autant qu'une duchesse ; pourvu qu'elle fût belle ; le corps le touchait plus que la robe ; il riait beaucoup de certains de ses amis amoureux de quelques mètres de soie et de dentelles, et disait qu'il serait plus logique d'être épris d'un étalage de marchand de nouveautés. Ces opinions, fort raisonnables au fond, et qu'il ne cachait pas, le faisaient passer pour un homme excentrique.

Max, moins artiste que Fabio, n'aimait, lui, que les entreprises difficiles, que les intrigues compliquées ; il cherchait des résistances à vaincre, des vertus à séduire, et conduisait l'amour comme une partie d'échecs, avec des

1. *gaditanes* : de Gades (Cadix).

coups médités longtemps, des effets suspendus, des surprises et des stratagèmes dignes de Polybe•. Dans un salon, la femme qui paraissait avoir le moins de sympathie à son endroit, était celle qu'il choisissait pour but de ses attaques ; la faire passer de l'aversion à l'amour par des transitions habiles, était pour lui un plaisir délicieux ; s'imposer aux âmes qui le repoussaient, mater les volontés rebelles à son ascendant, lui semblait le plus doux des triomphes. Comme certains chasseurs qui courent les champs, les bois et les plaines par la pluie, le soleil et la neige, avec des fatigues excessives et une ardeur que rien ne rebute, pour un maigre gibier que les trois quarts du temps ils dédaignent de manger, Max, la proie atteinte, ne s'en souciait plus, et se remettait en quête presque aussitôt.

Pour Octavien, il avouait que la réalité ne le séduisait guère, non qu'il fît des rêves de collégien tout pétris de lis et de roses comme un madrigal[1] de Demoustier•, mais il y avait autour de toute beauté trop de détails prosaïques et rebutants ; trop de pères radoteurs et décorés ; de mères coquettes, portant des fleurs naturelles dans de faux cheveux ; de cousins rougeauds et méditant des déclarations ; de tantes ridicules, amoureuses de petits chiens. Une gravure à l'aquatinte[2], d'après Horace Vernet• ou Delaroche•, accrochée dans la chambre d'une femme, suffisait pour arrêter chez lui une passion naissante. Plus poétique encore qu'amoureux, il demandait une terrasse de l'Isola-Bella, sur le lac Majeur, par un beau clair de lune, pour encadrer un rendez-vous. Il eût voulu enlever son amour du milieu de la vie commune et en transporter la scène dans les étoiles. Aussi s'était-il épris tour à tour d'une passion impossible et folle pour tous les grands types féminins conservés par l'art ou l'histoire. Comme Faust, il avait aimé Hélène[3], et il aurait

1. *madrigal* : petite pièce de vers galants.
2. *aquatinte* : procédé de gravure à l'eau-forte.
3. *Hélène* : allusion au *Second Faust*, de Goethe, que Nerval avait traduit en 1840.

voulu que les ondulations des siècles apportassent jusqu'à lui une de ces sublimes personnifications des désirs et des rêves humains, dont la forme, invisible pour les yeux vulgaires, subsiste toujours dans l'espace et le temps. Il s'était composé un sérail idéal avec Sémiramis•, Aspasie•, Cléopâtre•, Diane de Poitiers•, Jeanne d'Aragon•. Quelquefois aussi il aimait des statues, et un jour, en passant au Musée devant la Vénus de Milo, il s'était écrié : « Oh ! qui te rendra les bras pour m'écraser contre ton sein de marbre ! » À Rome, la vue d'une épaisse chevelure nattée exhumée d'un tombeau antique l'avait jeté dans un bizarre délire ; il avait essayé, au moyen de deux ou trois de ces cheveux obtenus d'un gardien séduit à prix d'or, et remis à une somnambule d'une grande puissance, d'évoquer l'ombre et la forme de cette morte ; mais le fluide conducteur s'était évaporé après tant d'années, et l'apparition n'avait pu sortir de la nuit éternelle.

Comme Fabio l'avait deviné devant la vitrine des Studii•, l'empreinte recueillie dans la cave de la villa d'Arrius Diomèdes excitait chez Octavien des élans insensés vers un idéal rétrospectif ; il tentait de sortir du temps et de la vie, et de transposer son âme au siècle de Titus.

Max et Fabio se retirèrent dans leur chambre, et, la tête un peu alourdie par les classiques fumées du Falerne, ne tardèrent pas à s'endormir. Octavien, qui avait souvent laissé son verre plein devant lui, ne voulant pas troubler par une ivresse grossière l'ivresse poétique qui bouillonnait dans son cerveau, sentit à l'agitation de ses nerfs que le sommeil ne lui viendrait pas, et sortit de l'osteria à pas lents pour rafraîchir son front et calmer sa pensée à l'air de la nuit.

Ses pieds, sans qu'il en eût conscience, le portèrent à l'entrée par laquelle on pénètre dans la ville morte ; il déplaça la barre de bois qui la ferme et s'engagea au hasard dans les décombres.

La lune illuminait de sa lueur blanche les maisons pâles, divisant les rues en deux tranches de lumières argentée et d'ombre bleuâtre. Ce jour nocturne, avec ses teintes ménagées, dissimulait la dégradation des édifices. L'on ne remarquait pas, comme à la clarté crue du soleil, les colonnes tronquées, les façades sillonnées de lézardes, les toits effondrés par l'éruption ; les parties absentes se complétaient par la demi-teinte, et un rayon brusque, comme une touche de sentiment dans l'esquisse d'un tableau, indiquait tout un ensemble écroulé. Les génies taciturnes de la nuit semblaient avoir réparé la cité fossile pour quelque représentation d'une vie fantastique.

Quelquefois même Octavien crut voir se glisser de vagues formes humaines dans l'ombre ; mais elles s'évanouissaient dès qu'elles atteignaient la portion éclairée. De sourds chuchotements, une rumeur indéfinie, voltigeaient dans le silence. Notre promeneur les attribua d'abord à quelque papillonnement de ses yeux, à quelque bourdonnement de ses oreilles, – ce pouvait être aussi un jeu d'optique, un soupir de la brise marine, ou la fuite à travers les orties d'un lézard ou d'une couleuvre, car tout vit dans la nature, même la mort, tout bruit, même le silence. Cependant il éprouvait une espèce d'angoisse involontaire, un léger frisson, qui pouvait être causé par l'air froid de la nuit, et faisait frémir sa peau. Il retourna deux ou trois fois la tête ; il ne se sentait plus seul comme tout à l'heure dans la ville déserte. Ses camarades avaient-ils eu la même idée que lui, et le cherchaient-ils à travers ces ruines ? Ces formes entrevues, ces bruits indistincts de pas, était-ce Max et Fabio marchant et causant, et disparus à l'angle d'un carrefour ? Cette explication toute naturelle, Octavien comprenait à son trouble qu'elle n'était pas vraie, et les raisonnements qu'il faisait là-dessus à part lui ne le convainquaient pas. La solitude et l'ombre s'étaient peuplées d'êtres invisibles qu'il dérangeait ; il tombait au milieu d'un mystère, et l'on semblait attendre qu'il fût parti pour commencer. Telles étaient les idées extravagantes qui lui traversaient la cervelle et qui prenaient beaucoup de vraisemblance de l'heure, du lieu et de mille détails alarmants que comprendront ceux qui se sont trouvés de nuit dans quelque vaste ruine.

En passant devant une maison qu'il avait remarquée le jour et sur laquelle la lune donnait en plein, il vit, dans un état d'intégrité parfaite, un portique dont il avait cherché à rétablir l'ordonnance : quatre colonnes d'ordre dorique cannelées jusqu'à mi-hauteur, et le fût enveloppé comme d'une draperie pourpre d'une teinte de minium, soutenaient une cimaise[1] coloriée d'ornements polychromes[2], que le décorateur semblait avoir achevée hier ; sur la paroi latérale de la porte un molosse de Laconie, exécuté à l'encaustique et accompagné de l'inscription sacramentelle[3], *Cave canem*[4], aboyait à la lune et aux visiteurs avec une fureur peinte. Sur le seuil de mosaïque le mot *Have*[5] en lettres osques[6] et latines, saluait les hôtes de ses syllabes amicales. Les murs extérieurs, teints d'ocre et de rubrique, n'avaient pas une crevasse. La maison s'était exhaussée d'un étage, et le toit de tuiles, dentelé d'un acrotère[7] de bronze, projetait son profil intact sur le bleu léger du ciel où pâlissaient quelques étoiles.

Cette restauration étrange, faite de l'après-midi au soir par un architecte inconnu, tourmentait beaucoup Octavien, sûr d'avoir vu cette maison le jour même dans un fâcheux état de ruine. Le mystérieux reconstructeur avait travaillé bien vite, car les habitations voisines avaient le même aspect récent et neuf ; tous les piliers étaient coiffés de leurs chapiteaux ; pas une pierre, pas une brique, pas une pellicule de stuc, pas une écaille de peinture ne manquaient aux parois luisantes des façades, et par l'interstice des péristyles on entrevoyait, autour du bassin de marbre du cavædium[8], des lauriers roses et blancs, des myrtes et des grenadiers. Tous les historiens s'étaient trompés ; l'éruption n'avait pas eu lieu, ou bien l'aiguille du temps avait reculé de vingt heures séculaires sur le cadran de l'éternité.

Octavien, surpris au dernier point, se demanda s'il dormait

1. *cimaise* : moulure en haut d'une corniche.

2. *polychromes* : les colonnes étaient effectivement peintes, en Italie comme en Grèce.

3. *sacramentelle* : rituelle, consacrée par l'usage.

4. *Cave canem* : « Prends garde au chien », l'équivalent de notre « Attention chien méchant ».

5. *Have* ou *Ave* : salut.

6. *osques* : les Osques étaient un peuple de l'Apennin central.

7. *acrotère* : socle disposé aux extrémités et au sommet du fronton, ou l'ornement placé sur ce socle.

8. *cavædium* : cour intérieure de la maison romaine.

tout debout et marchait dans un rêve. Il s'interrogea sérieusement pour savoir si la folie ne faisait pas danser devant lui ses hallucinations ; mais il fut obligé de reconnaître qu'il n'était ni endormi ni fou.

Un changement singulier avait eu lieu dans l'atmosphère ; de vagues teintes roses se mêlaient, par dégradations violettes, aux lueurs azurées de la lune ; le ciel s'éclaircissait sur les bords ; on eût dit que le jour allait paraître. Octavien tira sa montre ; elle marquait minuit. Craignant qu'elle ne fût arrêtée, il poussa le ressort de la répétition ; la sonnerie tinta douze fois ; il était bien minuit, et cependant la clarté allait toujours augmentant, la lune se fondait dans l'azur de plus en plus lumineux ; le soleil se levait.

Alors Octavien, en qui toutes les idées de temps se brouillaient, put se convaincre qu'il se promenait non dans une Pompéi morte, froid cadavre de ville qu'on a tiré à demi de son linceul, mais dans une Pompéi vivante, jeune, intacte, sur laquelle n'avaient pas coulé les torrents de boue brûlante du Vésuve.

Un prodige inconcevable le reportait, lui, Français du XIXe siècle, au temps de Titus •, non en esprit, mais en réalité, ou faisait revenir à lui, du fond du passé, une ville détruite avec ses habitants disparus ; car un homme vêtu à l'antique venait de sortir d'une maison voisine.

Cet homme portait les cheveux courts et la barbe rasée, une tunique de couleur brune et un manteau grisâtre, dont les bouts étaient retroussés de manière à ne pas gêner sa marche ; il allait d'un pas rapide, presque cursif, et passa à côté d'Octavien sans le voir. Un panier de sparterie[1] pendait à son bras, et il se dirigeait vers le Forum Nundinarium[2] ; – c'était un esclave, un Davus[3] quelconque allant au marché ; il

1. *de sparterie* : tressé en alfa ou en crin végétal.

2. *Forum Nundinarium* : champ de foire (mot à mot : marché qui a lieu tous les neuf jours).

3. *Davus* : nom d'esclave dans le théâtre romain.

n'y avait pas à s'y tromper.

Des bruits de roues se firent entendre, et un char antique, traîné par des bœufs blancs et chargé de légumes, s'engagea dans la rue. À côté de l'attelage marchait un bouvier aux jambes nues et brûlées par le soleil, aux pieds chaussés de sandales, et vêtu d'une espèce de chemise de toile bouffant à la ceinture ; un chapeau de paille conique, rejeté derrière le dos et retenu au col par la mentonnière, laissait voir sa tête d'un type inconnu aujourd'hui, son front bas traversé de dures nodosités[1], ses cheveux crépus et noirs, son nez droit, ses yeux tranquilles comme ceux de ses bœufs, et son cou d'Hercule campagnard. Il touchait gravement ses bêtes de l'aiguillon, avec une pose de statue à faire tomber Ingres• en extase.

Le bouvier aperçut Octavien et parut surpris, mais il continua sa route ; une fois il retourna la tête, ne trouvant pas sans doute d'explication à l'aspect de ce personnage étrange pour lui, mais laissant, dans sa placide stupidité rustique, le mot de l'énigme à de plus habiles.

Des paysans campaniens[2] parurent aussi, poussant devant eux des ânes chargés d'outres de vin, et faisant tinter des sonnettes d'airain ; leur physionomie différait de celle des paysans d'aujourd'hui comme une médaille diffère d'un sou.

La ville se peuplait graduellement comme un de ces tableaux de diorama[3], d'abord déserts, et q'un changement d'éclairage anime de personnages invisibles jusque-là.

Les sentiments qu'éprouvait Octavien avaient changé de nature. Tout à l'heure, dans l'ombre trompeuse de la nuit, il était en proie à ce malaise dont les plus braves ne se défendent pas, au milieu de circonstances inquiétantes et fantastiques que la raison ne peut s'expliquer. Sa vague terreur s'était changée en stupéfaction profonde ; il ne pouvait

1. *nodosités* : renflements rappelant la forme d'un nœud.
2. *campaniens* : habitant la Campanie, région de Naples.
3. *diorama* : tableau de grandes dimensions peint d'une manière spéciale sur une toile soumise à des jeux d'éclairage, tandis que le spectateur est dans l'obscurité.

douter, à la netteté de leurs perceptions, du témoignage de ses sens, et cependant ce qu'il voyait était parfaitement incroyable. – Mal convaincu encore, il cherchait par la constatation de petits détails réels à se prouver qu'il n'était pas le jouet d'une hallucination. – Ce n'étaient pas des fantômes qui défilaient sous ses yeux, car la vive lumière du soleil les illuminait avec une réalité irrécusable, et leurs ombres allongées par le matin se projetaient sur les trottoirs et les murailles.

Ne comprenant rien à ce qui lui arrivait, Octavien, ravi au fond de voir un de ses rêves les plus chers accompli, ne résista plus à son aventure, il se laissa faire à toutes ces merveilles, sans prétendre s'en rendre compte ; il se dit que puisque en vertu d'un pouvoir mystérieux il lui était donné de vivre quelques heures dans un siècle disparu, il ne perdrait pas son temps à chercher la solution d'un problème incompréhensible, et il continua bravement sa route, en regardant à droite et à gauche ce spectacle si vieux et si nouveau pour lui. Mais à quelle époque de la vie de Pompéi était-il transporté ? Une inscription d'édilité[1], gravée sur une muraille, lui apprit, par le nom des personnages publics, qu'on était au commencement du règne de Titus • – soit en l'an 79 de notre ère. Une idée subite traversa l'âme d'Octavien ; la femme dont il avait admiré l'empreinte au musée de Naples devait être vivante, puisque l'éruption du Vésuve dans laquelle elle avait péri eut lieu le 24 août de cette même année ; il pouvait donc la retrouver, la voir, lui parler... Le désir fou qu'il avait ressenti à l'aspect de cette cendre moulée sur des contours divins allait peut-être se satisfaire, car rien ne devait être impossible à un amour qui avait eu la force de faire reculer le temps, et passer deux fois la même heure dans le sablier de l'éternité.

Pendant qu'Octavien se livrait à ces réflexions, de belles jeunes filles se rendaient aux fontaines, soutenant du bout de

1. *édilité* : fonction de l'édile, magistrat municipal.

leurs doigts blancs des urnes en équilibre sur leur tête ; des patriciens en toges blanches bordées de bandes de pourpre, suivis de leur cortège de clients, se dirigeaient vers le forum. Les acheteurs se pressaient autour des boutiques, toutes désignées par des enseignes sculptées et peintes, et rappelant par leur petitesse et leur forme les boutiques moresques d'Alger ; au-dessus de la plupart de ces échoppes, un glorieux phallus de terre cuite colorié et l'inscription *hic habitat felicitas*[1], témoignait de précautions superstitieuses contre le mauvais œil ; Octavien remarqua même une boutique d'amulettes dont l'étalage était chargé de cornes, de branches de corail bifurquées, et de petits Priapes en or, comme on en trouve encore à Naples aujourd'hui, pour se préserver de la jettature[2], et il se dit qu'une superstition durait plus qu'une religion.

En suivant le trottoir qui borde chaque rue de Pompéi, et enlève ainsi aux Anglais la confortabilité de cette invention, Octavien se trouva face à face avec un beau jeune homme, de son âge à peu près, vêtu d'une tunique couleur de safran, et drapé d'un manteau de fine laine blanche, souple comme du cachemire. La vue d'Octavien, coiffé de l'affreux chapeau moderne, sanglé dans une mesquine redingote noire, les jambes emprisonnées dans un pantalon, les pieds pincés par des bottes luisantes, parut surprendre le jeune Pompéien, comme nous étonnerait, sur le boulevard de Gand, un Ioway[3] ou un Botocudo[4] avec ses plumes, ses colliers de griffes d'ours et ses tatouages baroques. Cependant, comme c'était un jeune homme bien élevé, il n'éclata pas de rire au nez d'Octavien, et prenant en pitié ce pauvre barbare égaré dans cette ville gréco-romaine, il lui dit d'une voix accentuée et douce :

1. *hic habitat felicitas* : ici habite le bonheur.
2. *jettature* : mauvais œil. Ce sera le titre d'un autre conte de Gautier (*Jettatura*, 1856).
3. *Ioway* : Indien originaire de l'Iowa.
4. *Botocudo* : Indien du Brésil.

– *Advena, salve*[1].

Rien n'était plus naturel qu'un habitant de Pompéi, sous le règne du divin empereur Titus, très puissant et très auguste, s'exprimât en latin, et pourtant Octavien tressaillit en entendant cette langue morte dans une bouche vivante. C'est alors qu'il se félicita d'avoir été fort en thème, et remporté des prix au concours général. Le latin enseigné par l'Université lui servit en cette occasion unique, et rappelant en lui ses souvenirs de classe, il répondit au salut du Pompéien en style de *De Viris illustribus* et de *Selectae e profanis*[2], d'une façon suffisamment intelligible, mais avec un accent parisien qui fit sourire le jeune homme.

« Il te sera peut-être plus facile de parler grec, dit le Pompéien ; je sais aussi cette langue, car j'ai fait mes études à Athènes.

– Je sais encore moins de grec que de latin, répondit Octavien ; je suis du pays des Gaulois, de Paris, de Lutèce.

– Je connais ce pays. Mon aïeul a fait la guerre dans les Gaules sous le grand Jules César. Mais quel étrange costume portes-tu ? Les Gaulois que j'ai vus à Rome n'étaient pas habillés ainsi. »

Octavien entreprit de faire comprendre au jeune Pompéien que vingt siècles s'étaient écoulés depuis la conquête de la Gaule par Jules César, et que la mode avait pu changer ; mais il y perdit son latin, et à vrai dire ce n'était pas grand-chose.

« Je me nomme Rufus Holconius, et ma maison est la tienne, dit le jeune homme ; à moins que tu ne préfères la liberté de la taverne : on est bien à l'auberge d'Albinus, près de la porte du faubourg d'Augustus Felix, et à l'hôtellerie de Sarinus, fils de Publius, près de la deuxième tour ; mais si tu

1. *Advena, salve* : Salut, étranger.

2. *... Selectae e profanis* : *De Viris illustribus Urbis Romae,* de Lhomond, et *Selectae e profanis scriptoribus historiae,* de Heuzet, étaient des manuels destinés aux débutants.

veux, je te servirai de guide dans cette ville inconnue pour toi ; – tu me plais, jeune barbare, quoique tu aies essayé de te jouer de ma crédulité en prétendant que l'empereur Titus, qui règne aujourd'hui, était mort depuis deux mille ans, et que le Nazaréen, dont les infâmes sectateurs, enduits de poix, ont éclairé les jardins de Néron, trône seul en maître dans le ciel désert, d'où les grands dieux sont tombés. – Par Pollux ! ajouta-t-il en jetant les yeux sur une inscription rouge tracée à l'angle d'une rue, tu arrives à propos, l'on donne *La Casina* de Plaute •, récemment remise au théâtre ; c'est une curieuse et bouffonne comédie qui t'amusera, n'en comprendrais-tu que la pantomime. Suis-moi, c'est bientôt l'heure ; je te ferai placer au banc des hôtes et des étrangers. »

Et Rufus Holconius se dirigea du côté du petit théâtre comique que les trois amis avaient visité dans la journée.

Le Français et le citoyen de Pompéi prirent les rues de la Fontaine d'Abondance, des Théâtres, longèrent le collège et le temple d'Isis •, l'atelier du statuaire, et entrèrent dans l'Odéon[1] ou théâtre comique par un vomitoire[2] latéral. Grâce à la recommandation d'Holconius, Octavien fut placé près du proscenium, un endroit qui répondrait à nos baignoires d'avant-scène. Tous les regards se tournèrent aussitôt vers lui avec une curiosité bienveillante et un léger susurrement courut dans l'amphithéâtre.

La pièce n'était pas encore commencée ; Octavien en profita pour regarder la salle[3]. Les gradins demi-circulaires, terminés de chaque côté par une magnifique patte de lion sculptée en lave du Vésuve, partaient en s'élargissant d'un espace vide correspondant à notre parterre, mais beaucoup plus restreint, et pavé d'une mosaïque de marbres grecs ; un gradin plus large formait, de distance en distance, une zone

1. *Odéon* : en fait l'Odéon qui pouvait contenir mille places était utilisé surtout pour les spectacles musicaux et les mimes.
2. *vomitoire* : passage qui donne accès aux gradins.
3. *salle* : Gautier semble oublier que le spectacle se déroule en plein air...

Pompéi, l'Odéon.

Musiciens ambulants, mosaïque de Pompéi ; musée national de Naples.

distinctive, et quatre escaliers correspondant aux vomitoires et montant de la base au sommet de l'amphithéâtre le divisaient en cinq coins[1] plus larges du haut que du bas. Les spectateurs, munis de leurs billets, consistant en petites lames d'ivoire où étaient désignés, par leurs numéros d'ordre, la travée, le coin et le gradin, avec le titre de la pièce représentée et le nom de son auteur, arrivaient aisément à leurs places. Les magistrats, les nobles, les hommes mariés, les jeunes gens, les soldats, dont on voyait luire les casques de bronze, occupaient des rangs séparés. – C'était un spectacle admirable que ces belles toges et ces larges manteaux blancs bien drapés, s'étalant sur les premiers gradins et contrastant avec les parures variées des femmes, placées au-dessus, et les capes grises des gens du peuple, relégués aux bancs supérieurs, près des colonnes qui supportent le toit, et qui laissaient apercevoir, par leurs interstices, un ciel d'un bleu intense comme le champ d'azur d'une panathénée[2] ; – une fine pluie d'eau, aromatisée de safran, tombait des frises en gouttelettes imperceptibles, et parfumait l'air qu'elle rafraîchissait. Octavien pensa aux émanations fétides qui vicient l'atmosphère de nos théâtres, si incommodes qu'on peut les considérer comme des lieux de torture, et il trouva que la civilisation n'avait pas beaucoup marché.

Le rideau, soutenu par une poutre transversale, s'abîma[3] dans les profondeurs de l'orchestre, les musiciens s'installèrent dans leur tribune, et le Prologue[4] parut, vêtu grotesquement et la tête coiffée d'un masque difforme, adapté comme un casque.

Le Prologue, après avoir salué l'assistance et demandé les

1. *coins* : instruments ayant la forme d'un prisme triangulaire et servant à fendre le bois.
2. *panathénée* : fête en l'honneur d'Athéna. Allusion à la célèbre frise du Parthénon.
3. *s'abîma* : tomba (c'est l'inverse aujourd'hui).
4. *Prologue* : c'est souvent un personnage qui ouvre le spectacle en annonçant le sujet de la pièce.

applaudissements, commença une argumentation bouffonne. Les vieilles pièces disait-il, étaient comme le vin qui gagne avec les années, et *La Casina*, chère aux vieillards, ne devait pas moins l'être aux jeunes gens ; tous pouvaient y prendre plaisir : les uns parce qu'ils la connaissaient, les autres parce qu'ils ne la connaissaient pas. La pièce avait été, du reste, remise avec soin, et il fallait l'écouter l'âme libre de tout souci, sans penser à ses dettes, ni à ses créanciers, car on n'arrête pas au théâtre ; c'était un jour heureux, il faisait beau, et les alcyons[1] planaient sur le forum. Puis il fit une analyse de la comédie que les acteurs allaient représenter, avec un détail qui prouve que la surprise entrait pour peu de chose dans le plaisir que les Anciens prenaient au théâtre ; il raconta comment le vieillard Stalino, amoureux de sa belle esclave Casina, veut la marier à son fermier Olympio, époux complaisant qu'il remplacera dans la nuit des noces ; et comment Lycostrata, la femme de Stalino, pour contrecarrer la luxure de son vicieux mari, veut unir Casina à l'écuyer Chalinus, dans l'idée de favoriser les amours de son fils ; enfin la manière dont Stalino, mystifié, prend un jeune esclave déguisé pour Casina, qui, reconnue libre et de naissance ingénue, épouse le jeune maître, qu'elle aime et dont elle est aimée.

Le jeune Français regardait distraitement les acteurs, avec leurs masques aux bouches de bronze, s'évertuer sur la scène ; les esclaves couraient çà et là pour stimuler l'empressement ; le vieillard hochait la tête et tendait ses mains tremblantes ; la matrone, le verbe haut, l'air revêche et dédaigneux, se carrait dans son importance et querellait son mari, au grand amusement de la salle. – Tous ces personnages entraient et sortaient par trois portes pratiquées dans le mur du fond et communiquant au foyer des acteurs.– La maison de Stalino occupait un coin du théâtre, et celle de son vieil ami Alcesimus lui faisait face. Ces décorations, quoique très

1. *alcyons* : oiseaux de la mythologie, identifiés avec le martin-pêcheur, la mouette, le goéland.

bien peintes, étaient plutôt représentatives de l'idée d'un lieu que du lieu lui-même, comme les coulisses vagues du théâtre classique.

Quand la pompe nuptiale conduisant la fausse Casina fit son entrée sur la scène, un immense éclat de rire, comme celui qu'Homère attribue aux dieux, circula sur tous les bancs de l'amphithéâtre, et des tonnerres d'applaudissements firent vibrer les échos de l'enceinte ; mais Octavien n'écoutait plus et ne regardait plus.

Dans la travée des femmes, il venait d'apercevoir une créature d'une beauté merveilleuse. À dater de ce moment, les charmants visages qui avaient attiré son œil s'éclipsèrent comme les étoiles devant Phœbé ; tout s'évanouit, tout disparut comme dans un songe ; un brouillard estompa les gradins fourmillants de monde, et la voix criarde des acteurs semblait se perdre dans un éloignement infini.

Il avait reçu au cœur comme une commotion électrique, et il lui semblait qu'il jaillissait des étincelles de sa poitrine lorsque le regard de cette femme se tournait vers lui.

Elle était brune et pâle ; ses cheveux ondés et crépelés, noirs comme ceux de la Nuit, se relevaient légèrement vers les tempes à la mode grecque, et dans son visage d'un ton mat brillaient des yeux sombres et doux, chargés d'une indéfinissable expression de tristesse voluptueuse et d'ennui passionné ; sa bouche, dédaigneusement arquée à ses coins, protestait par l'ardeur vivace de sa pourpre enflammée contre la blancheur tranquille du masque ; son col présentait ces belles lignes pures qu'on ne retrouve à présent que dans les statues. Ses bras étaient nus jusqu'à l'épaule, et de la pointe de ses seins orgueilleux, soulevant sa tunique d'un rose mauve, partaient deux plis qu'on aurait pu croire fouillés dans le marbre par Phidias• ou Cléomène•.

La vue de cette gorge d'un contour si correct, d'une coupe si pure, troubla magnétiquement Octavien ; il lui sembla que ces rondeurs s'adaptaient parfaitement à l'empreinte en creux du musée de Naples, qui l'avait jeté dans une si ardente rêverie, et une voix lui cria au fond du cœur que cette femme était bien la femme étouffée par la cendre du Vésuve à la villa d'Arrius Diomèdes. Par quel prodige la voyait-il vivante, assistant à la représentation de *La Casina* de Plaute ? Il ne chercha pas à se l'expliquer ; d'ailleurs, comment était-il là lui-même ? Il accepta sa présence comme dans le rêve on admet l'intervention de personnes mortes depuis longtemps et qui agissent pourtant avec les apparences de la vie ; d'ailleurs son émotion ne lui permettait aucun raisonnement. Pour lui, la roue du temps était sortie de son ornière[1], et son désir vainqueur choisissait sa place parmi les siècles écoulés ! Il se trouvait face à face avec sa chimère, une des plus insaisissables, une chimère rétrospective. Sa vie se remplissait d'un seul coup.

En regardant cette tête si calme et si passionnée, si froide et si ardente, si morte et si vivace, il comprit qu'il avait devant lui son premier et son dernier amour, sa coupe d'ivresse suprême ; il sentit s'évanouir comme des ombres légères les souvenirs de toutes les femmes qu'il avait cru aimer, et son âme redevenir vierge de toute émotion antérieure. Le passé disparut.

Cependant la belle Pompéienne, le menton appuyé sur la paume de la main, lançait sur Octavien, tout en ayant l'air de s'occuper de la scène, le regard velouté de ses yeux nocturnes, et ce regard lui arrivait lourd et brûlant comme un jet de plomb fondu. Puis elle se pencha vers l'oreille d'une fille assise à son côté.

La représentation s'acheva ; la foule s'écoula par les vomitoires. Octavien, dédaignant les bons offices de son guide Holconius, s'élança par la première sortie qui s'offrit à ses pas. À peine eut-il atteint la porte, qu'une main se posa sur son bras, et qu'une voix féminine lui dit d'un ton bas, mais de manière à ce qu'il ne perdît pas un mot :

« Je suis Tyché Novoleja[2], commise aux plaisirs d'Arria Marcella, fille d'Arrius Diomèdes. Ma maîtresse vous aime, suivez-moi. »

1. *ornière* : « The time is out of joint » dit Shakespeare (*Hamlet*, V, 1).
2. *Tyché Novoleja* : ce nom figure sur l'un des tombeaux voisins de la villa d'Arrius Diomèdes.

Arria Marcella venait de monter dans sa litière portée par quatre forts esclaves syriens nus jusqu'à la ceinture, et faisant miroiter au soleil leurs torses de bronze. Le rideau de la litière s'entr'ouvrit, et une main pâle, étoilée de bagues, fit un signe amical à Octavien, comme pour confirmer les paroles de la suivante. Le pli de pourpre retomba, et la litière s'éloigna au pas cadencé des esclaves.

Tyché fit passer Octavien par des chemins détournés, coupant les rues en posant légèrement le pied sur les pierres espacées qui relient les trottoirs et entre lesquelles roulent les roues des chars, et se dirigeant à travers le dédale avec la précision que donne la familiarité d'une ville. Octavien remarqua qu'il franchissait des quartiers de Pompéi que les fouilles n'ont pas découverts, et qui lui étaient en conséquence complètement inconnus. Cette circonstance étrange parmi tant d'autres ne l'étonna pas. Il était décidé à ne s'étonner de rien. Dans toute cette fantasmagorie archaïque, qui eût fait devenir un antiquaire fou de bonheur, il ne voyait plus que l'œil noir et profond d'Arria Marcella et cette gorge superbe victorieuse des siècles, et que la destruction même a voulu conserver.

Ils arrivèrent à une porte dérobée, qui s'ouvrit et se ferma aussitôt, et Octavien se trouva dans une cour entourée de colonnes de marbre grec d'ordre ionique peintes, jusqu'à la moitié de leur hauteur, d'un jaune vif, et le chapiteau relevé d'ornements rouges et bleus ; une guirlande d'aristoloche[1] suspendait ses larges feuilles vertes en forme de cœur aux saillies de l'architecture comme une arabesque naturelle, et près d'un bassin encadré de plantes, un flamant rose se tenait debout sur une patte, fleur de plume parmi les fleurs végétales.

Des panneaux de fresque représentant des architectures capricieuses ou des paysages de fantaisie décoraient les murailles. Octavien vit tous ces détails d'un coup d'œil rapide, car Tyché le remit aux mains des esclaves baigneurs

1. *aristoloche* : plante grimpante.

Pompéi, fresque de la villa des Mystères : la flagellation et la danse bacchique.

qui firent subir à son impatience toutes les recherches des thermes antiques. Après avoir passé par les différents degrés de chaleur vaporisée, supporté le racloir du strigilaire[1], senti ruisseler sur lui les cosmétiques et les huiles parfumées, il fut revêtu d'une tunique blanche, et retrouva à l'autre porte Tyché, qui lui prit la main et le conduisit dans une autre salle extrêmement ornée.

Sur le plafond étaient peints, avec une pureté de dessin, un éclat de coloris et une liberté de touche qui sentaient le grand maître et non plus le simple décorateur à l'adresse vulgaire, Mars, Vénus et l'Amour ; une frise composée de cerfs, de lièvres et d'oiseaux se jouant parmi les feuillages régnait au-dessus d'un revêtement de marbre cipolin[2] ; la mosaïque du pavé, travail merveilleux dû peut-être à Sosimus de Pergame, représentait des reliefs de festin exécutés avec un art qui faisait illusion.

Au fond de la salle, sur un biclinium ou lit à deux places, était accoudée Arria Marcella dans une pose voluptueuse et sereine qui rappelait la femme couchée de Phidias• sur le fronton du Parthénon ; ses chaussures, brodées de perles, gisaient au bas du lit, et son beau pied nu, plus pur et plus blanc que le marbre, s'allongeait au bout d'une légère ouverture de byssus[3] jetée sur elle.

Deux boucles d'oreilles faites en forme de balance et portant des perles sur chaque plateau tremblaient dans la lumière au long de ses joues pâles ; un collier de boules d'or, soutenant des grains allongés en poire, circulait sur sa poitrine laissée à demi découverte par le pli négligé d'un peplum[4] de couleur paille bordé d'une grecque noire ; une bandelette noire et or passait et luisait par place dans ses cheveux d'ébène, car elle avait changé de costume en

1. *strigilaire* : masseur qui utilise le strigile (racloir) pour nettoyer la peau, après le bain de vapeur.
2. *cipolin* : marbre renfermant divers minéraux cristallisés.
3. *byssus* : tissu fait avec des fils d'identification incertaine, sans doute du lin.
4. *peplum* : tunique de femme, en laine.

revenant du théâtre ; et autour de son bras, comme l'aspic[1] autour du bras de Cléopâtre, un serpent d'or, aux yeux de pierreries, s'enroulait à plusieurs reprises et cherchait à se mordre la queue.

Une petite table à pieds de griffons, incrustée de nacre, d'argent et d'ivoire, était dressée près du lit à deux places, chargée de différents mets servis dans des plats d'argent et d'or ou de terre émaillée de peintures précieuses. On y voyait un oiseau du Phase[2] couché dans ses plumes, et divers fruits que leurs saisons empêchent de se rencontrer ensemble.

Tout paraissait indiquer qu'on attendait un hôte ; des fleurs fraîches jonchaient le sol, et les amphores de vin étaient plongées dans des urnes pleines de neige.

Arria Marcella fit signe à Octavien de s'étendre à côté d'elle sur le biclinium et de prendre part au repas ; – le jeune homme, à demi fou de surprise et d'amour, prit au hasard quelques bouchées sur les plats que lui tendaient de petits esclaves asiatiques aux cheveux frisés, à la courte tunique. Arria ne mangeait pas, mais elle portait souvent à ses lèvres un vase myrrhin[3] aux teintes opalines rempli d'un vin d'une pourpre sombre comme du sang figé ; à mesure qu'elle buvait, une imperceptible vapeur rose montait à ses joues pâles, de son cœur qui n'avait pas battu depuis tant d'années ; cependant son bras nu, qu'Octavien effleura en soulevant sa coupe, était froid comme la peau d'un serpent ou le marbre d'une tombe.

« Oh ! lorsque tu t'es arrêté aux Studii à contempler le morceau de boue durcie qui conserve ma forme, dit Arria Marcella en tournant son long regard humide vers Octavien, et que ta pensée s'est élancée ardemment vers moi, mon âme l'a senti dans ce monde où je flotte invisible pour les yeux grossiers ; la croyance fait le dieu, et l'amour fait la femme. On n'est véritablement morte que quand on n'est plus aimée ;

1. *aspic* : Cléopâtre, croit-on, se suicida en se faisant piquer par un aspic.
2. *oiseau du Phase* : un faisan.
3. *myrrhin* : de la couleur de la myrrhe.

ton désir m'a rendu la vie, la puissante évocation de ton cœur a supprimé les distances qui nous séparaient. »

L'idée d'évocation amoureuse qu'exprimait la jeune femme, rentrait dans les croyances philosophiques d'Octavien, croyances que nous ne sommes pas loin de partager.

En effet, rien ne meurt, tout existe toujours ; nulle force ne peut anéantir ce qui fut une fois. Toute action, toute parole, toute forme, toute pensée tombée dans l'océan universel des choses y produit des cercles qui vont s'élargissant jusqu'aux confins de l'éternité. La figuration matérielle ne disparaît que pour les regards vulgaires, et les spectres qui s'en détachent peuplent l'infini. Pâris continue d'enlever Hélène dans une région inconnue de l'espace. La galère de Cléopâtre gonfle ses voiles de soie sur l'azur d'un Cydnus[1] idéal. Quelques esprits passionnés et puissants ont pu amener à eux des siècles écoulés en apparence, et faire revivre des personnages morts pour tous. Faust• a eu pour maîtresse la fille de Tyndare[2], et l'a conduite à son château gothique[3], du fond des abîmes mystérieux de l'Hadès. Octavien venait de vivre un jour sous le règne de Titus et de se faire aimer d'Arria Marcella, fille d'Arrius Diomèdes, couchée en ce moment près de lui sur un lit antique dans une ville détruite pour tout le monde.

« À mon dégoût des autres femmes, répondit Octavien, à la rêverie invincible qui m'entraînait vers ses types radieux au fond des siècles comme des étoiles provocatrices, je comprenais que je n'aimerais que hors du temps et de l'espace. C'était toi que j'attendais, et ce frêle vestige conservé par la curiosité des hommes m'a par son secret magnétisme mis en rapport avec ton âme. Je ne sais si tu es un rêve ou une réalité, un fantôme ou une femme, si comme Ixion[4] je serre

1. *Cydnus* : fleuve de Cilicie.
2. *la fille de Tyndare* : Hélène.
3. *château gothique* : une des scènes du *Second Faust* se déroule en effet dans un château du Moyen Âge.
4. *Ixion* : Zeus envoya à Ixion, épris d'Héra, un nuage qui avait la forme de la déesse.

un nuage sur ma poitrine abusée, si je suis le jouet d'un vil prestige de sorcellerie, mais ce que je sais bien, c'est que tu seras mon premier et mon dernier amour.

– Qu'Éros, fils d'Aphrodite, entende ta promesse, dit Arria Marcella en inclinant sa tête sur l'épaule de son amant qui la souleva avec une étreinte passionnée. Oh ! serre-moi sur ta jeune poitrine, enveloppe-moi de ta tiède haleine, j'ai froid d'être restée si longtemps sans amour. » Et contre son cœur Octavien sentait s'élever et s'abaisser ce beau sein, dont le matin même il admirait le moule à travers la vitre d'une armoire de musée ; la fraîcheur de cette belle chair le pénétrait à travers sa tunique et le faisait brûler. La bandelette or et noir s'était détachée de la tête d'Arria passionnément renversée, et ses cheveux se répandaient comme un fleuve noir sur l'oreiller bleu.

Les esclaves avaient emporté la table. On n'entendit plus qu'un bruit confus de baisers et de soupirs. Les cailles familières, insouciantes de cette scène amoureuse, picoraient sur le pavé mosaïque les miettes du festin en poussant de petits cris.

Tout à coup les anneaux d'airain de la portière qui fermait la chambre glissèrent sur leur tringle, et un vieillard d'aspect sévère et drapé dans un ample manteau brun parut sur le seuil. Sa barbe grise était séparée en deux pointes comme celle des Nazaréens, son visage semblait sillonné par la fatigue des macérations : une petite croix de bois noir pendait à son col et ne laissait aucun doute sur sa croyance : il appartenait à la secte, toute récente alors, des disciples du Christ.

À son aspect, Arria Marcella, éperdue de confusion, cacha sa figure sous un pli de son manteau, comme un oiseau qui met la tête sous son aile en face d'un ennemi qu'il ne peut éviter, pour s'épargner au moins l'horreur de le voir ; tandis qu'Octavien, appuyé sur son coude, regardait avec fixité le personnage fâcheux qui entrait ainsi brusquement dans son bonheur.

« Arria, Arria, dit le personnage austère d'un ton de reproche, le temps de ta vie n'a-t-il pas suffi à tes déportements[1], et faut-il que tes infâmes amours empiètent sur les siècles qui ne t'appartiennent pas ? Ne peux-tu laisser les vivants dans leur sphère, ta cendre n'est donc pas encore refroidie depuis le jour où tu mourus sans repentir sous la pluie de feu du volcan ? Deux mille ans de mort ne t'ont donc pas calmée, et tes bras voraces attirent sur ta poitrine de marbre, vide de cœur, les pauvres insensés enivrés par tes philtres.

– Arrius, grâce, mon père, ne m'accablez pas, au nom de cette religion morose qui ne fut jamais la mienne ; moi, je crois à nos anciens dieux qui aimaient la vie, la jeunesse, la beauté, le plaisir ; ne me replongez pas dans le pâle néant. Laissez-moi jouir de cette existence que l'amour m'a rendue.

– Tais-toi, impie, ne me parle pas de tes dieux qui sont des démons. Laisse aller cet homme enchaîné par tes impures séductions ; ne l'attire plus hors du cercle de sa vie que Dieu a mesurée ; retourne dans les limbes du paganisme avec tes amants asiatiques, romains ou grecs. Jeune chrétien, abandonne cette larve qui te semblerait plus hideuse qu'Empouse et Phorkyas[2], si tu la pouvais voir telle qu'elle est. »

Octavien, pâle, glacé d'horreur, voulut parler ; mais sa voix resta attachée à son gosier, selon l'expression virgilienne[3].

« M'obéiras-tu, Arria ? s'écria impérieusement le grand vieillard.

– Non, jamais », répondit Arria, les yeux étincelants, les narines dilatées, les lèvres frémissantes, en entourant le corps d'Octavien de ses beaux bras de statue, froids, durs et rigides comme le marbre. Sa beauté furieuse, exaspérée par la lutte, rayonnait avec un éclat surnaturel à ce moment suprême, comme pour laisser à son jeune amant un inéluctable souvenir.

---

1. *déportements* : écarts de conduite.
2. *Empouse, Phorkyas* : personnages du *Second Faust*. Empouse, vampire féminin ; Phorkyas, une des filles du dieu marin Phorkys, qui était père des Gorgones (Méduse, Euryale, Sthéno).
3. *l'expression virgilienne* : « Vox faucibus haesit » : Ma voix s'arrêta dans ma gorge (*Énéide*, III, 48).

« Allons, malheureuse, reprit le vieillard, il faut employer les grands moyens, et rendre ton néant palpable et visible à cet enfant fasciné », et il prononça d'une voix pleine de commandement une formule d'exorcisme qui fit tomber des joues d'Arria les teintes pourprées que le vin noir du vase myrrhin y avait fait monter.

En ce moment, la cloche lointaine d'un des villages qui bordent la mer ou des hameaux perdus dans les plis de la montagne fit entendre les premières volées de la Salutation angélique.

À ce son, un soupir d'agonie sortit de la poitrine brisée de la jeune femme. Octavien sentit se desserrer les bras qui l'entouraient ; les draperies qui la couvraient se replièrent sur elles-mêmes, comme si les contours qui les soutenaient se fussent affaissés, et le malheureux promeneur nocturne ne vit plus à côté de lui, sur le lit du festin, qu'une pincée de cendres mêlée de quelques ossements calcinés parmi lesquels brillaient des bracelets et des bijoux d'or, et que des restes informes, tels qu'on les dut découvrir en déblayant la maison d'Arrius Diomèdes.

Il poussa un cri terrible et perdit connaissance.

Le vieillard avait disparu. Le soleil se levait, et la salle ornée tout à l'heure avec tant d'éclat n'était plus qu'une ruine démantelée.

Après avoir dormi d'un sommeil appesanti par les libations de la veille, Max et Fabio se réveillèrent en sursaut, et leur premier soin fut d'appeler leur compagnon, dont la chambre était voisine de la leur, par un de ces cris de ralliement burlesques dont on convient quelquefois en voyage, Octavien ne répondit pas, pour de bonnes raisons. Fabio et Max, ne recevant pas de réponse, entrèrent dans la chambre de leur ami, et virent que le lit n'avait pas été défait.

« Il se sera endormi sur quelque chaise, dit Fabio, sans pouvoir gagner sa couchette ; car il n'a pas la tête forte, ce cher Octavien ; et il sera sorti de bonne heure pour dissiper les fumées du vin à la fraîcheur matinale.

– Pourtant il n'avait guère bu, ajouta Max par manière de réflexion. Tout ceci me semble assez étrange. Allons à sa recherche. »

Rue de Pompéi.

Les deux amis, aidés du cicerone, parcoururent toutes les rues, carrefours, places et ruelles de Pompéi, entrèrent dans toutes les maisons curieuses où ils supposèrent qu'Octavien pouvait être occupé à copier une peinture ou à relever une inscription, et finirent par le trouver évanoui sur la mosaïque disjointe d'une petite chambre à demi écroulée. Ils eurent beaucoup de peine à le faire revenir à lui, et quand il eut repris connaissance, il ne donna pas d'autre explication, sinon qu'il avait eu la fantaisie de voir Pompéi au clair de la lune, et qu'il avait été pris d'une syncope qui, sans doute, n'aurait pas de suite.

La petite bande retourna à Naples par le chemin de fer, comme elle était venue, et le soir, dans leur loge, à San Carlo, Max et Fabio regardaient à grand renfort de jumelles sautiller dans un ballet, sur les traces d'Amalia Ferraris•, la danseuse alors en vogue, un essaim de nymphes culottées, sous leurs jupes de gaze, d'un affreux caleçon vert monstre qui les faisait ressembler à des grenouilles piquées de la tarentule[1]. Octavien, pâle, les yeux troubles, le maintien accablé, ne paraissait pas se douter de ce qui se passait sur la scène, tant, après les merveilleuses aventures de la nuit, il avait peine à reprendre le sentiment de la vie réelle.

À dater de cette visite à Pompéi, Octavien fut en proie à une mélancolie morne, que la bonne humeur et les plaisanteries de ses compagnons aggravaient plutôt qu'elles ne la soulageaient ; l'image d'Arria Marcella le poursuivait toujours, et le triste dénouement de sa bonne fortune fantastique n'en détruisait pas le charme.

N'y pouvant plus tenir, il retourna secrètement à Pompéi et se promena, comme la première fois, dans les ruines, au clair de lune, le cœur palpitant d'un espoir insensé, mais l'hallucination ne se renouvela pas ; il ne vit que des lézards fuyant sur les pierres ; il n'entendit que des piaulements d'oiseaux de nuit effrayés ; il ne rencontra plus son ami Rufus Holconius ; Tyché ne vint pas lui mettre sa main fluette sur le bras ; Arria Marcella resta obstinément dans la poussière.

En désespoir de cause, Octavien s'est marié dernièrement à une jeune et charmante Anglaise, qui est folle de lui. Il est parfait pour sa femme ; cependant Ellen, avec cet instinct du cœur que rien ne trompe, sent que son mari est amoureux d'une autre ; mais de qui ? C'est ce que l'espionnage le plus actif n'a pu lui apprendre. Octavien n'entretient pas de danseuse ; dans le monde, il n'adresse aux femmes que des galanteries banales ; il a même répondu très froidement aux avances marquées d'une princesse russe, célèbre par sa beauté et sa coquetterie. Un tiroir secret, ouvert pendant l'absence de son mari, n'a fourni aucune preuve d'infidélité aux soupçons d'Ellen. Mais comment pourrait-elle s'aviser d'être jalouse de Marcella, fille d'Arrius Diomèdes, affranchi de Tibère ?

1. *tarentule* : grosse araignée dont la morsure passait pour provoquer un assoupissement dont on ne pouvait sortir qu'en s'agitant. « Être piqué de la tarentule » signifie être violemment excité...

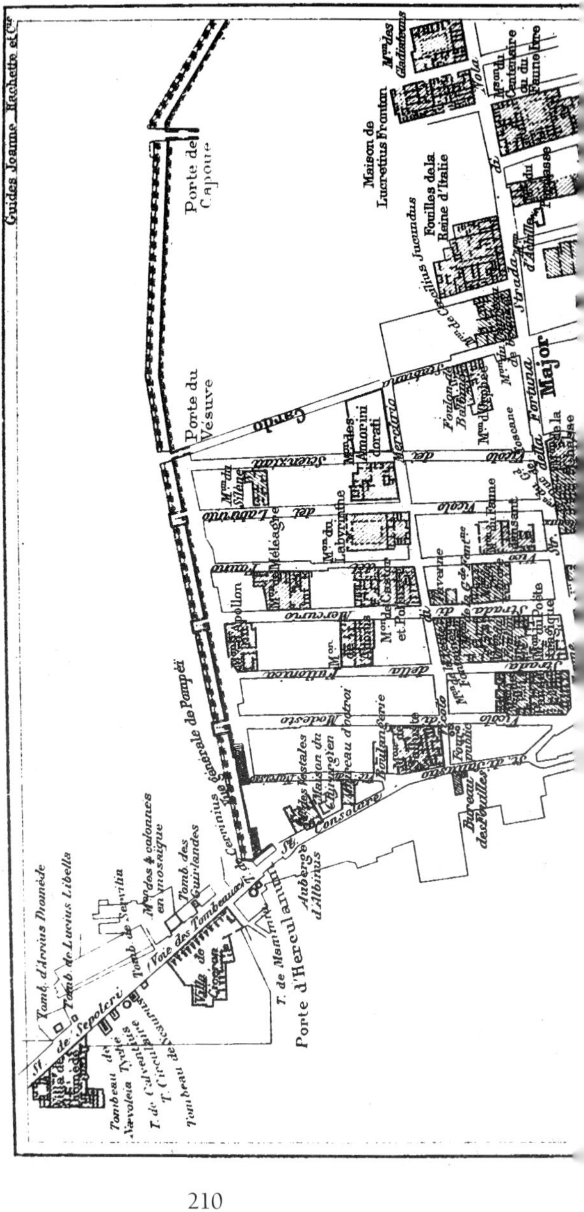

Guides Joanne _ Hachette et Cie
Porte de Capoue
Porte du Vésuve
Maison de Lucretius Fronton
Fouilles de la Reine d'Italie
Mon des Gladiateurs
Mon du Centenaire
Mon du Faune
Cardo
Strada
Major
Fortuna
Mercurio
Mon des Amorini dorati
Mon du Labyrinthe
Mon de Castor et Pollux
Mon de Méléagre
Mon d'Apollon
Mon du Poète tragique
Vico
Vicolo
Modesto
Four public
Bureau des Fouilles
Boulangerie
Consolare
Rue générale de Pompéi
Auberge d'Albinus
Porte d'Herculanum
Voie des Tombeaux
Tomb. des Guirlandes
Mon des 4 colonnes en mosaïque
Tomb. d'Arrius Diomède
Tomb. de Lucius Libella
St. de Sepolcri
Villa de Diomède
Tombeau de Nævoleia Tyché
T. Circulaire

POMPÉI.
Échelle
0
50
100
150 M.
Forum
Basilique
Temple d'Apollon
Temple de Jupiter
Édifice d'Eumachie
Porta Marina
Porte de Stabies
Entrée
vers Scafati
Route de Naples
Caisse
Musée
Forum Triangulaire
Temple d'Isis
École de Gladiateurs
Maison de Gladiateurs
Petit Théâtre couvert
Thermes de Stabies
Minor
Cardo
Decumanus
Strada Stabiana
Temple d'Hercule
Bidental
Halle ou Macellum
Maisons à plusieurs étages

Questions

I. **Première partie : Le musée de Naples et les ruines de Pompéi (p. 171 à 186).**

Compréhension

1. *Octavien et le morceau de lave : montrez qu'il s'agit d'un « coup de foudre ».*

2. *Commentez : « rougit ».*

3. *« Deux pas vous mènent de la vie antique à la vie moderne » : relevez les détails soulignant l'interruption brutale de la vie.*

4. *La citation d'*Hamlet *p. 175 est-elle nécessaire au récit ? Quel état d'esprit révèle-t-elle ?*

5. *Retrouvez sur le plan de Pompéi quelques-uns des noms topographiques mentionnés.*

6. *La réflexion d'Octavien : « Peut-être y a-t-il du nouveau sous la lune ! » n'est-elle pas prémonitoire ?*

7. *Pourquoi son émotion est-elle à son comble dans la cave de la maison d'Arrius Diomèdes ?*

8. *Expliquez : « amour rétrospectif ».*

9. *Le dîner à l'auberge constitue une halte dans le récit qui nous ramène au XIXe siècle et nous permet de mieux connaître les jeunes gens. Montrez ce qui, dans la conception de l'amour, oppose Octavien à Fabio et à Max.*

10. *Quel est le point commun entre Sémiramis, Aspasie, Cléopâtre, etc. ?*

11. *Pourquoi cette mention, ici, de la* Vénus de Milo *?*

12. *Expliquez : « idéal rétrospectif », et rappelez une expression analogue, déjà rencontrée.*

13. *Expliquez : « il tentait de sortir du temps et de la vie ».*

Écriture

14. *Le site de Naples : relevez une personnification et une comparaison qui dépeignent d'une façon expressive le calme du Vésuve.*

15. *Quelles sont les couleurs dominantes du tableau ?*

16. *La visite de la ville morte s'achève à la villa d'Arrius Diomèdes, longuement décrite, parce qu'elle sera le cadre d'une scène ultérieure. Établissez la liste des pièces citées.*

17. *La scène de l'auberge nous rappelle que l'action se déroule dans la région de Naples évoquée par des peintres (qu'ont-ils de commun ?) et des vins (lesquels ?).*

18. *Une phrase de transition annonce la suite du récit et l'étrange aventure d'Octavien. Citez-la.*

II. **Deuxième partie : La promenade nocturne d'Octavien (p. 186 à 207).**

Compréhension

1. *Octavien assiste (ou imagine qu'il assiste) à la reconstruction de la ville morte. L'éclairage (que vous préciserez) ne facilite-t-il pas cette renaissance ?*

2. *Rêve-t-il ?*

3. *De l'esclave à la foule du théâtre, l'apparition des personnages est* graduée. *Notez les étapes intermédiaires.*

4. *Pourquoi Octavien a-t-il la conviction que ce ne sont pas des fantômes ?*

5. *Le temps a-t-il progressé ?*

6. *Dans la conversation d'Octavien avec Rufus Holconius, relevez un trait d'humour.*

7. *Au théâtre, la vue de la jeune femme provoque chez le héros « comme une commotion électrique ». Quel pourrait être l'équivalent moderne de cette expression ?*

8. *La jeune femme est pâle et triste : pourquoi, d'après vous ?*

9. *« On n'est véritablement morte que quand on n'est plus aimée », dit Arria Marcella. En quoi ces paroles trouvent-elles un écho chez Octavien ? Quelles femmes aime-t-il, lui ?*

10. *Qui interrompt l'idylle ? De quelle manière ?*

11. *N'y a-t-il pas eu, déjà, dans le récit, une opposition christianisme/paganisme ? (Relisez les lignes qui précèdent l'arrivée à la maison de Diomèdes, ainsi que les paroles de Rufus Holconius.)*

12. *Par quoi la disparition d'Arria Marcella est-elle provoquée ?*

13. *Les « ossements calcinés parmi lesquels brillaient des bracelets et des bijoux d'or » nous ramènent à un moment précis du récit. Lequel ?*

14. *Pourquoi Octavien perd-il connaissance ?*

Écriture

15. *Gautier procède à une véritable résurrection de la vie antique, par l'emploi de mots latins, par les détails vestimentaires, par la transcription de menus faits de la vie quotidienne. Relevez quelques-unes de ces notations.*

16. *Des couleurs vives sont utilisées pour peindre la maison de Diomèdes. Lesquelles ?*

17. *En revanche, quelles sont les seules teintes employées dans le portrait d'Arria Marcella ?*

18. *Citez les deux autres contes du recueil dont les héros, comme Octavien, perdent connaissance.*

19. *Ressemblances et différences entre* Arria Marcella *et* La Morte amoureuse.

Pompéi, maison des Vettii.

III. **Troisième partie : le dénouement (p. 207 à 209).**

Compréhension

1. *Le dénouement se fait en deux temps : d'une part la fin de l'aventure d'Octavien, de l'autre les conséquences de cette aventure sur le restant de sa vie.*

2. *Pourquoi le jeune homme ne dit-il rien à ses deux amis ?*

3. *Pensez-vous que Max et Fabio auraient cru Octavien ?*

4. *Octavien s'est-il marié avec enthousiasme ? Aime-t-il sa femme ?*

5. *Comment expliquez-vous sa mélancolie et sa morosité ?*

6. *Qu'y a-t-il de romantique dans son attitude ?*

Écriture

7. *Le ballet auquel assistent les jeunes gens est décrit en termes satiriques : relevez les mots péjoratifs appliqués aux danseuses.*

8. *Cette satire du modernisme n'est pas nouvelle dans le récit. Relevez les comparaisons entre les paysans campaniens et les paysans d'aujourd'hui, et entre le théâtre antique et le théâtre moderne (juste avant le début de* La Casina*).*

9. *Gautier accélère la narration : combien de lignes sont-elles consacrées au second voyage d'Octavien à Pompéi ? Comment expliquez-vous cette volonté de concision ?*

Le fantastique

Plusieurs thèmes fantastiques sont abordés dans ce conte riche et dense :

10. *La confusion du rêve et de la réalité qui mène à un délire onirique. À la fin du conte, Gautier dit : « l'hallucination ne se renouvela pas ». À quel moment l'aventure d'Octavien a-t-elle commencé ?*

11. *Le somnambulisme : quelle phrase, au début de la promenade d'Octavien, semble y faire directement allusion ? Où ses amis l'ont-ils retrouvé ? Est-ce dans la maison d'Arrius Diomèdes ?*

12. *La femme amoureuse venue de l'au-delà, par sa fréquence dans l'œuvre, révèle une obsession de Gautier. Il*

développe ici l'idée de l'« amour rétrospectif ». Dans quelle œuvre de quel écrivain allemand en cherche-t-il une illustration ?

13. *La répétition du Temps :*
a) À quelle date Pompéi fut-elle ensevelie ?
b) En quelle année l'aventure d'Octavien se déroule-t-elle ?
c) Quelle expression empruntée à Shakespeare expliquerait-elle, d'après Octavien, cette étrange histoire ?

Recherches

— *Pompéi : l'éruption du Vésuve, les fouilles modernes...*
— *La maison antique : les pièces, les peintures murales, le jardin.*
— *Les repas, l'art de la table.*
— *Le théâtre et les représentations.*

Lectures

E. Bulwer Lytton : Les Derniers Jours de Pompéi.
W. Jensen : Gradiva, fantaisie pompéienne.

Jeune fille tenant des tablettes de cire dite « Sapho » ; fresque provenant de Pompéi ; musée national de Naples.

DATES	Événements historiques	Événements culturels
1811		Chateaubriand : *Itinéraire de Paris à Jérusalem.*
1814	Abdication de Napoléon, retour de Louis XVIII ($1^{\text{ère}}$ Restauration)	
1815	Retour de Napoléon et défaite de Waterloo. 2e Restauration.)	
1820		Lamartine : *Méditations poétiques.*
1822	Congrès de Vérone. Guerre gréco-turque. Massacres de Scio.	Delacroix : *Dante et Virgile aux Enfers.*
1824	Mort de Louis XVIII, couronnement de Charles X.	Delacroix : *Scènes des massacres de Scio.* Beethoven : *IXe Symphonie.*
1827		Hugo : *Préface de Cromwell.*
1829		A. Dumas : *Henri III et sa Cour.* Loève-Veimars commence la traduction des *Contes* d'Hoffmann.
1830	Juin : prise d'Alger. Juillet : les Trois Glorieuses. Louis-Philippe roi des Français.	Hugo : *Hernani.* Musset : *Contes d'Espagne et d'Italie.* Berlioz : *La Symphonie fantastique.*
1831		Delacroix : *La Liberté guidant le peuple.*
1832		
1833		Balzac : *Eugénie Grandet.*
1834		
1835	Attentat de Fieschi.	Balzac : *Le Père Goriot.*
1836		Musset : *La Confession d'un enfant du siècle.*
1837		
1838		
1840	Retour des cendres de Napoléon 1er.	Mérimée : *Colomba.*
1841		Wagner : *Le Vaisseau fantôme.*
1843		
1845		Mérimée : *Carmen.*

	DATES
30 août : naissance à Tarbes, rue Brauhauban, de Théophile Gautier. La famille Gautier s'installe à Paris, rue Vieille-du-Temple.	
Théophile entre à Louis-le-Grand puis au collège Charlemagne où il est le condisciple de Gérard Labrunie (Gérard de Nerval).	
Il fréquente l'atelier du peintre Rioult, et vit toujours chez ses parents.	
25 février : dans une tenue voyante, Théophile assiste à la première représentation d'*Hernani*, au Théâtre-Français.	
4 mai : *La Cafetière* paraît dans *Le Cabinet de lecture.*	
Albertus. Onuphrius paraît dans *La France littéraire.*	
Les Jeunes-France, romans goguenards.	
7 février : *Omphale* paraît dans *le Journal des Gens du monde.*	
Gautier s'installe Impasse du Doyenné.	
Premier volume de *Mademoiselle de Maupin.*	
Janvier : second volume de *Mademoiselle de Maupin.* 23 et 26 juin : *La Morte amoureuse* paraît dans *La Chronique de Paris.* Juillet et août : voyage en Belgique. 26 août : 1er article de Gautier dans *La Presse.*	
Fortunio. Une nuit de Cléopâtre. La Pipe d'opium. S'installe rue de Navarin.	
La Comédie de la mort.	
Juillet : *Le Chevalier double.*	
Septembre : *Le Pied de momie.* Voyage en Espagne.	
Livret de *Giselle ou Les Willis. Deux acteurs pour un rôle.*	
Tra Los montes. Livret du ballet *La Péri.*	
Voyage en Algérie. *Poésies complètes.*	

DATES	Événements historiques	Événements culturels
1846		Berlioz : *La Damnation de Faust.*
1848	Proclamation de la République.	
1850		
1851	Coup d'État de Napoléon III.	Nerval : *Voyage en Orient.*
1852	Napoléon III empereur héréditaire des Français.	
1855	Guerre de Crimée, siège de Sébastopol.	
1856		Poe : *Histoires extraordinaires* (traduction de Baudelaire).
1857		Baudelaire : *Les Fleurs du Mal.* Flaubert : *Madame Bovary.*
1858	Attentat d'Orsini.	
1861	Expédition du Mexique.	
1862		
1863		
1866		Verlaine : *Poèmes saturniens.* Daudet : *Lettres de mon moulin.* Villiers de l'Isle-Adam : *L'Intersigne.*
1868		
1869	Inauguration du canal de Suez.	Flaubert : *L'Éducation sentimentale.*
1870	Guerre franco-allemande et désastre de Sedan. Proclamation de la République.	
1871	Soulèvement et écrasement de la Commune.	
1872		

Vie et œuvre de Théophile Gautier	DATES
Le Club des Hachichins. Voyages à Londres et en Espagne.	1846
	1848
Juillet-novembre : voyage en Italie.	1850
	1851
Mai : *Italia*. Juin-octobre : voyage à Constantinople et Athènes. Juillet : première édition d'*Émaux et Camées*.	1852
1er mars : *Arria Marcella* est publié dans *La Revue de Paris*. Gautier quitte *La Presse* pour *Le Moniteur universel*.	1855
Avatar et *Jettatura* paraissent dans *Le Moniteur*.	1856
La famille Gautier s'installe à Neuilly. Mars-mai : *Le Roman de la momie* paraît dans *Le Moniteur*.	1857
Promu officier de la Légion d'Honneur (Chevalier depuis 1842). Voyage en Russie.	1858
Second voyage en Russie.	1861
Voyage à Londres et en Algérie. Gautier reçoit du ministère d'État une pension de 3 000 F.	1862
Novembre : sortie en librairie du *Capitaine Fracasse*.	1863
Séjours à Genève. *Spirite, nouvelle fantastique*. Mariage de Judith avec Catulle-Mendès.	1866
Novembre : Gautier est nommé bibliothécaire de la princesse Mathilde.	1868
Voyage en Égypte pour l'inauguration du canal de Suez. Quatrième échec à l'Académie française. *Ménagerie intime*.	1869
	1870
Tableaux de siège. Gautier rencontre à Bruxelles Spoelberch de Lovenjoul, son futur bibliographe.	1871
L'*Histoire du Romantisme* commence à paraître. Mariage d'Estelle avec Émile Bergerat. 23 octobre : mort de Théophile Gautier. Funérailles officielles et inhumation, le 25, au cimetière Montmartre.	1872

LA GÉNÉRATION ROMANTIQUE

La génération de 1830 est d'une qualité exceptionnelle. Doués et féconds sont les écrivains nés entre 1799 (Balzac) et 1811 (Gautier) : Hugo, Dumas, Mérimée, Sand, Sainte-Beuve, Musset, Nerval... Si on ajoute à cette liste les noms de Vigny et Lamartine, à peine plus âgés, on peut juger de la valeur et de la diversité des œuvres publiées autour de 1830.

Mais le Romantisme n'est pas né soudain en 1830 avec *Hernani*. Il a été préparé par des écrivains comme Chateaubriand ou Mme de Staël, il s'est nourri de Schiller et Goethe, de Shakespeare et Byron, il s'est manifesté dans tous les genres littéraires. Mais c'est sans doute au théâtre qu'il s'est révélé sous sa forme la plus exaltée, la plus « révolutionnaire ».

Préparée par des ouvrages théoriques (*Racine et Shakespeare* de Stendhal en 1823, la *Préface de Cromwell* de Hugo en 1827), par les articles de *La Muse française*, monarchiste, ou du *Globe*, libéral, la « révolution » théâtrale eut lieu. Elle voulait affranchir la scène des contraintes classiques en mélangeant les genres, en supprimant l'unité de temps et de lieu, en tenant compte des goûts nouveaux du siècle. « Le romanticisme est l'art de présenter aux peuples les œuvres littéraires qui, dans l'état actuel de leurs habitudes et de leurs croyances, sont susceptibles de leur donner le plus de plaisir possible. Le classicisme au contraire leur présente la littérature qui donnait le plus grand plaisir à leurs arrière-grands-pères » (Stendhal).

Cromwell injouable, *Amy Robsart* sifflé en 1828, le premier drame romantique à avoir du succès fut *Henri III et sa Cour* d'Alexandre Dumas. La même année, 1829, Hugo voit sa pièce *Marion Delorme* censurée. Il écrit alors, en vingt-sept jours, *Hernani*... qui ne sera joué que l'année suivante. Cependant Vigny donne *Othello ou Le More de Venise*, adapté de Shakespeare.

LA BATAILLE D'*HERNANI*

Au Théâtre-Français, le 25 février 1830, s'opposèrent deux générations, deux styles, deux conceptions du théâtre. Écoutons Gautier qui assista à... trente représentations :

> *On s'entassa du mieux qu'on put aux places hautes, aux recoins obscurs du cintre, sur les banquettes de derrière des galeries, à tous les endroits suspects et dangereux où pouvait s'embusquer dans l'ombre une clef forée, s'abriter un claqueur furieux, un prudhomme épris de Campistron et redoutant le massacre des bustes par des septembriseurs d'un nouveau genre. Nous n'étions là guère plus à l'aise que don Carlos n'allait l'être tout à l'heure au fond de*

son armoire ; mais les plus mauvaises places avaient été réservées aux plus dévoués, comme en guerre les postes les plus périlleux aux enfants perdus qui aiment à se jeter dans la gueule même du danger. Les autres, non moins solides, mais plus sages, occupaient le parterre, rangés en bon ordre sous l'œil de leurs chefs et prêts à donner avec ensemble sur les philistins au moindre signe d'hostilité.
Six ou sept heures d'attente dans l'obscurité, ou tout au moins la pénombre d'une salle dont le lustre n'est pas allumé, c'est long, même lorsqu'au bout de cette nuit Hernani *doit se lever comme un soleil radieux. (...) La faim commençait à se faire sentir. Les plus prudents avaient emporté du chocolat et des petits pains, – quelques-uns –* proh ! pudor *– des cervelas ; des classiques malveillants disent à l'ail. Nous ne le pensons pas ; d'ailleurs l'ail est classique, Thestysis en broyait pour les moissonneurs de Virgile. La dînette achevée, on chanta quelques ballades d'Hugo, puis on passa à quelques-unes de ces interminables* scies *d'atelier, ramenant, comme les norias leurs godets, leurs couplets versant toujours la même bêtise ; ensuite on se livra à des imitations du cri des animaux dans l'arche, que les critiques du Jardin des Plantes auraient trouvés irréprochables. On se livra à d'innocentes gamineries de rapins ; on demanda la tête ou plutôt le* gazon *de quelque membre de l'Institut ; on déclama des* songes tragiques ! *et l'on se permit, à l'endroit de Melpomène, toutes sortes de libertés juvéniles qui durent fort étonner la bonne vieille déesse, peu habituée à sentir chiffonner de la sorte son peplum de marbre. (...) L'orchestre et le balcon étaient pavés de crânes académiques et classiques. Une rumeur d'orage grondait sourdement dans la salle, il était temps que la toile se levât : on en serait peut-être venu aux mains avant la pièce, tant l'animosité était grande de part et d'autre. Enfin les trois coups retentirent. Le rideau se replia lentement sur lui-même, et l'on vit, dans une chambre à coucher du seizième siècle, éclairée par une petite lampe, dona Josefa Duarte, vieille en noir, avec le corps de sa jupe cousu de jais à la mode d'Isabelle la Catholique, écoutant les coups que doit frapper à la porte secrète un galant attendu par sa maîtresse :*

Serait-ce déjà lui ? – C'est bien à l'escalier
Dérobé ...

La querelle était déjà engagée. Ce mot rejeté sans façon à l'autre vers, cet enjambement audacieux, impertinent même, semblait un spadassin de profession, un Saltabadil, un Scoronconcolo allant donner une pichenette sur le nez du classicisme pour le provoquer en duel.
(Gautier, *Histoire du Romantisme*).

Le spectacle n'était pas de tout repos, ponctué de cris, de sifflets, d'applaudissements... À la quarante-cinquième représentation, Mlle Mars, qui tenait le rôle de Doña Sol, demanda un congé.

LA SITUATION MATÉRIELLE DES ÉCRIVAINS

La situation des écrivains est diverse. Certains ont des biens personnels, d'autres se complaisent dans la vie de bohème, d'autres, comme Gautier ou Hugo, vivent de leur plume. Après *Hernani*, Hugo reçut 6 000 F de son éditeur, c'est-à-dire une somme supérieure à la recette de la première représentation ; mais n'est pas Hugo qui veut. En avril de cette même année, Stendhal céda pour 1 500 F au libraire Levavasseur *Le Rouge et le Noir*. En 1833, Balzac vendit à l'éditeur Mame pour 3 000 F *Le Médecin de campagne*, et Gautier, à Renduel, pour 1 500 F *Mademoiselle de Maupin* – roman qui était à peine commencé...

La plupart des écrivains donnaient des articles ou des contes, des nouvelles, des relations de voyage, aux journaux ou aux revues. Ce fut le cas de Gautier qui écrivit dans *La Presse, le Figaro, La Caricature, Le Musée des familles, La Revue de Paris, La Revue des Deux-Mondes* et plusieurs autres encore. Tous les contes de ce recueil ont paru dans des revues avant d'être repris dans divers volumes. Mais Gautier écrivit régulièrement dans *La Presse* dès le 26 août 1836 et sa collaboration à ce journal qui avait paru pour la première fois en juillet 1836 dura presque vingt ans. En 1855 il quitta *La Presse* pour *Le Moniteur universel* où il assura, de même, la critique théâtrale, tandis que Sainte-Beuve y assurait la critique littéraire.

L'ESSOR DE LA PRESSE

Après 1830, sous la Monarchie de Juillet, la presse connut un grand essor et de *la Gazette de France*, légitimiste, au *National*, républicain, ou au *Charivari* de Philippon (où travailla Daumier), tous les courants politiques étaient représentés. En 1830, les plus forts tirages étaient ceux du *Constitutionnel* (20 000 abonnés) et du *Journal des Débats* (13 000 abonnés). Mais le prix de l'abonnement était élevé. C'est alors qu'Émile de Girardin, créateur de *La Presse* et Dutacq, créateur du *Siècle*, innovèrent :

Le développement de la presse était freiné par le prix élevé des abonnements (80 F par an, soit plus que le salaire mensuel moyen d'un ouvrier parisien ou le dixième du traitement d'un instituteur de campagne.) (...) *Le 18 juillet 1836 parurent deux journaux dont l'abonnement était fixé à 40 F (soit un prix de vente théorique au numéro de dix centimes),* le Siècle *et* La Presse (P. Albert et F. Terrou, *Histoire de la presse*, PUF). La baisse du prix de vente fut compensée par la publicité... De 1836 à 1847, le tirage des quotidiens fit plus que doubler.

C'est aussi à partir de 1836 que le roman-feuilleton fait son apparition. *Dès ces premières années du roman-feuilleton, parmi une foule de feuilletonistes, s'imposent quatre grands noms qui, du reste, n'étaient pas inconnus en 1836 : Balzac, Sue, Soulié, Dumas. Féval ne viendra que plus tard. (...) Le phénomène du roman-feuilleton ne prend une ampleur décisive qu'à partir de la publication, en 1842, des* Mystères de Paris, *d'Eugène Sue, dans* Le Journal des Débats (Lise Queffélec, *Le Roman-feuilleton français au XIX*e *siècle*, PUF).

De 1844 à 1846 parurent dans différents journaux *Le Comte de Monte-Cristo, Les Trois Mousquetaires, Vingt ans après, La Reine Margot*, de Dumas.

L'engouement du public était grand : *Le Constitutionnel* ne tirait plus qu'à 3 600 exemplaires, quand son propriétaire décida d'y faire paraître *Le Juif errant* d'Eugène Sue. Le journal y gagna vingt mille lecteurs...

Le début de la Monarchie de Juillet qui voit donc l'avènement de l'école romantique, l'essor de la presse et la parution des premiers contes fantastiques de Théophile Gautier, est une période d'intense activité littéraire et de grande richesse intellectuelle.

La Grande chevauchée de la postérité, *gravure de Benjamin Roubaud, 1842, BN. (Gautier est le 2*e *à partir de la gauche.)*

Titre	Faits étranges	Lieu
La Cafetière	Animation d'objets et de personnages sortis de leur cadre. Apparition d'une femme mystérieuse.	En Normandie.
Onuphrius	Apparitions du diable. Hallucinations diverses et fréquentes.	À Paris.
Omphale	Animation d'une tapisserie.	À Paris.
La Morte amoureuse	Apparition d'une femme mystérieuse. Vampirisme. Dédoublement de la personnalité.	Dans un presbytère et à Venise (?)
Le Chevalier double	Lutte contre soi-même : dédoublement de la personnalité.	Dans un pays nordique (Norvège ?)
Le Pied de momie	Apparition d'une princesse égyptienne et voyage en Égypte.	À Paris et en Égypte.
Deux acteurs pour un rôle	Apparition du diable.	À Vienne.
Arria Marcella	Renaissance d'une ville morte. Résurrection d'une « morte amoureuse ». Répétition du temps.	À Pompéi.

Moment et/ou durée	Forme de l'énonciation	Interprétation (?)
une nuit	Récit à la 1re pers.	Somnambulisme. Rêve prémonitoire.
nuit et jour, durée indéterminée.	Récit à la 3e pers. et à la 1re pers. (le rêve). Nombreuses interventions du narrateur à la 1re personne.	Influences livresques. Manie de la persécution. Jalousie obsessionnelle.
plusieurs nuits	Récit à la 1re personne.	Onirisme.
la nuit, trois ans	Confession à la 1re pers. Destinataire : un prêtre.	Confusion du rêve et de la réalité. Onirisme. Hallucination.
un jour	Récit à la 3e pers. suivi d'une moralité. Destinataires : des jeunes femmes.	Dédoublement.
une nuit	Récit à la 1re personne.	Onirisme.
au cours d'une représentation théâtrale	Récit à la 3e pers. Un emploi de « vous ».	
une nuit	Récit à la 3e pers. Deux emplois de « nous ».	Onirisme. Somnambulisme. Obsession.

LA PUBLICATION

Gautier n'a pas laissé de recueil de Contes fantastiques. Mais de *La Cafetière, conte fantastique*, publié en 1831, à *Spirite, nouvelle fantastique*, parue en 1866, le goût lui est resté, pendant au moins trente-cinq ans, de l'étrange et du surnaturel.
P.-G. Castex recense dans son œuvre (cf. biblio.) treize récits de ce genre : *La Cafetière, Onuphrius, Omphale, La Morte amoureuse, La Pipe d'opium, Le Chevalier double, Le Pied de momie, Deux acteurs pour un rôle, Le Club des Hachischins, Arria Marcella, Avatar, Jettatura* et *Spirite*.
Mais ce dernier ouvrage, malgré son sous-titre *Nouvelle fantastique*, s'apparente, par sa longueur et sa densité, plutôt au roman, et n'est pas retenu dans les anthologies modernes.
José Corti (1962) ne retient pas parmi ces titres *Avatar* et *Jettatura*, mais ajoute à cette liste *Une visite nocturne*.
Garnier-Flammarion (1981) garde les douze premiers titres de la liste ci-dessus.
La collection Folio (1981) en retient neuf, écartant *Onuphrius, La Pipe d'opium* et *Le Club des Hachischins* (mais ces deux derniers, précise l'éditeur, ont paru dans la même collection, en appendice aux *Paradis artificiels* de Baudelaire).
Le Livre de Poche (1988) regroupe sept récits : à *Omphale, La Morte amoureuse* et *Arria Marcella* s'ajoutent *La Chaîne d'or ou l'Amour partagé, Une nuit de Cléopâtre, La Toison d'or* et *Le Roi Candaule*.
Ces contes parurent dans des journaux ou revues avant d'être réunis, du vivant de Gautier, dans plusieurs volumes et chez plusieurs éditeurs : H. Souverain, puis M. Lévy *(La Peau de tigre)*, Desessart *(Une larme du diable)*, Charpentier *(Nouvelles*, puis *Romans et contes)*, Renduel *(Les Jeunes-France)*, V. Lecou *(Un trio de romans)*. Mais la dissémination semble la règle, il n'y a pas de recueil spécifique.
Faut-il parler de contes, de nouvelles, de récits ? Le flou est déjà chez Gautier qui parle de conte *(La Cafetière)*, d'histoire *(Omphale)*, de nouvelle *(Spirite)*. *Arria Marcella*, par son sous-titre *Souvenir de Pompéi*, s'apparente à la relation de voyage, donc au récit. Mais ce terme est vague.

Nouvelle ? Le genre résiste à toute définition. Certes, il porte en lui une exigence de qualité littéraire, mais il a évolué. Au XVIIe siècle, par exemple, la nouvelle devait avoir une couleur historique.
Nous gardons le terme de « contes » qui renvoie à l'imaginaire, sens premier du mot « fantastique », mais aussi à Hoffmann, dont l'influence fut grande sur la génération de 1830, et particulièrement sur Gautier.

QUEL FANTASTIQUE ?

Genre multiple, protéiforme, débridé, le fantastique est malaisé à définir. Mais la définition de P.-G. Castex (cf. biblio.) : « une intrusion brutale du mystère dans la vie réelle » s'impose aujourd'hui.
Celle de T. Todorov, pourtant séduisante, qui introduit l'idée de l'hésitation du lecteur, ne semble pas convenir à tous les contes de Gautier, *Arria Marcella* et *La Morte amoureuse* exceptés. Cette hésitation en effet, si hésitation il y a, est de courte durée. Et même hésite-t-on vraiment à la lecture de *Deux acteurs pour un rôle* ou du *Chevalier double,* contes simples, presque naïfs, et d'*Onuphrius,* dont on sait dès le début que le héros a la maladie de la superstition et de la persécution ?
Gautier ne cherche pas à définir le genre, mais s'attache à étudier la manière d'Hoffmann, à qui il doit beaucoup :

> *Le merveilleux d'Hoffmann n'est pas le merveilleux des contes de fées ; il a toujours un pied dans le monde réel, et l'on ne voit guère chez lui de palais d'escarboucles avec des tourelles de diamant. – Les talismans et les baguettes des* Mille et une Nuits *ne lui sont d'aucun usage. Les sympathies et les antipathies occultes, les folies singulières, les influences mystérieuses et malignes d'un mauvais principe qu'il ne désigne que vaguement, voilà les éléments surnaturels ou extraordinaires qu'emploie habituellement Hoffmann. C'est le positif et le plausible du fantastique.*
>
> *Hoffman* in *Chronique de Paris,* 14 août 1836.

Gautier a bien compris la leçon du conteur allemand : le récit fantastique ne doit pas se dérouler dans un monde autre, dans un univers magique qui dérouterait le lecteur, ou pire : le démobiliserait, mais *hic et nunc,* dans le monde d'aujourd'hui, avec ses références tangibles, banales, quotidiennes, dépourvues de bizarrerie.

Le véritable fantastique doit séduire le lecteur, l'inquiéter ou l'émouvoir, mais en lui montrant un monde à sa mesure : les lois de nature, un moment transgressées, doivent rester des références sans lesquelles le récit basculerait dans un univers extraordinaire qui lui demeurerait étranger et dont il se sentirait exclus.
De fait, les références à Hoffmann sont nombreuses, que le « fantastiqueur » allemand soit nommé, que ses œuvres soient mentionnées, ou encore que Gautier lui emprunte le nom d'un personnage.
Mais l'intertextualité fournit d'autres sources, et G. Poulet, dans une étude très documentée (cf. biblio/Tome I, chap. XIV) a dit ce que Gautier devait à Goethe et à Nerval, traducteur de *Faust.* C'est à eux qu'il doit l'idée de la répétition du temps, ou plutôt une utilisation originale du thème du temps.

« LA ROUE DU TEMPS ÉTAIT SORTIE DE SON ORNIÈRE ».

Gautier use de cette image, tirée de *Hamlet,* dans *Arria Marcella* et dans *Le Roman de la momie.* Bien que différentes, ces deux œuvres présentent dans leur conclusion quelque analogie. Octavien inquiète son épouse Ellen. « Mais comment pourrait-elle s'aviser d'être jalouse de Marcella, fille d'Arrius Diomèdes, affranchi de Tibère ? » Lord Evandale intrigue les jeunes Anglaises. « Mais, en conscience, peuvent-elles imaginer que Lord Evandale est rétrospectivement amoureux de Tahoser, fille du grand prêtre Pétamounoph, morte il y a trois mille cinq cents ans ? »
Mais la rêverie de l'Anglais ne débouche sur rien, alors qu'Octavien voit – ou croit voir – la jeune femme qui le hante, et c'est dans sa vision que réside le fantastique. La roue du temps est sortie de son ornière, le temps a dérapé si l'on peut dire, et Octavien a mis à profit cette suspension du cours des choses pour vivre dans un passé qu'on croyait révolu...
Dans son *Introduction* à l'édition de 1840 de *Faust,* Nerval avait écrit, à propos de Goethe :

> *Pour lui comme pour Dieu sans doute, rien ne finit ou du moins rien ne se transforme que la matière, et les siècles écoulés se conservent tout entiers à l'état d'intelligences et d'ombres, dans une suite de régions concentriques, étendues à l'entour du monde matériel. Là, ces fantômes accomplissent encore, ou rêvent d'accomplir, les actions qui furent éclairées jadis par le soleil de la vie, et dans lesquelles elles ont prouvé l'individualité de leur âme immortelle. Il est consolant de penser, en effet, que rien ne meurt de ce qui a frappé l'intelligence, et que l'éternité conserve dans son sein une sorte d'histoire universelle, visible par les yeux de l'âme...*

Gautier s'inspire manifestement de Nerval quand il écrit : « En effet rien ne meurt, tout existe toujours ; nulle force ne peut anéantir ce qui fut une fois. »
Dans les lignes qui suivent il fait une allusion précise à Faust, qui eut pour maîtresse la fille de Tyndare.
Ce passé dont les scènes semblent engrangées quelque part, il appartient au poète de le faire resurgir par la force de l'esprit. C'est le désir intense d'Octavien qui ressuscite Arria Marcella, possédé qu'il est par un « amour rétrospectif », par une « chimère rétrospective ». Comme Lord Evandale, il est « rétrospectivement amoureux » d'une jeune morte. La hantise du temps, la nostalgie du passé, la fatalité de la mort sont chez Gautier des constantes du fantastique.

AUTEUR ? ACTEUR ? NARRATEUR ?

Dans quelle mesure Gautier s'investit-il dans ses personnages ? Il n'est pas aisé de le savoir.
Sur les huit contes de ce recueil, cinq utilisent le *je*. Excepté dans *Onuphrius,* le narrateur raconte une aventure personnelle : il est donc à la fois narrateur et acteur.

Le sous-titre ironique d'*Onuphrius : les vexations fantastiques d'un admirateur d'Hoffmann,* souligne la distance que prend Gautier avec son personnage. Le récit à la première personne ridiculise le héros, prend le lecteur à témoin de sa bizarrerie, de ses délires, de sa paranoïa. Mais ce narrateur est aussi acteur : il est le confident d'Onuphrius, et joue même un rôle dans le récit quand il le réveille et met fin à son cauchemar. Et cet acteur-narrateur, peut-on vraiment le dissocier de l'auteur, lui-même admirateur d'Hoffmann et qui, se moquant d'Onuphrius, se moque de lui-même ?
Les trois autres contes sont écrits à la troisième personne, mais ni le *nous* ni le *vous* ne sont tout à fait absents.
Le narrateur du *Chevalier double* est omniscient. Il sait tout en effet, le secret d'Edwige comme les pensées du vieux Lodbrog au fond de son tombeau... Il a parfois recours au *vous,* notamment à la fin quand, très moralisateur, il s'adresse aux lectrices : « Jeunes femmes, ne jetez jamais les yeux sur les maîtres chanteurs de Bohême... »
Le narrateur de *Deux acteurs pour un rôle* est apparemment neutre et objectif, mais il ne peut s'empêcher de prendre le lecteur à témoin : « À travers l'épais nuage de fumée qui vous prenait d'abord à la gorge et aux yeux »...
Dans le dernier récit à la troisième personne, *Arria Marcella,* le narrateur intervient sous la forme de *nous,* au début pour attester la vérité de son propos, et vers la fin pour prendre en compte les déclarations de la fille de Diomèdes : « L'idée d'évocation amoureuse qu'exprimait la jeune femme, rentrait dans les croyances philosophiques d'Octavien, croyances que nous ne sommes pas loin de partager. » Ici, c'est évidemment l'auteur qui prend dans le récit la place du narrateur ou qui se confond avec lui.
Que peut-on en conclure ? D'abord que le degré de véracité, de crédibilité d'un récit fantastique, n'est pas forcément lié à l'emploi du *je* qui fait, certes, du narrateur le garant des choses vues, et que des conteurs, et non des moindres, ont utilisé : Mérimée dans *La Vénus d'Ille,* Maupassant dans *Le Horla.* Mais *Véra* de Villiers de l'Isle-Adam, ou *Arria Marcella,* qui ignorent le *je* ont certainement plus de « vis fantastica » que *Le Pied de momie* ou *Omphale.*
La deuxième conclusion qui paraît s'imposer, c'est que, chez Gautier, il n'est pas toujours facile de distinguer l'auteur du narrateur, quelque

artificielle qu'apparaisse cette distinction. Gautier nous donne sur ses héros masculins certains détails biographiques qui appartiennent à... Théophile. Théodore voyage avec deux camarades d'atelier ; Octavien a visité l'Italie ; le narrateur d'*Omphale* se dit « conteur fantastique » ; celui du *Pied de momie* se donne vingt-sept ans et c'est l'âge qu'avait Gautier deux ans plus tôt, quand il faisait paraître *Une nuit de Cléopâtre* (et le travail de documentation n'a dû être fait qu'une fois).
Mais le personnage qui ressemble le plus à Gautier, nous l'avons dit, est Onuphrius. Comme lui Gautier est admirateur d'Hoffmann, comme lui il écrit et peint, comme lui il a les cheveux longs, est superstitieux, aime les vers romantiques... Paradoxalement ce conte où Gautier a mis le plus de lui-même, est celui qui paraît le moins personnel. Ce personnage dont il fait une satire féroce, lui ressemble comme un frère jumeau : l'ironie cède la place à l'humour...

L'ÉVOLUTION DE GAUTIER

Dans ses premiers récits, l'auteur ne dédaigne pas d'intervenir par une plaisanterie, un mot d'esprit, ni de décrire une situation cocasse : le pied de la princesse Hermonthis qui parle, la barbe du vieux roi qui a fait « sept fois le tour de la table », le narrateur qui veut épouser la princesse et commente : « la main pour le pied me paraissait une récompense antithétique d'assez bon goût ». Théodore, malgré sa frayeur, ne peut s'empêcher de rire en voyant les personnages sortir de leur cadre. *Omphale* se termine par une pirouette.
Or le rire, le jeu de mots, la désinvolture nuisent au fantastique en montrant la distance que l'auteur prend avec son sujet. Le genre ne s'accommode pas du rire ou du sourire qui tuent l'émotion et révèlent à l'évidence que le narrateur est juge et non partie de l'action : dans *Onuphrius* non seulement il commente les faits (« Pour un fou ce n'était pas trop mal raisonné »), mais il interpelle le lecteur ou le prend à témoin (« Vous eussiez dit... Vous l'auriez mis dans une chambre »...) Mais dans *Arria Marcella* (le dernier de nos huit contes dans l'ordre chronologique), ces interventions sont rarissimes. Il y a bien ce jugement sur Octavien : « Il y perdit son latin et, à vrai dire ce n'était pas grand-chose », mais après tout le mot se justifie dans ce contexte... En tout cas le récit baigne dans une atmosphère nocturne, douce et mélancolique qui en bannit le rire – du moins dans la partie proprement fantastique du conte.
Il est un autre point sur lequel Gautier a évolué : la transcription du rêve. Dans la plupart des contes, le recours au songe est clairement suggéré, l'auteur n'en fait pas mystère, usant même des guillemets pour encadrer le rêve macabre d'Onuphrius. Ailleurs, la référence au sommeil et au songe est toujours explicite, avec quelques nuances.
Théodore est harassé ; en entrant dans la chambre qui lui est réservée,

il a « comme un frisson de fièvre » ; il se couche, ne trouve pas le sommeil et voit un étrange spectacle ; rêve-t-il ? délire-t-il ? Le narrateur d'*Omphale* émet fugitivement une réserve : « Je fis cette nuit-là un rêve singulier, si toutefois c'était un rêve. » Dans *Le Pied de momie*, le doute n'est plus permis : « Les songes commencèrent à m'effleurer de leur vol silencieux. » Plus subtile est la démarche de Gautier dans *La Morte amoureuse*, plus étrange le cas de Romuald qui ne peut plus « distinguer le songe de la veille » et qui garde nettement les souvenirs de sa double existence au point de ne plus savoir s'il est un prêtre qui rêve d'être un gentilhomme ou l'inverse...

Rien de tel dans *Arria Marcella*. Le lecteur entre si l'on peut dire sans s'en rendre compte dans la vision onirique d'Octavien. Il est de plain-pied avec lui. Il l'accompagne dans ses déambulations. Il devient lui aussi, à ses côtés, un somnambule. Aucun signe ne lui a fait comprendre qu'il a quitté le réel :

> *Octavien (...) sentit à l'agitation de ses nerfs que le sommeil ne lui viendrait pas, et sortit de l'osteria à pas lents pour rafraîchir son front et calmer sa pensée à l'air de la nuit.*
> *Ses pieds, sans qu'il en eût conscience, le portèrent à l'entrée par laquelle on pénètre dans la ville morte...*

Le réel et le songe s'interpénètrent, jamais il n'y a entre eux de coupure, de discontinuité. Octavien ne s'interroge pas comme Romuald, il vit son rêve. Pourtant quelques notations, ici et là, rappellent au lecteur, discrètement, que c'est la nuit, le temps du sommeil, de l'inconscience : « sans qu'il en eût conscience »... « Il était bien minuit »... « tout disparut comme dans un songe... »

De même le lecteur peut se demander pourquoi, alors que la rencontre s'est faite dans la maison d'Arrius Diomèdes et que le héros y a perdu connaissance, ses amis l'ont retrouvé « sur la mosaïque disjointe d'une petite chambre », apparemment anonyme et banale. Gautier n'éprouve pas le besoin de préciser où ses amis ont réellement découvert Octavien. Avec un goût très sûr, il pratique l'ellipse.

Autre critère de l'évolution de Gautier : il n'essaie plus d'authentifier ses récits en donnant la preuve du passage des visiteuses de l'au-delà.

Ces « preuves », on les connaît : la cafetière brisée, les fils de la tapisserie rompue, la petite figurine de pâte verte. Le procédé sera utilisé aussi par Villiers (la clé du tombeau dans *Véra*) et par Maupassant (les cheveux enroulés autour des boutons du dolman, dans *Apparition*).

Ces justifications ne sont plus nécessaires dans *Arria Marcella*. La sincérité d'Octavien, sa conduite ultérieure, sa fidélité à la jeune Anglaise qu'il a épousée « en désespoir de cause », tout atteste la véracité de son aventure. Entre ce conte et les autres, il est aussi une différence de degré. Loin du cauchemar d'Onuphrius, des jolis rêves de l'amoureux d'Omphale, des songes érotiques et angoissants de Romuald, la vision onirique d'Octavien s'est amplifiée et imposée au point de se substituer, pour un temps, à la réalité. C'est certainement dans ce récit que Gautier a le mieux montré son originalité de conteur fantastique.

Première représentation d'*Hernani, gravure de J. J. Granville pour Jérôme Paturot, 1842, BN.*

JUGEMENTS SUR THÉOPHILE GAUTIER

Gautier n'a pas échappé à l'incompréhension, voire à la malveillance : les critiques de la fin du XIXe ou du XXe siècle semblent s'être focalisées sur son œuvre poétique et en particulier sur *Émaux et Camées* qui plurent tant à Baudelaire et aux Parnassiens. Sa poésie fut jugée froide, insensible, impersonnelle et on fit du poète un homme sans imagination et sans émotion. Ainsi Émile Faguet (*Études littéraires*, Boivin et Cie) :

> *Il est entré dans la littérature sans avoir absolument rien à nous dire. Le fond était nul. Pas une idée. D'idées philosophiques, ou historiques, ou morales, ne nous en préoccupons même pas. Il n'en est pas rigoureusement besoin pour faire un poète de second ordre, agréable encore. Mais d'idées psychologiques, de connaissance quelconque de l'âme, pas davantage.*

De même, Gustave Lanson (*Histoire de la Littérature française*, Hachette, p. 964) :

> *Celui-ci est un génie étroit, absolument original et de premier ordre dans les limites de sa puissance. Ni lyrique, ni orateur, il a le souffle court, l'invention pauvre : la sensibilité nulle, l'intelligence médiocre. Les idées le fuient. Le principe de son inspiration, c'est l'horreur de la banalité, qui le mène à toutes les excentricités : ses idées seront le contrepoids des idées connues de son temps.*

Autre réquisitoire chez André Gide (*Incidences*, Gallimard, p. 159).

> *L'on doute si l'un des plus ingénieux paradoxes de Baudelaire n'a pas été de dédier à Théophile Gautier ses* Fleurs du Mal *? de tendre cette coupe toute ruisselante d'émotion, de musique et de pensée, à l'artisan le plus sec, le moins musicien, le moins méditatif que notre littérature ait produit. S'abusait-il ? Critique au regard trop lucide pour laisser d'être sensible à la pauvreté de ces* Émaux et Camées *qui devaient leur réputation non point à ce qu'ils sont, mais à ce qu'il prétendaient être.*

Tout autre cependant était l'image qu'avaient de lui ses amis et ses proches, fidèles au « bon Théo ». Baudelaire qui l'admirait et lui dédia ses *Fleurs du Mal* a raconté leur première rencontre (*Œuvres complètes*, Le Seuil, p. 459) :

> *Ce qui me frappa d'abord dans son accueil, ce fut l'absence totale de cette sécheresse, si pardonnable d'ailleurs, chez tous les hommes accoutumés par position à craindre les visiteurs. Pour caractériser cet abord, je me servirais volontiers du mot bonhomme, s'il n'était*

pas bien trivial ; il ne pourrait servir dans ce cas qu'assaisonné et relevé, selon la recette racinienne, d'un bel adjectif tel que « asiatique » ou « oriental », pour rendre un genre d'humeur tout à la fois simple, digne et moelleuse.

Victor Hugo, à sa mort, participa avec d'autres poètes à la rédaction du *Tombeau de Théophile Gautier*. Voici le début et la fin de ce long poème, ample, grave et sincère, qui fut recueilli dans *Toute la Lyre*.

Ami, poète, esprit, tu fuis notre nuit noire.
Tu sors de nos rumeurs pour entrer dans la gloire,
Et désormais ton nom rayonne aux purs sommets.
Moi qui t'ai connu jeune et beau, moi qui t'aimais,
Moi qui, plus d'une fois, dans nos altiers coups d'ailes,
Éperdu, m'appuyais sur ton âme fidèle,
Moi, blanchi par les jours sur ma tête neigeant,
Je me souviens des temps écoulés, et, songeant,
À ce jeune passé qui vit nos deux aurores,
À la lutte, à l'orage, aux arènes sonores,
À l'art nouveau qui s'offre, au peuple criant : oui,
J'écoute ce grand vent sublime évanoui.
(...)
Oh ! Quel farouche bruit font dans le crépuscule
Les chênes qu'on abat pour le bûcher d'Hercule !
Les chevaux de la Mort se mettent à hennir
Et sont joyeux, car l'âge éclatant va finir ;
Ce siècle altier, qui sut dompter le vent contraire
Expire... Ô Gautier ! Toi, leur égal et leur frère,
Tu pars après Dumas, Lamartine et Musset.
L'onde antique est tarie où l'on rajeunissait ;
Comme il n'est plus de Styx, il n'est plus de Jouvence.
Le dur faucheur avec sa large lame avance,
Pensif et pas à pas, vers le reste du blé ;
C'est mon tour ; et la nuit emplit mon œil troublé
Qui, devinant, hélas ! l'avenir des colombes,
Pleure sur des berceaux et sourit à des tombes.

Un article de Rémy de Gourmont consacré à Judith, la fille de Gautier, donne du poète une image assez mélancolique (*Promenades littéraires*, Mercure de France, p. 143) :

Théophile Gautier n'a pas laissé de mémoires suivis et complets, quoiqu'il se soit raconté lui-même en bien des livres et bien des articles ; ceux de sa fille combleront cette lacune, au moins pour une période de sa vie. Ils feront davantage : ils redresseront bien des erreurs, détruiront bien des légendes. Le grand insouciant, célèbre par son indolence d'oriental, pourrait finir par apparaître tel qu'un

> *homme dont la vie, plutôt inquiète, fut médiocrement heureuse. Ses filles le consolaient de tout.*

Voici enfin un aperçu intéressant de l'angoisse et de l'esthétique du poète (G. Poulet, *Études sur le temps humain*, Presses-Pocket, tome 1, p. 317).

> *Ce qui domine chez Gautier, c'est la hantise de la mort. En cela, sans doute, il ne diffère guère des autres romantiques, et suit le courant de sentiments et d'idées qui traversait son époque. Mais cela ne veut nullement dire que la peur de la destruction fût chez Gautier un thème artificiel (...)*
>
> *Rien ne devait paraître plus intolérable à Gautier que cette aperception simultanée de l'« éternelle beauté » et de l'éternel travail de dissolution qui en accompagne la présence. L'objet sensible se découvrait à la fois, en même temps, comme éternel et transitoire, comme inaltérable et s'altérant. Pour échapper à l'état de souffrance continuelle où le jetait, dans sa religion du beau, cette double signification de l'objet, il n'y avait que deux solutions possibles : ou écarter volontairement de soi et des choses toute idée de durée, vivre dans le présent sensible, d'une vie en quelque sorte matérielle, ou bien idéaliser l'objet, le détacher du présent voire du temps tout entier, ne plus discerner en lui qu'un signe, une forme, sa beauté pure.*

JUGEMENTS SUR LES *CONTES FANTASTIQUES*

Sur *La Cafetière* :

> *Bien plus que Nerval, c'est lui qui a subi l'influence d'Hoffmann. On s'en aperçoit en lisant* La Cafetière *(1831) où se retrouvent la sentimentalité mystique, le climat et les procédés narratifs du maître allemand. C'est un conte peu original, mais très bien fait : l'écrivain de vingt ans, avide de copier ce qui est à la mode, ce qui se vend, attrape avec habileté l'esprit de Hoffmann. L'esprit, mais non la lettre, car l'histoire est de son invention et il sait la rendre touchante en y insérant des expériences personnelles.*
>
> M. Schneider, *La Littérature fantastique en France*, Fayard, 1964.

Sur *Omphale* :

> *La mise en scène fantastique est d'ailleurs limitée au minimum : tout se ramène à un entretien galant avec un revenant bien en chair, qui se défend d'être une amante légendaire et qui a le bon goût de choisir une identité en harmonie avec le décor de la chambre. Plutôt qu'à Hoffmann, ce badinage fait songer à Diderot ou à Crébillon*

fils, et le sourire dont il s'accompagne est bien aussi de style Régence ou Pompadour.

P.-G. Castex, *Le Conte fantastique en France de Nodier à Maupassant,* José Corti, 1951.

Sur *Onuphrius :*

*Quelle ombre sur la fantaisie de ces contes ! « Quoique fantastique, écrivait Théophile à propos d'*Onuphrius, *je ne pense pas que cela soit déplacé, même dans le plus grave recueil : il y a une idée philosophique dessous ». Et en effet, sous les vexations d'un trop enthousiaste admirateur de Hoffmann il faut voir les angoisses de qui analyse trop, de qui se regarde trop vivre, et dont la critique trop lucide comme aussi l'imagination complaisante rompent un à un les liens avec le monde sensible.*

R. Jasinski, *Les Années romantiques de Théophile Gautier,* Vuibert, 1929.

Sur *La Morte amoureuse :*

Réduite à ses éléments psychologiques, cette histoire de jeune prêtre que tourmente le désir charnel ressemble à Jocelyn *ou à* Manon Lescaut. *Gautier n'a-t-il pu se souvenir de des Grieux, lorsqu'il raconte la cérémonie de l'ordination ? Clarimonde se tient derrière une balustrade, comme Manon derrière une loge vitrée pendant l'exercice public de théologie ; et, comme Manon encore, elle s'emploie victorieusement à détourner le héros de sa vocation par l'appât des plaisirs amoureux ; le sage Sérapion, en outre, ressemble beaucoup à Tiberge, le vigilant ami de des Grieux.*

P.-G. Castex, op. cit., p. 228.

Comme Nodier, Gautier se plaît à faire basculer le réel dans le rêve. Il le fait d'ailleurs moins subrepticement. Sa plus belle nouvelle, La Morte amoureuse *(1836) (qu'admirait Baudelaire), après avoir posé les bornes de l'un et de l'autre, multiplie ensuite les alternatives.*

J.-L. Steinmetz, *La Littérature fantastique,* PUF.

Sur *Arria Marcella :*

Ses nouvelles, celles qu'il a vraiment marquées de son talent propre, " sont des impressions de voyage et d'art " ; rien de plus, mais, comme telles, charmantes. En général elles ont le caractère de promenades archéologiques. (...)

De là ces habiles et séduisantes restitutions des sociétés ou plutôt des constructions disparues, pyramides, pylônes, maisons romaines, châteaux du Moyen Âge, châteaux Renaissance, châteaux Louis XIII, qu'il nous donne sous le nom de nouvelles : Le Roman de la momie, Une nuit de Cléopâtre, Arria Marcella, *œuvres d'où l'homme est presque absent, où il ne figure qu'à titre de détail secondaire d'architecture, ou pour servir de soutien à un pourpoint ou un peplum.*

É. Faguet, *Études littéraires*, Hatier, p. 311.

La gravité et l'émotion du récit, sa simplicité aussi, et le fait que Gautier ne recourt à d'autre sorcellerie qu'à celle qui est contenue dans les objets eux-mêmes, dans ce vestige de lave noire, donnent beaucoup de force à l'histoire. Arria Marcella est une morte amoureuse qui a renoncé aux moyens classiques du vampirisme, mais qui exerce le même ascendant : la dame romaine de l'époque de Titus hante l'esprit du Français de 1850 et obtient de lui un amour obstiné, bizarre, morose, qui, le rendant étranger à son entourage et à son siècle, le pétrifie.

M. Schneider, op. cit., p. 218.

Page de titre des Jeunes-France *de Th. Gautier. Gravure de Célestin-François Nanteuil-Lebœuf, dit Nanteuil, 1833 ; BN.*

R. Caillois a fait un catalogue non exhaustif des thèmes fantastiques (cf. biblio.) : le pacte avec le démon ; l'âme en peine qui exige pour son repos qu'une certaine action soit accomplie ; le spectre condamné à une course éternelle ; la mort personnifiée ; la « chose » indéfinissable et invisible, mais qui pèse, qui est présente ; les vampires ; la statue, le mannequin, l'armure ou l'automate qui soudain s'animent et acquièrent une redoutable indépendance ; la malédiction d'un sorcier ; la femme-fantôme issue de l'au-delà, séductrice et mortelle ; l'interversion des domaines du rêve et de la réalité ; la chambre, l'appartement, l'étage, la maison, la rue effacée de l'espace ; l'arrêt ou la répétition du temps.

Quatre de ces thèmes semblent particulièrement s'appliquer au présent recueil : « les vampires », « la femme-fantôme issue de l'au-delà », « l'interversion des domaines du rêve et de la réalité », et « l'arrêt ou la répétition du temps ». Certes, l'adéquation n'est pas parfaite, car il s'agit là de données générales, de cadres un peu rigides à l'intérieur desquels mille combinaisons sont possibles. Cela dit, Gautier utilise ces données du fantastique universel. Il joue de ces thèmes, mais fait entendre sa mélodie personnelle – nous l'avons vu à propos du temps. Même Clarimonde, la morte amoureuse, n'a rien d'un vampire terrifiant : elle ne boit que quelques gouttes du sang de Romuald et encore en s'excusant... Ce n'est pas le vampire qui intéresse Gautier au premier chef, mais plutôt la femme morte, amoureuse et aimée. La récurrence dans l'œuvre de cette femme venue d'outre-tombe, nous incite à une étude un peu plus approfondie.

LA FEMME INACCESSIBLE

C'est du passé que viennent les héroïnes des contes. Elles sont belles, évidemment, et Gautier n'est pas très original, qu'il sacrifie à la couleur locale (la princesse égyptienne Hermonthis est « café au lait très foncé ») ou use de clichés (Hermonthis est « d'une beauté parfaite », Angéla et Omphale sont « d'une blancheur éblouissante », Clarimonde est « une jeune femme d'une beauté rare » et Arria Marcella « une créature d'une beauté merveilleuse »... (Ces dernières sont cependant plus longuement dépeintes.)

Excepté Omphale, elles ont toutes aussi un point commun : la froideur de leur peau. Angéla est « froide comme un marbre », le bras nu d'Arria Marcella est « froid comme la peau d'un serpent ou le marbre d'une tombe », la main de Clarimonde est « froide comme la peau d'un serpent », celle d'Hermonthis « douce et froide comme une peau de couleuvre »... La référence est toujours le serpent (souvenir d'Ève ?) ou le marbre, dont on sait aussi qu'il assure l'immortalité. Ces compa-

raisons usées nous rappellent sans cesse qu'il s'agit de femmes mortes. Angéla a disparu deux ans avant que ne commence le récit, la marquise de T. (Omphale) vivait à l'époque de la Régence, Arria Marcella a été ensevelie sous les cendres du Vésuve en 79, Hermonthis est morte depuis trente siècles. Clarimonde meurt dans le cours du récit, mais la vétusté de sa tombe suggère un décès plus ancien.
Ces belles défuntes, ressuscitées par la magie du rêve et du désir, prennent toutes les initiatives, sont toutes-puissantes face à un amant étrangement docile et passif. Quand le rêve s'écroule, quand la belle disparaît, le héros reste dolent et désemparé.
On peut négliger la portée du *Pied de momie,* conte assez artificiel, et d'*Omphale,* un peu libertin. Mais *La Cafetière* comme *La Morte amoureuse* et *Arria Marcella* disent l'amour unique et impossible. À l'affirmation emphatique et théâtrale qui clôt le premier conte : « Je venais de comprendre qu'il n'y avait plus pour moi de bonheur sur la terre ! » répond (vingt-et-un ans plus tard) la déclaration d'Octavien à la fille d'Arrius Diomèdes : « Ce que je sais bien, c'est que tu seras mon premier et mon dernier amour ». Dans une Pompéi intacte (abolition du temps) la quête nocturne (onirisme) d'une jeune femme morte depuis dix-neuf siècles se fait avec un rare bonheur d'expression. La rêverie de ce personnage qui aime hors du temps et de l'espace, a incontestablement des accents nervaliens. On songe évidemment à *Aurélia* qui est un peu postérieure à *Arria Marcella, souvenir de Pompéi.* Mais Nerval avait publié quelques années plus tôt *Isis, souvenir de Pompéi* qui préfigure le conte de Gautier :

> *Souvent même on restait sur les lieux jusqu'au lendemain, afin de parcourir Pompéi pendant la nuit, à la clarté de la lune et de faire ainsi une illusion complète. Chacun pouvait supposer en effet que, remontant le cours des siècles, il se voyait tout à coup admis à parcourir les rues et les places de la ville endormie.*
>
> Œuvres, Garnier T. 1, p. 648.

Dans l'esprit d'Octavien – comme dans l'esprit de Romuald – se brouillent les notions de vie et de mort, de réel et de rêve, de jour et de nuit. C'est la nuit qui fait vivre une ville que le jour montre en ruines, c'est la nuit qui fait vivre Clarimonde, c'est la morte qui est plus désirable que les vivantes... Ainsi se tisse chez Gautier le lien bien connu qui unit Éros et Thanatos et que suggère si nettement un titre comme *La Morte amoureuse.*

L'HOMME FASCINÉ

Face à ces belles visiteuses nocturnes, les héros des contes apparaissent bien dociles et timorés. Ils sortent du même moule, à quelques

variantes près. Excepté Oluf, le héros du *Chevalier double,* qui vit dans un pays lointain, à une époque indéterminée, et qui, rompu à tous les exercices physiques, est un athlète robuste, adroit et endurant, les personnages de Gautier – même le prêtre Romuald – sont des jeunes gens du XIXe siècle particulièrement romantiques.
Ils sont jeunes, ils étudient, écrivent ou peignent. Théodore, le narrateur de *La Cafetière,* dont l'âge n'est pas précisé, voyage avec deux camarades d'atelier ; jeune rapin, il doit avoir vingt ans (c'est aussi l'âge d'Oluf). Onuphrius a « de vingt à vingt-deux ans », Romuald en a vingt-quatre. Les plus « vieux » sont le narrateur du *Pied de momie* qui avoue vingt-sept ans et qui paraît jouir d'une petite aisance puisqu'il consacre cinq louis (ce n'est pas négligeable) au superflu : l'achat d'un presse-papier original ; et Henrich, le héros de *Deux acteurs pour un rôle,* qui a abandonné ses études de théologie pour être comédien, et à qui Gautier donne « de vingt-sept à vingt-huit ans ». Le plus jeune est le narrateur d'*Omphale* : il a dix-sept ans et se compare lui-même à Chérubin, le personnage de Beaumarchais. Quant à Octavien, c'est un des « trois jeunes gens » qui visitent l'Italie.

Leur attitude devant la femme mystérieuse qui leur apparaît soudain, révèle aussi quelque similitude. Nous pouvons ici négliger la rencontre du narrateur du *Pied de momie* puisque – c'est dit et répété – elle se déroule dans un rêve et perd par là-même de son pouvoir émotionnel. Si devant Omphale « Chérubin » est d'abord effrayé, il oublie vite sa frayeur et s'en remet à la belle marquise avec une docilité qui n'exclut pas une certaine rouerie.
C'est aussi la docilité qui caractérise Théodore et Octavien. L'un attend pour danser l'heure fixée par Angéla, l'autre suit sans nulle réticence Tyché Novoleja qui le conduit à sa maîtresse. Face à ses deux amis, Fabio, jouisseur, sans illusion sur l'amour, et Max, calculateur, n'aimant dans l'amour que la victoire, Octavien apparaît sincère, idéaliste, vulnérable. Quand la belle héroïne disparaît, dans une scène quelque peu traumatisante, il perd connaissance, trop faible pour soutenir le choc. Comme Théodore quand disparaît Angéla. Comme Romuald quand la morte lui rend son baiser.
La Morte amoureuse révèle la plus grande dépendance de l'homme vis-à-vis de la femme : face à Clarimonde qui se nourrit de son sang, Romuald abdique toute volonté. Comme envoûté il transgresse tous les tabous ; et les remontrances, les avertissements de Sérapion n'ont sur lui aucun effet. Sa dépendance ne finit qu'avec la mort – ou plutôt la disparition de Clarimonde.
Cette attitude de l'amant soumis à sa dame et fasciné par elle, c'est *Le Chevalier double* qui en donne l'image la plus naïve. Deux phrases le montrent : « Défaites-vous du chevalier à l'étoile rouge, ou je n'écou-

terai jamais vos propos d'amour », lui dit Brenda. Le lendemain, c'est chose faite : « En revenant le soir à son château, il portait en croupe la jeune châtelaine, qui cette fois avait bien voulu l'écouter ». Oluf, le chevalier double, fait penser à Lancelot, le chevalier à la charrette... L'amour hors du temps est donc le thème fantastique le plus exploité par Gautier. Ce qui l'intéresse, c'est la rencontre d'un homme plutôt timoré et d'une belle femme venue d'ailleurs. Le dénouement malheureux de l'aventure donne au conte une mélancolie toute romantique.

PRÉSENCE D'HOFFMANN DANS LES *CONTES*

Né à Königsberg le 24 janvier 1776, Ernst Theodor Wilhelm Hoffmann qui, par admiration pour Mozart, changea son troisième prénom en Amadeus, fut un écrivain, un peintre et un musicien de talent. Mais ces dons naturels ne lui permirent pas de mener une existence très heureuse : fonctionnaire, auteur d'œuvres musicales variées, directeur de théâtre, souvent désargenté, il mena une vie errante en Prusse et en Pologne, et mourut à Berlin, paralysé, le 25 juin 1822.
Ses principales œuvres, écrites surtout après 1813, sont : les *Fantaisies à la manière de Callot, Le Vase d'or, Les Élixirs du diable, les Contes des frères Sérapion, Princesse Brambilla, Le Chat Mürr.*
Il fut traduit en français par Loève-Veimars et Egmont notamment. Mais c'est le premier nommé qui fit paraître chez Renduel, de 1829 à 1833, les vingt volumes des *Œuvres complètes.* Le succès fut grand, et le mot « fantastique » apparut partout (même Berlioz intitula *Symphonie fantastique* son œuvre de 1830).
Il ne faut donc pas s'étonner du titre des deux premiers contes de Gautier : *La Cafetière, conte fantastique* et *Onuphrius, ou les vexations fantastiques d'un admirateur d'Hoffmann...*
En fait l'auteur allemand est présent, de diverses façons, dans les *Contes* de Gautier :

- le nom même d'Hoffmann est repris dans *Onuphrius* et dans *Deux acteurs pour un rôle ;*
- toujours dans *Onuphrius,* de nombreux personnages sont évoqués : le conseiller Tusmann, le docteur Trabaccio, Peregrinus Tyss, Crespel, le chat Mürr... ;
- plus directe – ou plus inconsciente – est l'influence d'Hoffmann dans le choix des noms ou des prénoms que Gautier donne à ses personnages : le héros de *La Cafetière* se prénomme Théodore (comme l'écrivain allemand), la jeune femme Angéla ; or ce prénom apparaît dans *le Violon de Crémone* et *Le Bonheur au jeu.* L'abbé Sérapion, de *La Morte amoureuse,* rappelle évidemment *les Contes des frères Sérapion ;*
- deux allusions directes sont faites à *La Nuit de la Saint-Sylvestre,* l'une

dans *Onuphrius,* l'autre, plus explicite, dans *Deux acteurs pour un rôle* : « La société était la plus mélangée du monde, et le caprice de Callot et celui de Goya, réunis, n'auraient pu produire un plus bizarre amalgame de types caractéristiques. L'"Aigle à deux têtes" était une de ces bienheureuses caves célébrées par Hoffmann... » Gautier s'inspire ici de Nerval, mais l'allusion au conte, et plus précisément à son troisième chapitre, intitulé « La société dans la cave », est évidente. On remarquera aussi, plus discrète, l'allusion aux *Fantaisies à la manière de Callot* ;

– des situations similaires apparaissent chez les deux écrivains : une cafetière s'anime aussi, à deux reprises, dans *Le Vase d'or* ; l'étrange aventure du prêtre Romuald, dans *La Morte amoureuse,* rappelle l'histoire étrange du prêtre Médard dans *Les Élixirs du diable,* mais chez Gautier le récit est moins touffu, moins « délirant », plus rationnel, si l'on peut dire...

Certains contes ne renferment pas d'allusion directe au « fantastiqueur allemand » sinon dans l'esprit, dans la conception, dans le souci constant de faire naître l'étrange de la vie quotidienne, loin des talismans des *Mille et une nuits.* Il est évident aussi que l'influence d'Hoffmann se manifeste plus logiquement dans *Deux acteurs pour un rôle* que dans *Le Pied de momie* : l'un se déroule à Vienne, l'autre sacrifie à l'exotisme...

Cela dit, l'influence du conteur allemand semble diminuer avec le temps. Mais Gautier, au fond, a-t-il été dupe de cette mode fantastique ? Relisons la fin d'*Onuphrius* : ce personnage qui lui ressemble comme un jumeau, aussi bien dans ses allures de dandy que dans ses lectures et ses supersititions, il le fait disparaître, et le jugement qu'il porte sur lui est dépourvu d'aménité :

« ...cette belle imagination, surexcitée par des moyens factices, s'était usée en de vaines débauches ; à force d'être spectateur de son existence, Onuphrius avait oublié celle des autres, et les liens qui le rattachaient au monde s'étaient brisés un à un. (...) Il eût été capable, sans cette tendance funeste, d'être le plus grand des poètes ; il ne fut que le plus singulier des fous. »

Dès 1832, à l'aube de sa carrière et en pleine mode fantastique, Théophile Gautier prend ses distances avec un genre qu'il ne renie pas, puisqu'il y recourra par la suite, mais dont il montre les excès et les limites.

E.T.A. Hoffmann, écrivain et compositeur allemand (1776-1822), d'après un autoportrait.

INDEX THÉMATIQUE

Amour

•

Présent dans tous les *Contes,* l'amour est souvent chez Gautier lié au passé et donc à la mort. Ce thème qui apparaît dans cinq des huit contes du recueil fait l'originalité de son fantastique.

Qu'elles viennent de l'Antiquité égyptienne (Hermonthis), romaine (Arria Marcella), d'un passé indéterminé (Clarimonde), du temps de la Régence (Omphale), ou d'un passé récent (Angéla), ses héroïnes sont des « mortes amoureuses ». C'est pourquoi le mot « rétrospectif » revient souvent sous sa plume, pour déterminer l'amour, l'idéal ou – dans *Le Roman de la momie* – le désir.

Cet amour, absolu, impérieux, naît d'un coup de foudre et, plus fort que la mort, survit et perdure à travers les siècles (voir *Temps*). Quand le rêve ou le « père », le détenteur de l'autorité, met fin à l'étrange aventure, vécue ou rêvée (le pharaon, l'oncle du narrateur, Arrius Diomèdes, l'abbé Sérapion), le héros – Théodore, Romuald ou Octavien – blessé à jamais, reste mélancolique et dolent.

Rapprochements : le thème de l'amour, et plus particulièrement le thème de l'amour brisé, interrompu par la mort ou la fatalité, est développé dans la plupart des œuvres romantiques : *Atala* de Chateaubriand, certes, mais aussi dans les *Nuits* de Musset, *l'Isolement* et *Le Lac* de Lamartine, et même au théâtre : *Hernani, Ruy Blas...*

Mort

•

Elle est liée à l'amour dans la mesure où l'amour rétrospectif du héros a pour objet une belle du passé. L'image symbolique du thème pourrait être celle de Romuald donnant un baiser à la morte Clarimonde. L'auteur ne se prive pas de nous rappeler, sans aucune équivoque, qu'elles sont mortes : elles ont la froideur du marbre ou du serpent. À la fin du conte, elles disparaissent à jamais.

Mais si la disparition d'Hermonthis ou d'Omphale ne semble guère perturber le narrateur, en revanche le dénouement de *La Cafetière,* le dénouement surtout de *La Morte amoureuse* et d'*Arria Marcella,* sont assez traumatisants : les corps tombés en poussière, réduits en cendres, ne ressusciteront plus... Restent tout de même les paroles de Clarimonde : « L'amour est plus fort que la mort » et celles d'Arria Marcella : « On n'est véritablement morte que quand on n'est plus aimée. »

Rapprochements : la mort est toujours présente dans la nouvelle que Gautier publia en 1866, *Spirite,* avec une tonalité plus douce. Guy de Malivert aime une morte dont il est aimé, et qu'il appelle Spirite. Il a vu ses traits se former dans un miroir, et, laissant aller sa plume, écrit ce qu'elle veut lui dire... Il s'agit là d'une passion absolue, exaltante, presque mystique. Quand Malivert meurt, son âme s'envole liée à celle de Spirite.
Dans *Véra* de Villiers de l'Isle-Adam, le comte d'Athol communique également (ou croit communiquer) avec son épouse qui vient de mourir. De même, Nerval, dans *Aurélia,* décrit des rêves étranges, mystiques, et dit sa certitude de revoir la jeune femme qu'il croit avoir perdue.

Nuit
•

C'est un élément important du fantastique chez Gautier, car souvent, ses personnages rêvent, ou croient rêver. Six des huit contes du présent recueil se déroulent en partie la nuit : *La Cafetière, Omphale, Le Pied de momie,* ce qui est normal dans des récits qui font la part belle au songe. Mais dans *Onuphrius,* si le rêve du mort-vivant se déroule forcément la nuit, l'ombre est aussi une source de terreur pour le personnage, car elle favorise ses hallucinations, au cours du voyage, ou, au dénouement, quand il quitte la soirée mondaine. Le voyage nocturne est aussi source d'effroi pour Romuald, le héros de *La Morte amoureuse,* et c'est aussi de nuit qu'il cherche, avec Sérapion, la tombe de Clarimonde. Mais la nuit révèle la dualité et le désarroi du personnage, conscient de mener une vie « bicéphale », et qui ne sait plus quand il est lui-même, le jeune prêtre Romuald... Enfin, dans *Arria Marcella,* la nuit, superbement décrite, a aussi une valeur dramatique : elle permet que revive, doucement, lentement, progressivement, la ville de Pompéi.

Rapprochements : la nuit – quand sa présence est significative dans telle page ou tel poème – a un rôle apaisant. Elle permet le retour sur soi-même, la réflexion ou le recueillement : *Le Soir* de Lamartine, les *Nuits* de Musset, *Recueillement* de Baudelaire. Elle peut être aussi le moment du malaise (*La Cloche fêlée,* de Baudelaire) ou de l'angoisse (*La Peur, Sur l'eau* de Maupassant).

Peintres
•

Écrivain, Théophile Gautier n'oublie pas qu'il a fréquenté l'atelier du peintre Rioult. Plusieurs peintres sont cités dans ces contes où leur présence, a priori, ne semblait pas s'imposer. Mais vers 1832, l'auteur choisit des personnages qui lui ressemblent : Théodore et Onuphrius sont de jeunes peintres. La référence à la peinture est nécessaire au récit. L'auteur veut-il évoquer l'époque de la Régence ? C'est à Boucher qu'il fait appel. Les goûts vestimentaires d'Onuphrius, le teint d'une jeune fille ? Il cite Van Dyck et Lawrence. La tapisserie d'*Omphale* lui rappelle Van Loo. À Naples s'impose la citation de trois peintres napolitains du XVIIe siècle : Salvator Rosa, l'Espagnolet (José Ribera) et le cavalier Massimo (Massimo Stazioni). Dans ce même conte – *Arria Marcella* – apparaissent deux contemporains : Horace Vernet et Delaroche. Au Louvre (dans *Onuphrius*), il nomme Delacroix, Ingres, Decamps, les appelant « nos jeunes grands maîtres », en oubliant semble-t-il, qu'en 1832 Ingres a passé la cinquantaine...

Rapprochements : plusieurs peintres cités par Gautier sont évoqués dans *Les Phares* de Baudelaire. Sur la vie et les difficultés d'un peintre, on pourra lire *L'Œuvre*, de Zola. *Le Portrait de Dorian Gray* d'Oscar Wilde, raconte une histoire étrange : le personnage d'un tableau vieillit à la place du personnage qu'il représente. C'est une variante d'un thème fantastique bien connu : l'animation d'un objet.

Peur

•

La peur ne peut être totalement absente d'une œuvre fantastique. Ce sentiment apparaît sous diverses formes dans les contes de Gautier, excepté dans *Le Chevalier double*. Elle est à peine mentionnée dans *La Cafetière* parce qu'elle est vite vaincue par la curiosité, ou dans *Le Pied de momie* à cause du ton humoristique du narrateur. Elle habite le jeune homme d'*Omphale*, mais seulement au début du conte. Dans *Arria Marcella*, elle est un sentiment vague qui étreint Octavien au cours de sa promenade nocturne, mais qui passe vite. Les voyages nocturnes de Romuald ou d'Onuphrius sont sources de peur. Dans *Deux acteurs pour un rôle* et *Onuphrius*, c'est le diable qui terrorise les héros, au point que l'un renonce au théâtre et que l'autre sombre dans une sorte de folie...

Rapprochements : la peur est un thème cher à Maupassant. On peut citer entre autres contes, *La Main d'écorché*, *La Peur*, *Apparition*, *Lui ?*, *Le Horla*... Elle apparaît également dans certaines *Histoires extraordinaires* d'Edgar Poe, *Une descente dans le maëlstrom*, par exemple.

Rêves

•

L'onirisme est une constante du fantastique et les rêves sont fréquents dans les contes de Gautier, qu'il s'agisse de rêves véritables dont on sort au réveil (celui, macabre, d'Onuphrius par exemple), ou de rêves singuliers, ambigus, étranges : le narrateur croit rêver, mais n'en est pas sûr, ou bien il affirme qu'il fait un songe, alors qu'au réveil un indice laisse entendre que l'aventure était réelle (la figurine de pâte verte laissée par Hermonthis ou les fils rompus de la tapisserie d'Omphale). Le narrateur est pourtant catégorique : « les songes commencèrent à m'effleurer de leur vol silencieux » *(Le Pied de momie)*, ou bien insinue un doute : « Je fis cette nuit-là un rêve singulier, si toutefois c'était un rêve » *(Omphale)*, ou bien encore cherche des preuves de sa bonne foi : « Ce n'étaient pas des fantômes qui défilaient sous ses yeux, car la vive lumière du soleil les illuminait avec une réalité irrécusable » *(Arria Marcella)*.
C'est *La Morte amoureuse* qui traduit le mieux cette distorsion entre le songe et le réel. Catégorique au début, persuadé qu'il rêve, ou que son rêve se continue, Romuald est bientôt contraint d'avouer : « Je ne pouvais plus distinguer le songe de la veille ». Il ne sait plus s'il est un prêtre qui mène une vie de gentilhomme ou un gentilhomme qui mène une vie de prêtre. Du coup le récit n'a plus de repères chronologiques (est-ce la nuit ? le jour ?), ni spatiaux (le presbytère ? Venise ?), et le lecteur peut même hésiter sur l'identité du narrateur... Tout l'art de Gautier consiste à priver le lecteur de ses repères habituels, et à passer sans heurt du songe à la réalité et de la réalité au songe.

Rapprochements : Dans *Aurélia*, Nerval transpose de nombreux rêves, nés de plusieurs crises psychologiques. Le récit développe cette formule connue : « Ici a commencé pour moi ce que j'appellerai l'épanchement du rêve dans la vie réelle ».

Temps

•

L'abolition du temps (sa déformation, sa répétition) est un thème bien connu du fantastique ou de la science-fiction qui projette généralement ses personnages dans le futur. Gautier use avec modération de ce ressort-là, mais aussi avec originalité.
Que Théodore se croie revenu au temps de la Régence n'est pas sans doute très original ; qu'Onuphrius entende sonner six heures jusqu'à

sept heures peut passer pour une nouvelle hallucination. Mais dans *Arria Marcella,* le temps est, si l'on peut dire, au centre du récit. Quand sous ses yeux renaît Pompéi et qu'une jeune femme morte sous les cendres du Vésuve en 79 de notre ère lui donne rendez-vous chez elle, Octavien se pose des questions et trouve finalement une explication en se remémorant un vers d'*Hamlet* : « The time is out of joint », traduit joliment sinon littéralement par « Le Temps était sorti de son ornière ».

Ce « déraillement » permet au passé de revenir, et le temps se répète : Octavien vit à Pompéi qui n'est pas encore détruite... Lui qui aime « hors du temps et de l'espace », il assouvit un de ses fantasmes, car « rien ne meurt, tout existe toujours » et se répète « aux confins de l'éternité ». À travers Nerval, Gautier fait référence à Goethe dont le personnage de Faust a aimé, dans un château gothique, Hélène de Troie...

Théâtre

•

Feuilletoniste qui rendait compte pour les lecteurs de *La Presse* ou du *Moniteur universel* de l'actualité artistique, Gautier connaît bien le milieu théâtral. *Deux acteurs pour un rôle* évoque le Théâtre de la Porte de Carinthie à Vienne, une scène d'*Onuphrius* se déroule à Paris au Théâtre de la Porte St-Martin. Dans *Arria Marcella,* il se plaît à raconter une représentation antique – celle de *La Casina* de Plaute.

Le nom des personnages vient spontanément sous sa plume : le jeune héros d'*Omphale* est comparé au Chérubin de Beaumarchais ; si la visite des ruines de Pompéi suscite une réflexion sur la mort, la référence à Hamlet s'impose ; si ses personnages traversent Portici, près de Naples, il cite l'opéra de M. Auber, *La Muette de Portici.*

De même, les acteurs lui sont familiers. Dans *Onuphrius* apparaissent le mime Deburau, qui créa aux « Funambules » le personnage de Pierrot, Marie Dorval et Bocage – présents dans l'*Histoire de l'Art romantique* – et qui en 1831 venaient de jouer *Antony* d'Alexandre Dumas. La référence à l'actualité, réflexe de journaliste, est constante chez Théophile Gautier.

Rapprochements : après *Hernani* et cette fameuse « bataille » à laquelle Gautier participa, de nombreuses pièces furent jouées. Pour s'en tenir au drame, et aux années 1830-1835, on peut citer : de Victor Hugo, le plus fécond, *Marion Delorme* (d'abord censuré), *Le Roi s'amuse, Lucrèce Borgia, Marie Tudor, Angelo, tyran de Padoue ;* de Vigny, *La*

Maréchale d'Ancre et *Chatterton* ; de Dumas, *Antony* et *La Tour de Nesles* ; quant à Musset, après l'échec de *La Nuit vénitienne,* s'il renonça aux représentations, il écrivit tout de même *Andréa del Sarto* et *Lorenzaccio...*

Voyages

Ils sont faits en rêve par des personnages qui ne sont pas sûrs de rêver. Le voyage peut être fluide et rapide, tel celui que fait le narrateur en accompagnant Hermonthis en Égypte. C'est un déplacement dans le temps et l'espace. Mais le rêve tourne vite au cauchemar pour Onuphrius : le trajet qu'il effectue de nuit pour se rendre chez M. de *** est effrayant, épuisant. Les voyages de Romuald ont quelque chose d'endiablé, et l'image est forte, des « spectres à cheval sur le cauchemar ». Qu'il voyage avec le serviteur Margheritone ou avec Clarimonde, Romuald enfourche toujours un cheval noir qui va « aussi vite que le vent », mais si le premier voyage est lugubre, le second (avec Clarimonde), fait pourtant dans les mêmes conditions, de nuit, à une vitesse folle, est des plus agréables...
Grâce aux voyages, Gautier illustre bien les caractéristiques du rêve : le déplacement, la succession rapide des images, et du cauchemar : l'impatience, le malaise et la peur.

Rapprochements : Gautier voyagea beaucoup. Il se rendit en Angleterre, en Italie, à Athènes, à Constantinople, en Égypte. Beaucoup de ses contemporains firent de même, attirés par l'Italie (Musset et George Sand, et bien entendu Stendhal), mais surtout par l'Orient, but d'un voyage initiatique, vers la lumière... Nerval publia son *Voyage en Orient* en 1851, huit ans après l'avoir fait. Lamartine, Mérimée, Flaubert firent aussi de longs voyages vers le Levant, avec probablement des motivations différentes. Dans les premières années du siècle, déjà, Chateaubriand avait publié l'*Itinéraire de Paris à Jérusalem.*

LEXIQUE DES NOMS PROPRES

Aguado (1784-1842) : ce financier espagnol, naturalisé français en 1828, légua en partie au Louvre sa riche collection de tableaux.

Albert (1193-1280) : savant, théologien, alchimiste, fut le maître de St-Thomas d'Aquin. *Les Secrets du Grand Albert* et du *Petit Albert* sont des recueils de sorcellerie et de magie.

Amani : danseuse hindoue venue à Paris en 1838.

Auber (Esprit) : compositeur français (1782-1871), auteur de *La Muette de Portici* (1826).

Aspasie : amie et conseillère de Périclès (Ve siècle av. J.C.).

Bekker (Balthazar) : théologien hollandais (1634-1698), auteur du *Monde enchanté*.

Berbiguier de Terre-Neuve-du-Thym (1776-1851) : auteur des *Farfadets ou tous les démons ne sont pas dans l'autre monde*, il se croyait tourmenté par des esprits. Il fut soigné un temps par Pinel à Paris et mourut à l'hôpital de Carpentras.

Bernis : cardinal et poète de salon, protégé de Mme de Pompadour, il fut ministre des Affaires étrangères de Louis XV (1715-1794).

Berquin (1747-1791) : écrivain français au style doucereux, d'où « berquinade » : œuvre moralisante et fade.

Bocage (Pierre Martinien Tousez, dit) : comédien français (1797-1863). En 1831 il venait de jouer avec Marie Dorval, *Antony* d'A. Dumas.

Bodin (Jean) : économiste et juriste français, auteur d'une *Démonomanie* (1530-1596).

Bordelon (Laurent) : docteur en théologie auteur de *Voyages imaginaires* (1653-1730).

Boucher (François) : peintre français, né et mort à Paris (1703-1770).

Boufflers (Stanislas Jean, marquis de) : bel esprit, auteur de vers légers (1738-1825).

Boulle (André Charles) : ébéniste français, créateur de meubles recouverts de marqueterie de cuivre, d'écaille ou d'étain (1642-1732).

Brahma : dieu de l'Inde, créateur du monde.

Byron (George Gordon, lord) : poète romantique anglais, né à Londres en 1788, mort à Missolonghi en 1824.

Callot (Jacques) : graveur et peintre français (1592-1635). Inspira Hoffmann (*Fantaisies dans la manière de Callot*).

Chérubin : jeune personnage du *Mariage de Figaro* de Beaumarchais.

Cimabue (Giovanni) : ce peintre né à Florence vers 1240, mort en 1302, fut le maître de Giotto.

Cléomène : statuaire grec (IIIe siècle av. J.-C.).

Cléopâtre : plusieurs reines d'Égypte ont porté ce nom. La plus célèbre vécut de 69 à 30 av. J.-C. Elle séduisit César et Antoine.

Deburau (Jean-Baptiste Gaspard) : ce mime célèbre créa aux *Funambules* le personnage de Pierrot (1796-1846).

Decamps (Alexandre Gabriel) : peintre français, orientaliste (1803-1860).

Delacroix (Eugène) : peintre français, chef de l'école romantique (1798-1863).

Delaroche (Hippolyte, dit Paul) : peintre français (1797-1856).

Delrio (Martin Antonio) : savant néerlandais qui professa à Salamanque, Douai, Liège. Auteur d'un ouvrage de démonologie (1551-1608).

Demoustier (Charles Albert) : auteur de petites pièces de vers et des *Lettres à Émilie sur la mythologie* (1760-1801).

Deshoulières (Antoinette) : auteur de poésies pastorales (1637-1694).
Diane de Poitiers (1499-1566) : favorite du roi Henri II, célèbre par sa beauté.
Dorat (Claude Joseph) : poète frivole et maniéré (1734-1780).
Dorval (Marie) : cette célèbre comédienne romantique (1798-1849) tint notamment le rôle de Kitty Bell dans le *Chatterton* de Vigny en 1834.
Duilius : consul romain qui remporta sur les Carthaginois la victoire de Myles (260 av. J.-C.) et eut le privilège d'être précédé de joueurs de flûte.
Dunstan : évêque anglais (924-988).
Espagnolet (José de Ribera, dit l') : peintre né en Espagne en 1588 et mort à Naples en 1652.
Esquirol (Jean Étienne Dominique) : médecin aliéniste né à Toulouse. Élève de Pinel, il fut l'un des créateurs de la psychiatrie moderne (1772-1840).
Falstaff : ce personnage de Shakespeare apparaît dans *Henri IV* et *Les Joyeuses Commères de Windsor*.
Faust : personnage légendaire qui fit un pacte avec le démon. Personnage de Gœthe notamment.
Ferraris (Amalia) : danseuse italienne qui débuta à la Scala de Milan, en 1844, à l'âge de quatorze ans. Engagée à l'Opéra de Paris en 1856, elle fut, deux ans plus tard, la vedette du ballet *Sacountala* (musique de Reyer, livret de T. Gautier).
Florian (Jean-Pierre Claris de) : petit-neveu de Voltaire, il écrivit des comédies, des pastorales et des fables (1755-1794).
Foscari : illustre famille vénitienne : un Foscari fut doge de Venise au XVe siècle.
Gessner (Salomon) : écrivain suisse de langue allemande, auteur d'*Idylles* (1730-1788).
Giotto : peintre et architecte italien (1266-1337).
Goethe (Johann Wolfgang von) : un des maîtres de la littérature allemande, auteur de poésies, de romans, de pièces de théâtre (1749-1832).
Goya (Francisco de) : peintre et graveur espagnol (1746-1828), auteur notamment des *Désastres de la Guerre* et des *Caprices*.
Hervey (James) : théologien et moraliste, auteur de *Méditations et Contemplations* (1714-1758).
Hoffmann (Ernst Theodor Willhelm, dit Ernst Theodor Amadeus) : écrivain et compositeur allemand (1776-1822), auteur d'opéras et surtout de contes fantastiques qui influencèrent beaucoup les romantiques français, en particulier Gautier.
Horace (Quintus Horatius Flaccus) : poète latin ami de Virgile, Auguste, Mécène (65-8 av. J.-C.).
Ingres (Dominique) : né à Montauban, il fut l'élève de David et se distingua par la pureté de son dessin (1780-1867).
Isis : déesse égyptienne, épouse d'Osiris, mère d'Horus.
Jean-Paul (Johann Paul Friedrich Richter, dit) : écrivain romantique allemand (1763-1825).
Jeanne d'Aragon : princesse espagnole (vers 1500-1577). Son portrait par Raphaël est au Louvre.
Jéhovah : Dieu des Hébreux.
Job : personnage de la Bible. Riche et puissant, il tomba dans la misère et s'y résigna.
Jouvency : jésuite, auteur d'un ouvrage sur la mythologie (1643-1709).
Lanner : compositeur autrichien (1802-1843).
Lawrence (Thomas) : peintre anglais, auteur de portraits élégants (1769-1830).
Le Loyer ou **Le Loger** : auteur des *Discours et Histoires des Spectres* (1550-1634).
Lucullus (Lucius Licinius) : ami de Cicéron, il se fit remarquer par le luxe de sa table (106-57 av. J.-C.).
Lysippe : sculpteur grec né à Sicyone vers 390 av. J.-C.

Massimo (Massimo Stanzioni, dit le Chevalier Maxime) : peintre qui naquit et mourut à Naples (1585-1656).

Odin : roi des dieux dans la mythologie scandinave.

Omphale : (myth.) reine de Lydie.

Osiris : tué par son frère Seth, il fut ressuscité par Isis• qui cousit les morceaux de son corps.

Pàlissy (Bernard) : célèbre potier-émailleur, protégé de Catherine de Médicis (1510-1589 ou 1590).

Pezay (1741-1777) : disciple de Dorat, il fut aussi « un rimeur de ruelles ». Précepteur du Dauphin.

Phidias : sculpteur grec (vers 490-431 av. J.-C.) qui dirigea sous Périclès les travaux de l'Acropole.

Plaute (Maccus ou Maccius Plautus) : poète comique latin (254-184 av. J.-C.).

Pline l'Ancien : auteur d'une *Histoire naturelle* en trente-sept livres ; né en 23 apr. J.-C., il perdit la vie en 79, pendant l'éruption du Vésuve.

Polybe : historien grec (vers 200 – vers 120 av. J.-C.).

Rembrandt : ce peintre hollandais (1606-1669) fut un maître du clair-obscur.

Ribera Rosa (Salvator) : peintre napolitain (1615-1673). C'est aussi le héros d'un conte d'Hoffmann, *Signor Formica*, rebaptisé par Loève-Veimars : *Salvator Rosa*.

Salomon : fils de David, roi d'Israël de 970 à 931 av. J.-C. Sa sagesse était légendaire.

Sardanapale : souverain assyrien fictif qui aurait péri avec ses femmes et ses trésors.Inspira le peintre Delacroix (*La Mort de Sardanapale*, 1828).

Saint-Mégrin : favori d'Henri III, mort en 1578. Il fut 1er gentilhomme de la chambre du roi. Selon R. Jasinski (*op. cit.* p. 144) Gautier ferait ici le portrait physique de Pétrus Borel, un des membres du « Petit Cénacle »...

Sémiramis : reine légendaire qui aurait fondé Babylone.

Tibère (Tiberius Caius Caesar) : empereur romain de 14 à 37 apr. J. C. Successeur d'Auguste.

Titien (Tiziano Vecellio, dit) : célèbre peintre italien qui travailla pour des papes, François Ier, Charles Quint, Philippe II (vers 1488-1576).

Titus : empereur romain de 79 à 81, il succéda à son père Vespasien.

Van Dyck (Antoine) : peintre flamand (1599-1641). Collaborateur de Rubens de 1617 à 1621, il devint par la suite le peintre de la cour de Charles Ier d'Angleterre.

Van Loo : famille de peintres hollandais fixés en France au XVIIe siècle. Charles André, dit Carle Van Loo (1705-1765) fut nommé en 1762 premier peintre de Louis XV.

Vernet (Horace) : fils et petit-fils de peintre, se spécialisa dans les tableaux de batailles (1789-1863).

Watteau (Antoine) : peintre français de scènes champêtres et de fêtes galantes (1684-1721).

Wishnou : dieu hindou.

Witziliputzili : dieu de la guerre chez les Aztèques.

Young (Edward) : poète anglais, auteur des *Plaintes ou Pensées nocturnes sur la vie, la mort et l'immortalité* (1683-1765).

LEXIQUE STYLISTIQUE

Antithèse : opposition de deux mots ou idées.

Champ lexical : regroupement de termes se rapportant à une même idée. *Ex.* : les mots *« allégresse, rire, gaieté, plaisir... »* appartiennent au champ lexical de la *joie*.

Comparaison : procédé par lequel on rapproche deux termes ou deux idées à l'aide de conjonctions ou locutions conjonctives (comme, ainsi que...) d'adjectifs (semblable, pareil...) etc. *Ex.* : *« Le poète est semblable au Prince des Nuées »* (Baudelaire).

Ellipse : suppression d'un ou plusieurs termes.

Métaphore : procédé qui consiste à rapprocher implicitement deux éléments, sans outils grammaticaux à la différence de la comparaison. *Ex.* : *la lune = cette faucille d'or dans le champ des étoiles* (Hugo) ; *Votre âme est un paysage choisi* (Verlaine).

Épique : propre à l'épopée.

Épopée : œuvre qui célèbre des actions héroïques.

Exposition : début d'une œuvre (en particulier théâtrale) destiné à informer le lecteur ou le spectateur sur l'action, le lieu, les personnages.

Fantastique : au sens étymologique, signifie « imaginaire », puis par extension « sans rapport avec la réalité », d'où « chimérique », et, depuis le début du XIXe siècle, « étrange », « surnaturel ».

Hyperbole : figure de style qui consiste à mettre en relief une idée au moyen de termes excessifs, exagérés.

Péripétie : changement subit qui se produit dans la situation d'un personnage de roman ou de théâtre.

Satire : ouvrage de critique et de moquerie à l'égard de quelqu'un ou quelque chose.

Satirique : propre à la satire.

Symbole : objet qui représente une idée abstraite. *Ex.* : *la balance est le symbole de la justice.*

Symboliser : exprimer par un symbole.

BIBLIOGRAPHIE SOMMAIRE

– BAUDELAIRE (Charles), *Théophile Gautier,* dans *Œuvres complètes,* Le Seuil, collection « l'Intégrale ».
– JASINSKI (René), *Les Années romantiques de Théophile Gautier,* Vuibert, 1929.
– CASTEX (Pierre-Georges), *Le Conte fantastique en France de Nodier à Maupassant,* José Corti, 1951.
– POULET (Georges), *Études sur le temps humain,* Plon, 1952 et Presses-Pocket, 1989, tome I.
– SCHNEIDER (Marcel), *La Littérature fantastique en France,* Fayard, 1964.
– VAX (Louis), *La Séduction de l'étrange, étude sur la littérature fantastique,* P.U.F. 1965.
– DELVAILLE (Bernard), *Théophile Gautier,* Seghers, 1968.
– TODOROV (Tzvetan), *Introduction à la littérature fantastique,* Le Seuil, 1970.
– CAILLOIS (Roger), *Obliques* précédé de *Images, images,* Stock, 1975.
– STEINMETZ (Jean-Luc), *La Littérature fantastique,* P.U.F., Collection « Que sais-je ? », 1990.

ÉDITIONS RÉCENTES DES *CONTES FANTASTIQUES*

– T. GAUTIER, *Contes fantastiques,* José Corti, 1962.
– T. GAUTIER, *La Morte amoureuse, Avatar et autres récits fantastiques,* Préface de Jean Gaudon, Gallimard, Folio, 1981.
– T. GAUTIER, *Récits fantastiques,* chronologie, introduction et notes par Marc Eigeldinger, GF-Flammarion, 1981.
– T. GAUTIER, *Contes et récits fantastiques,* Préface, commentaires et notes d'Anne Ubersfeld, Livre de Poche, 1988.

FILMOGRAPHIE

Quelques films en rapport avec les thèmes des contes :
Vampires :
Nosferatu le vampire, F. W. Murnau, 1922. *Dracula,* T. Browning, 1931. *Vampyr ou l'étrange aventure de David Grey,* C. Th. Dreyer, 1931. *Le Bal des vampires,* R. Polanski, 1966. *Nosferatu, fantôme de la nuit,* W. Herzog, 1978.

Dédoublement de personnalité :
Dr Jekyll et Mr Hyde, R. Mamoulian, 1932.

Fantômes :
Les Morts-vivants, V. Halperin, 1932. *La Chambre verte,* F. Truffaut, 1978.

Le diable, le pacte avec le démon :
Faust, F. W. Murnau, 1926. *Les Visiteurs du soir,* M. Carné, 1942. *La Beauté du diable,* R. Clair, 1949. *Rosemary's baby,* R. Polanski, 1968. *Phantom of the Paradise,* B. de Palma, 1974.

Voyage dans le temps :
La Machine à explorer le temps, G. Pal, 1960. *Retour vers le futur,* R. Zemeckis, 1985.

Le personnage vivant dans son cadre :
Le Portrait de Dorian Gray, V. Meyerhold, 1915, (puis A. Lewin, 1945).

Imprimé en France par l'Imprimerie Hérissey à Évreux - N° 79265
D. L. : N° 7029-01/98 - Collection N° 10 - Édition N° 09 - **16/6435/8**